KB274876

매화

차라리 설한풍을 누구와 언약했나?

朴籌丙 수필집

서문당

매 화

박 주 병

서 문 당

차 례

머리말

무엇이 씌었던지 돌개바람이 불었던지 1986년, 그러니까 50줄에 들어서서 새삼스러이 문예지에 추천을 받기는 했지만 지상에 글 몇 편을 발표하는 것을 등단으로 친다면 나 또한 등단한 지 30년이 넘었다. 그 동안 나는 뭘 했는가? 환갑이 되어서야 설익은 개살구 같은 수필집 한 권을 달랑 내놓고 나이만 먹어 이제 고희가 되지 않았나!

장은 파장인가, 이것저것 정리를 하다가 첫 수필집을 낸 이후의 글들을 책으로 묶기로 했다. 그러나 그 동안 글을 발표했던 지면(誌面)을 뒤져 보고는 깜짝 놀랐다. 글에 발이 달렸을 리는 만무한데 글이 다 어디로 갔는지 너무 적어서 책이 볼품없이 될 것 같아 궁리 끝에 첫 수필집 『까치밥』에서 추려서 보태기로 했다.

볼품이야 있든 없든 내 글을 전부터 아는 분은 만약 내가 이 책을 선물이랍시고 보낸다면 받자마자 쓰레기통으로 획 집어 던질지도 모를 일이고 서점에서는 『매화』라는 이 책의 이름부터가 어딘가 고리타분하다고 눈여겨보지도 않을 것 같다. 그런데도 이런 책을 굳이 세상에 선보이려 하다니 나는 본디 숙맥이었던 모양이다.

괜한 짓을 한다는 건 나이 든 사람의 자랑거리는 못 된다. 바야흐로 기력이 쇠하고 지병이 더하고 머리도 혼미하다. 그나마 먹던 술도 못 먹는다. 선철의 말마따나 모름지기 치심(治心)의 공부를 해야 할 때인 것 같은데…….

누가 왔나? 드르르 드르르……, 창문을 흔든다. 히뜩 거들떠보니 바람이었구나! 창 밖에 떨고 있는 매화나무, 성긴 가지에 터질 듯 꽃망울이 부풀었네. 차라리 설한풍을 누구와 언약했나? 매화야! 내가 그대 곁에서 도(道)를 듣고 글을 쓰고 술잔을 마주하기를 몇 해나 그랬던가? 누가 뭐라고 하든 이 세상은 낙원인가 봐. 그렇지 않다면 어찌하여 그대 같은 가인(佳人)이 이 세상에 머물러 있겠는가. 치심의 공부라니, 나는 이대로가 좋으이.

졸저 『周易反正』에 이어 이 책의 출판을 맡아 주신 서문당의 崔錫老 사장님 그리고 사원 여러분께 사의를 표한다.

癸未年 섣달 스무날
著者 題

1. 두 권의 책

매화(梅花)

　옆집이 좋아서 이사를 했었다고 하면 누가 곧이듣기나 할까. 대지가 사백 평이 넘는다는 이 집, 집도 집이려니와 등이 굽은 소나무며 수백 년 묵었다는 모과나무에 수두룩이 달려 있는 링거주사 병, 아무 일도 없었다는 듯 본래 제 자리인 양 천연덕스럽게 앉아 있는 그러나 지조를 굽힌 기암괴석, 오종종한 감들이 쪽빛 하늘을 이고 얼굴을 붉히는 고비늙은 감나무, 그 가지에 앉아 연방 꽁지를 치키며 깍깍거리는 까치들, 산죽에 가려진 바위 밑에는 고양이가 새끼를 치고 대낮에도 도둑이 들었는지 툭하면 "쌩쌩쌩", 경종 소리에 동네가 떠나가는 이 집.

　이 집 정원에는 꽃들도 참 많다. 난숙한 삼십대 여인들의 농염한 자태가 어울어졌다고나 할까. 개나리 목련화 진달래 영산홍 라일락 복사꽃 살구꽃 찔레꽃……. 이름 모를 온갖 꽃들이 봄볕을 다투다가 그대로 눌러 앉아 한세상 영화를 누린다. 팔자를 고친 셈이다. 『매천야록(梅泉野錄)』에 이런 말이 나온다. 대원군(大院君)의 부인 민씨(閔氏)는 금슬이 아주 좋았는데 가끔 재상들의 봉호(奉號)를 받은 부인과 사대부가의 과부들을 초청하여 놀면서 대원군으로 하여금 그들을 엿보게 하여 그 중 어여쁜 여인만을 골라 음행을 자행토록 했는데 그들 중 후안무치한 여자는 귀가할 생각조차 하지 않더라고 매천은 적고 있다. 금슬이 좋아서 그랬는지 대원군의 음욕을 눈치챈 부인이 대원군이 무서워서 얼른 비위를 맞춘 건지는 모를 일이나, 그녀들이야 더러는 저 집 꽃들처럼 눌러앉고 싶기도 했겠지.

대원군의 주위에 조면호(趙冕鎬)라는 참판을 지낸 지조 높은 선비가 있었는데 그는 매화를 혹애했지만 집안이 매우 구차하여 월동에 필요한 매실(梅室)이 따로 없었던 모양이다. 그러한 그가, "어떻게 매화를 얼지 않게 할까? 올해도 매화가 어는 걸 또 보겠구나!(安得梅花不凍乎 今年又見梅花凍)"라고 시를 썼는데 이 시가 대원군의 눈에 띄게 되었다. 이 시를 본 대원군이 이 사람을 돕고 싶은 생각이 들었으나 꼿꼿한 이 사람의 기개를 전일에 겪어 봐서 익히 아는 터이라 섣불리 돈을 보냈다간 물리칠 게 번해서 궁리 끝에 '호매전(護梅錢)'이란 명목으로 삼천 냥을 주었다고 한다. 알 수 없는 일이다. 그러한 대원군이 어찌하여 한낱 개나리 복사꽃 같은 여색에 탐닉했을까. 적토마(赤兎馬) 같은 고급 승용차의 뒷 좌석 어깨 위에 『TIME』지를 얹고 다닌다는 옆집 주인께서는 '호매전' 같은 이야기는 들어 보지 못했던 모양이다. 서양에는 없는 꽃이라지…. 일깨워 줘야 할지 말아야 할지 몇 번이고 망설이다가 그만 두고는, 단지 내가 이 귀한 꽃 하나만을 내 곁에 가까이 두는 것만으로도 옆집의 온갖 꽃들을 풀죽일 수가 있겠다고 생각했다.

그리하여 담 밑에 매화나무랍시고 몇 그루 심었더니, 한

평생 내가 하는 짓들이 모두가 어긋나고 말았듯이 옆집 목
련이며 진달래가 흐드러진 다음에야 우리 집 매화는 기지
개를 켰다. 백매는 그런대로 개결하다 싶어 그냥 두기로 하
고 홍매는 난쟁이로 만들어 분재로 앉히면서 나는 괜히 골
이 나 있었다.

　한동안 시무룩이 지내다가 조금은 더 일찍 피는 매화를
구하려고 수소문 끝에 어느 식물원을 찾아 나섰다. 대뜸 설
중매라고 툭, 쏘아붙이듯 내뱉는 촌티나는 주인 영감의 퉁
명스러운 말이 이상하게도 귀에 거슬리지 않았다. 설중매는
못되어도 일찍 피기는 할 것 같아 백매화인가만 다짐해 물
었을 뿐 달라는 대로 얼른 주고 몇 그루 사기는 했지만 심
을 자리가 있어야지. 달빛이 비끼는 창문 가득히 추억처럼
일렁이는 대나무 그림자에 시름을 달래고는 했었는데 그걸
거지반 캐내고 그 자리에 그 놈들을 심기는 심었지만 창이
텅 빈 듯 엷어진 댓잎 그림자를 멀거니 바라보고, 그런 밤
을 보내기를 몇 해를 그랬을까. 끝없는 유전(流轉)을 나무
가 알랴마는 대나무가 밀려난 그 자리에 매화 네 그루가 대
나무만큼이나 우쩍 커서 남은 대나무에 겁 없이 비비댄다.
창문에 어리비치는 대나무의 곧은 줄기에 어긋매껴, 가로
비낀 굽은 그리메가 새로이 걸렸건만 다 같이 달을 업고 서
로가 유정하다. 뒤틀린 굵은 밑동은 풍상을 말해 주고 수척
한 몸통에는 인고의 세월이 흘렀나 보다. 성긴 가지는 진작
지혜를 터득했고 부러진 줄기는 꺾어진 대나무와 더불어
적연(寂然)하다. 적연해서 족하거늘 진계유(陳繼儒)의 「묵
매도(墨梅圖)」랄까, 어몽룡(魚夢龍)의 「월매도(月梅圖)」를

닮았다 할까, 툭 부러진 줄기에서 새 가지가 저렇듯 높이 벋어 굳이 무엇을 말하는가. 달이라도 딸 참인가?

달빛이 비끼는 창가에서, 흐느끼는 벌레 소리를 듣다가 어느 날 밤 문득 그 소리 뜸해지고 나면 가을은 이미 깊을 대로 깊어졌고 누리는 차츰 침묵 속으로 가라앉는다. 적적하고 요요함은 본디 저절로 그러하다지만 간곳없던 그 벌레들이 무수한 꽃망울로 환생하여 피기라도 하는 것인지…. 차라리 설한풍을 누구와 언약했나. 떨고 있는 가지마다 터질 듯한 꽃망울은 누구를 위한 열정인가? 고 가녀린 것들이 어쩌자고 모진 추위와 그리도 줄다리기를 하고 있는 줄을 내가 왜 모르랴만 나는 그냥 가만히 있을 밖에. 하지만 내 마음은 매화 편이 되어 죽자고 줄을 당겨도 그리도 내게 무심한 것은 누구를 위함인가. 몸은 이운 백훼(百卉) 속에 머물러도 뜻은 높아 별이 되었는가?

뜻이 높기는 홍매도 아스라하지만 백매에 썩 못 미치고 청초하기는 천엽(千葉)이 단엽(單葉)만 못하단다. 단엽의 흰 매화! 첫 봉오리가 눈이 펄펄 날리는 날에도 남쪽 한 가지에서 하얀 그 잇바디를 반쯤 벌리면 여자의 속살을 보게 된 듯 가슴이 뛰고 활짝 벌리면 나는 그만 헉, 하고 숨이 막힌다. 눈을 감는다. 한숨짓는다. 그리고 나직이 웅얼거린다. "누가 간밤에 내 집 문을 두들겼던가, 은하수에 떠 있던 하얀 별 하나가 내 집 창가에 떨어졌구나!" 라고.

하이얀 별, 그러한 꽃을 소문난 대구의 추위에도 해마다 빠르면 대한(大寒) 무렵에, 늦어도 입춘(立春)이 되기 전에 분매(盆梅)가 아닌 지매(地梅)에서 본다고 하면 누가 곧이

듣기나 하겠나. 늘그막의 청복이 슬며시 불안하다. 여경(餘慶)은 선(善)을 쌓은 뒤라 했거늘 오직 이녁 몸뚱이 하나만 다독거리며 살아 온 일흔 살 늙은이가 어쩌자고 열아홉 살 동녀(童女)에 마음을 두다니 길이 헛되이 탄식할 것을, 공연히 뒷짐지고 매화 곁을 서성거리는구나!

　열아홉 살 동녀, 그 자색이 흰 벚꽃인가 하면 보다 담연(淡然)하고 눈송인가 하면 창백하지 않다. 연한 초록빛 물감이 시린 흔적인 양 번졌어야 하건마는 자취가 없으니 풍상을 겪은 얼굴이 어찌하여 그러할까? 혹시 옛사람의 말을 좇아 담장(淡粧)한 미녀에 비기지 말라. 천생 저절로 ‘설부(雪膚)’요 저 홀로 ‘빙기(氷肌)’로다.

　설부(雪膚)라 빙기(氷肌)라, 고금에 매화의 절창은 하 많다지만 매화꽃에서 ‘하늘의 마음(天心)’을 본다는 사람들도 있었다. 정도전(鄭道傳), 이숭인(李崇仁), 서거정(徐居正)이 매화를 두고 읊은 시에서 ‘견천심(見天心)’이라 했고 강회백(姜淮伯)이 「단속사견매(斷俗寺見梅)」라는 시에서 ‘천심가견(天心可見)’이라 했는가 하면 장현광(張顯光)이 「매화(梅花)」라는 시를 쓰면서 ‘복견천지심(復見天地心)’이라 했다. 여기서 천심(天心)과 천지심(天地心)은 다르지 않다. 하늘의 마음을 보다니 얼른 들으면 도통한 소리인 줄로 속겠지만 우습게도 한낱, “돌이킴에서 아마도 하늘땅의 마음을 볼진저(復其見天地之心乎)”라는 『역경(易經)』의 말을 업어다 놓은 것에 지나지 않는 것이렷다. 하지만 같잖게도, 나 또한 이들에 뇌동(雷同)하여 한갓 복희(伏羲)씨한테서 귀동냥한 것을 망령되이 내 것인 양 하거니와, ‘하늘땅의 마음'이란 만휘(萬彙)를 아울러 끊임없이 이어지게 하고 이루어지게 하는 마음일 터이다. 그러기에 그 마음은 끊임없이 누군가를 고무할 것이다. 부릴 것이다. 긴긴 겨울 한밤중에 이따금 쿠룩쿵, 쿠룩쿵, 깊은 땅속에서 은은하게 울리던 그 음향, 사람의 심사를 척연(惕然)하게 하던 기침 같은 그 소리가 가만히 생각해 보니 천근(天根)에서 돌이켜 걸어오는 우레의 발자국 소리였나 보다. 우레는 용(龍)이란다. 그래서 매화가 필 무렵이면 병야(丙夜)에 내 가슴이 그리도 두근거렸던 모양이다. 우레를 타고 용을 타고 매화는 땅을 치고 나왔었구나!

땅을 치고 나왔더냐. 만호천문(萬戶千門)을 차례차례 열었더냐? 나부소녀(羅浮少女)야! 조사웅(趙師雄)은 어디 가고 너만 예대로 곱으이. 빼어난 그 화용(花容)에 그보다 높은 화품(花品)일다. 누군가 매화를 일러 한사(寒士)라 했다지만 나는 매화 곁에 서고 나면 냉염(冷艶)한 정녀(貞女)가 누구인가를 깨닫는다. 남들보다 뛰어나기 싫어하여 봄볕 가득한 동산을 피해 눈 날리는 내 집 담 밑으로 비켜섰는가. 벌과 나비의 분집(坌集)을 피해 서둘러 조풍(條風)에 앞서 왔거들랑 내 가슴에 고까짓 그리움 같은 것이 남을가 봐 황황히 떠난다고는 하지 말아라. 스무 새 명주 옷보다 더 청초한 더 소박한, 하얀 무명 치마가 그대 발꿈치에 흐늑거리면 아아, 어이할거나!

어이할거나! 옆집 도주공(陶朱公)이 고희를 넘기지 못했다. 늦게 만난 귀부인과 링거주사를 맞던 모과나무부터 보이질 않더니 어느 날 낯선 사람들이 부산하게 나무를 캐내고, 기암괴석은 이리하여 또 한 번 지조가 꺾이나 보다. 적토마가 길게 울던 대문 앞에는 눈곱이 꾀죄한 나귀들이 밤낮없이 머리를 처박고 있어도 누가 뭐라는 사람이 없다. 잘려서 팔려 나가는 정원은 너무 넓은 것이 화근이 되었고 남은 나무들도 잔명(殘命)을 예측키 어려운데, 반나마 그늘진 지붕 위에는 무심한 까치만 예대로 지저귄다.

한 번은 그늘이었다가 한 번은 볕이었다가 하는(一陰一陽) 덧없는 소식(消息)이 저절로 그러한 걸 담장을 둘렀다고 막을까. 누가 뭐라고 했든 저절로 그러함을 일러 드(道)요, 천심(天心)인가? 천하절염(天下絶艶), 우리 집 매화도 속절없이 지고 있다. 삼천 냥 호매전(護梅錢)인들 무슨 소용 있으리. 달이 지고 별이 비끼던 간밤, 갸웃이 웃던 담탕(淡蕩)한 그 미소가 이토록 아픈 작별을 뜻했을 줄이야! 매화 한 가지를 부여잡고 분분한 낙화를 바라보니 여향(餘香)은 더욱 아득하구나! 석새 무명 두루마기나마 흰옷으로 갈아입고 무심한 그대 등뒤에 두 번 절을 올릴까. 주안상 밀쳐 놓고 부질없이 창가에서 피아노를 치다가 건반에 엎드려 몰래 운다.

초록 바탕 위에 흰색 무늬를 수(繡)놓은 듯, 흰 매화를 받들어 이녁은 한낱 푸른 배경(背景)이요 객경(客景)이라던 대나무도 오늘따라 바람이 잔다. (2003)

매화 그림

헤어보면 16년 전부터가 된다. 나에겐 해마다 한 번씩 작은 그림 하나를 보내 주는 분이 있다.

첫 번째로 보내 준 그림은 매화도였다. 엽서 크기만한 종이가 모나지 않게 네 귀퉁이는 둥글게 다듬어졌고 희고 두껍다. 왼쪽에 흰 매화가 활짝 핀 모습을 그려 놓고 넓은 여백에는 다음과 같은 글이 자그맣게 쓰여 있었다.

　매화꽃 곁에서 선생님의 'ㅇㅇㅇ'이란 글을 읽다가 나오는 울음을 참습니다.

나의 첫 추천작을 잡지에서 보고 격려로 보내 온 것이다. 그림은 소박하고 글씨는 간결해서 어느 소녀가 보내 온 것 같은 생각도 들었다. 나는 고맙다는 답장을 보냈지만 내 쪽에서는 아무런 그림을 보낼 수가 없어서 안타까웠다.

이것이 시초가 되어 해마다 연초나 입춘 무렵이면 늘 그림을 보내 온다. 그리고 시어 같은 간단한 말들을 곁들인다.

그가 보내 준 그림 가운데는 패랭이꽃도 있고 나팔꽃도 있다. 패랭이꽃 그림을 받고서는 김동리 선생의 「패랭이꽃」

이란 시가 생각나서 다시 책을 펼쳐 보기도 했고, 수필에서 읽은, 울굴했던 그분의 젊은 시절에 나 또한 우수를 머금기도 했었다. 나팔꽃 그림을 받고서는 나는 창가에서 피아노를 치곤 했다. 「꽃밭에서」라는 동요곡을 치는 것이다. "…아빠가 매어 놓은 새끼줄 따라 나팔꽃도 어울리게 피었습니다." 나는 이 소절을 치면서 그만 목이 메이어 건반에 엎드려 몰래 울기도 했다. 아이들은 이 동요에서 부정을 느끼고 기뻐할지는 몰라도 나이가 든 사람들은 마음이 울적해지리라 본다.

우리의 동요는 하나같이 아름답지만 왜 그리도 슬픈지 모르겠다. 가사보다도 곡이 더 그렇다. "진 자리 마른 자리 갈아 뉘시고…"라는 사모곡보다 조금도 덜 슬프지가 않다. 나에겐 훨씬 더 가슴을 아리게 한다.

젊어서는 연하장을 많이 보내고 받고 했지만 나이가 들면서 차차 줄어들다가 이젠 거의 끊어졌다. 그래서 해마다 보내 주는 이분의 그림이 더 소중한지도 모르겠다.

올해도 입춘 때 그림을 보내 왔다. 매화 그림이었다. 두 번째의 매화도를 16년 만에 다시 받은 것이다. 늘 그랬듯이 이 그림도 왼쪽에 그려져 있는데 연두색의 둥그런 배색을 깔고 백매가 만개한 모습을 그린 그림이다. 어찌 세어보면 열 송이가 되고 다시 세어보면 열한 송이가 된다. 꽃 뒤에 가려진 꽃을 입체적으로 그려서 나는 죽었다가 깨어난대도 흉내조차 못 내겠다. 이번에도 고맙다는 답장만 띄웠을 뿐 그림을 보낼 수는 없었다.

이분이 그 동안 보내 준 그림은 모두가 꽃 그림이고, 꽃만 그리고 둥치는 그리지 않았다. 얼굴만 보면 사람을 알 수 있다는 뜻에서일까.

그림으로 언어를 대신하고 여백으로 그림을 갈음하는 이분의 경지를 깨닫기에는 나는 아직도 많은 시간이 걸릴 것이다.

처음 받은 매화가 16년이란 세월 동안 원을 그리고 다시 내 서가에 피어 있다. 갑자기 내 서재에는 봄볕이 가득하다.

선생님! 이젠 귀찮을만도 하신데 그만 뚝, 끊으셔요. 그리고 다시 시작 합시다. 묵언(默言)을ー.(『바람소리』 2000. 봄호)

정약용(丁若鏞)의 매화 그림

원제: 헌 치마 여섯 폭 — 丁若鏞(1762~1836)의 말 3

茶山의 방대한 저술을 떠올리노라면, 몇 점 남지 않은 그의 그림은 그 저술의 책갈피 어디쯤에 묻혀 버릴지도 모른다. 설사 그렇더라도, 저술하는 여가에 여기로 그려진 것쯤으로 여기더라도, 몇 점의 산수화며 매조도(梅鳥圖)가 오늘날에 와서도 여느 문인화의 수준을 훨씬 뛰어넘은 것으로 평가되고 있다는 사실은 결코 우연이 아닐 것이다. 추사의 글씨며 세한도(歲寒圖)가 그러하듯 茶山의 우환은 도저한 철학을 낳았고 그 철학이 수렴하여서는 시가 되기도 하고 펴서는 그림이 되기도 하였으리라. 그의 매조도는 이것을 극명하게 보여주는 작품이라 할까.

茶山의 매화 그림은 이것 말고도 다르게 그린 것이 또 있는 모양이지만, 내가 지금 들여다보고 있는 이 그림은 고려대학교 박물관에 소장된 「매화서정도(梅花抒情圖)」를 손바닥만 하게 축소하여 영인한 것이다.

매화 그림은 새를 등장시킨 매조도이든 매화만을 그린 것이든, 대개 나무는 울굴한 고목(古木)으로 그려서 풍상에 찌든 노인을 연상케 하고, 꽃은 단엽으로 그려 한사(寒士)나 정녀(貞女)를 떠올리게 하는 그런 것이 많은 편이라. 그러나 이 그림에서 茶山은, 나무의 몸체와 밑동은 그려 놓지 않았다. 왜 그랬을까?

 이 그림을 보면, 세로로 기다란 모양을 하고 있는데, 전체의 3분의 1이 채 안 되는 윗 부분만 두 개의 매화 가지로 안배되고 있을 뿐 나머지는 여백인데, 그 여백은 크고 작은 글자들로 꽉 메워지다시피 되어 있다. 여백이 여백으로만 상당 부분 남겨지는 여느 매화 그림과는 또 다른 면모를 보여준다. 왜 그랬을까?

 낭창거릴 듯한 두 개의 가느다란 매화 가지가 그림의 상단 오른쪽 귀퉁이에서 완만하게 아래로 처지면서 왼쪽으로, 고매(古梅)일까 드문드문 꽃을 달고 뻗어 있다. 그 아랫 가지의 한 중간쯤에 앉아 있는 두 마리의 새는, 아랫도리는 사북에서 교차되는 두 개의 가위다리인 양 서로 어긋매껴 엉겨 있고 몸통은 가위 다리를 벌린 듯 갈라져 있지만, 부리를 치킨 대가리는 두 마리가 다 같이 왼쪽을 향해 무언가를 응시하는 모습이다. 사북을 축으로 한, 가위의 두 다리가 금방이라도 접치어지고 다시 벌어질 듯 그렇게 새들은 앉아 있다. 이것은 아마도, 스스로 夜光珠에 비겼던 그의 역저 『周易四箋』에 나오는 이른바 「반합(牉合)」[1]의 뜻을 그림에 담으려 한 것이 아니었을까 한다. 가위다리를 친 아랫도리는 '혼배행례(婚配行禮)'를, 한 방향으로 응시하는 자태는 '부부정가(夫婦正家)'의 원리를 나타내어 그의 이른바 「반합」의 뜻이, 드러나고 숨는 것이 이렇듯 사이가 없다고 할까. 이 그림은 『주역사전』이 완성된 5년 뒤(52세,

---

1) 牉合에 대해서는 졸저 『周易反正』(서울 : 서문당, 2002) PP.259~ 262
   참조.

1813)에 이루어진 것이기 때문에, 이른바 야광주는 이 그림 속에서도 그 광채를 발하고 있을 터이지만, 지금 사람들이 제대로 알아보지 못하는 까닭은 뭘까. 세상이 너무 밝아서일까. 어쩌면 이 두 마리 새는 茶山 자신과 그의 부인을 상징한 것일 수도 있고, 딸에게 부부의 도리를 그림으로 가르치려 한 것일 수도 있다. 이 그림을 그리게 된 연유를, 그림의 왼쪽 여백에 있는 작은 글씨로 쓴 후기가 이를 말해 준다 할까.

　내가 강진에 귀양살이한 지가 수년이 넘었다. 홍(洪)브인이 헌 치마 여섯 폭을 보내 왔는데, 해가 묵어서 붉은 빛이 바랬다. 이것을 잘라 네 개의 첩(帖)으로 만들어 두 아들에게 보내고, 그 나머지로 가리개를 만들어 딸아이에게 보낸다(余謫居康津之越數年　洪夫人寄敝裙六幅　歲久紅濡　剪之爲四帖　以遺二子　用其餘爲小障　以遺女兒)

비록 귀양살이하는 죄인의 신분이긴 해도, 일정한 범위 안에서는 자유로이 노닐 수도 있었고, 친구며 두 아들의 내방은 허용되었을 뿐만 아니라 더러는 저술에 참여시키기도 했던 것이다. 그러나 부인과 딸은 만나 볼 수가 없었으니, 그것은 아마도 다산에게 지워진 죄인으로서의 수칙 같은 것이리라. "가경 18년 7월 14일에 다산의 동암에서 쓰다."라고 하였으니, 갓 마흔 살에 아내와 이별한 지 12년이 되었고, 풍병을 앓고 있는 것도 12년, 이제 52세의 일그러진 늙은이가 되어 버렸다. 예나 이제나 늙어지면 외로운 법인데, 하물며 귀양살이하는 죄인이겠는가. 하물며 천리 밖의 외로운 그 부인이겠는가. 이들 내외는, 한창 좋은 시절을 이렇게 하여 다 보낸 것이다. 붉은 빛이 바랬다고 한 그 치마는 시집올 때 입고 온 다홍치마인 것 같고 그것을 보내는 마음이나 받는 마음이나 가만히 생각해 보면 나 또한 가슴이 저려 온다. 부인의 체취라곤 이 치마뿐인데, 이제 그 치마를 잘라서 두 아들에게는 가르침을 써서 보내고 딸에겐 매조도를 그려 보내고는 있지만 통한의 세월을 살아 온 그의 심신은 푹 썩어 허물어져 가는 고매(古梅)의 밑동처럼 되고 말았으리라. 글자 한 자의 크기가 새의 크기보다 작지 않는, 행서체와 초서체를 섞어서 연달아 내리쓴 화제, 그 시어들이 여백의 대부분을 차지하는 데서 되려 그의 적적한 가슴속을 읽기란 그다지 어렵지 않다. 사언으로 끊어서 번역문과 함께 적어 본다.

翩翩飛鳥　　홀쩍 날아온 새
息我庭梅　　내 집 뜨락 매화나무에 쉬누나.
有烈其芳　　그윽한 그 향기에
惠然其來　　즐거이 왔나 보다.
爰止爰棲　　머물기도 하고 깃들기도 하여
樂爾家室　　제 집인 양 즐기는구나.
華之旣榮　　꽃 피어 흐드러졌으니
有蕡其實2)　　많은 열매 맺겠네.

---

2) ‘惠然其來’와 ‘爰止爰棲’는 『시경』 「폐풍」의 「종풍」 장에 나오는 ‘惠然肯來’와 ‘爰居爰處’에서, ‘樂爾家室’ ‘有蕡其實’은 「도요」장에 나오는 “桃之夭夭　有蕡其室 之子于歸 宜其家室”에서 각각 원용한 것으로 생각된다.

茶山 가신 지 164년, 나는 다산의 이 시에 외람되게 한 수를 덧붙여서 읊어 본다.

누가 내 그림에 둥치가 없다는가.
풍상에 썩은 밑동 내가 차마 못 그린다.

아내가 미워지고 딸한테서 서운한 생각이 들 때면 나는 가끔 이 매조도를 들여다본다. 갑자기 창 밖엔 봄볕이 가득하고 나는 그만 낮잠이 늘어진다.(『문예운동』 2000. 가을호)

「봄날은 간다」

1956년, 그러니까 내가 대학 1학년 겨울 방학 때의 일이다. 긴 겨울 방학 동안 이 아들이 심심할 성싶어서 그리 하셨는지, 어머니가 길을 트게 하여 이웃의 소녀 셋이 내 공부방으로 밤에 놀러 오곤 했었다. 손을 꼽아 보니 그들은 모두 열여섯 살이었던 것 같다.

어머니가 길을 텄다고는 하지만 그 시절에는 소문이 나면 큰일 날 일이었기에 우리의 은밀한 만남은 늘 가슴 설레게 했다.

내게 올 때면 그들은 꼭 고운 옷을 차려 입고 조금은 분 냄새를 풍기며 살며시 나의 방문을 열고는 했었는데, 삼단 같은 머리를 땋아 늘이고 앞가슴에 옷고름을 치렁하게 늘어뜨린 세 소녀가 지금 생각하니 아침 이슬을 머금고 막 피어나는 꽃봉오리였겠건만 그때는 내가 왜 그런 걸 느끼지 못했는지 괜히 속이 좀 상한다.

논다고 했댔자 참으로 어려웠던 그 시절의 농촌에서는 별다른 놀이도 없었다. 더러 어머니가 차려 주는 국수 같은 걸로 밤참을 먹기도 하며 주로 화투를 치고 놀았던 것 같은데 놀이의 결과에 따라 팔뚝 맞기도 하고 노래를 부르기도 했었다.

거의 매일 밤, 이렇게 어울리기를 두 달 동안 그러다가 방학이 끝나고 내가 서울로 올라갈 전날 밤, 말하자면 이별의 전야에 그들은 과자며 음료수 같은 걸 잔뜩 가지고 와서 작별의 자리를 만들어 주었다. 하도 오래 된 일이라서 확실치는 않지만 그날 밤은 서운해서였는지 아무 놀이도 하지 않고 그냥 보냈던 것 같은데 헤어질 무렵, 돌아가며 노래 하나씩을 불렀던 모양이다. 그때 한 소녀가, 두 달 동안 한 번도 들어 본 적이 없는 「봄날은 간다」라는 노래를 불렀는데 뜻밖에도 가냘피 흐느끼며 불렀다. 덩달아 다른 두 소녀들도 고개를 떨구고 말았다. 나는 그녀들을 일으켜 밖으로 나가 잠시 뒤란을 거닐었다.

우리 집 뒤란은 너무 넓고 쓸쓸했다. 때는 3월 말. 적막한 뒤란에는 외로운 장미가 아직 꽃봉오리를 채 벙글지도 못했는데 어쩌자고 우리는 그날 밤, 가슴마다 이별의 꽃잎을 하나씩 떨구었는지도 모른다. 작별이 아쉬웠던 걸까. 「봄날은 간다」를 부른 그 소녀를 나는 그의 집 담 밑까지 따라갔고 아무 말없이, 아무런 뜻도 없이 그녀와 손가락을 걸었다. 그리고 맞절을 했던 것 같다.

그 해 봄 4월에 나는 학보병으로 군에 가게 되었다. 그 후 제대를 하고 복학을 했지만 그녀들과 다시 어울리지는 못했다. 다 큰 처녀들과 또다시 그렇게 하기란 그 당시에는 정말 큰일날 일이었고, 아무 일도 없었다는 듯 공부에만 파묻혀 버리는 이 아들이 더는 심심할 겨를이 없겠다고 어머니는 생각하셨을 것 같다.

봄이 오고 가도 나는 그만, 그런 봄을 보내기를 몇 해를 그랬을까. 그러나 더러 금줄까지 걸려 있던 내 서실의 창가에는 끝내 화창한 봄볕은 들지 않았고 「봄날은 간다」라는 이 노래는 그녀로부터 다시는 들어 보지 못하게 되었다.

그때, 세 소녀 가운데 이 노래를 부르던 그녀는 다른 두 소녀보다 훨씬 늦게까지 시집을 가지 않았고 이따금 골목에서 마주치는 그녀의 눈빛은 어딘가 슬퍼 보였지만, 나는 그런 걸 깊이 생각할 줄 몰랐다.

우리는 모두가 고향을 떠났고 서로 소식도 모르는 채 세월은 정말 거짓말처럼 흘러 얼마만인가. 그때를 생각하면 아득하기만 한데 그날 밤, 「봄날은 간다」를 흐느끼며 부르던 그 소녀, 손가락을 걸었던 그 소녀가 어쩌자고 백발이 다 된 지금에 와서 문득문득 떠올려지는지 모를 일이다.

"연분홍 치마가 봄바람에……."

「봄날은 간다」라는 이 노래를 나직이 불러 본다. 연거푸 부르고 또 부르면 입 안 가득 향기가 돌고 눈이 펄펄 날리는 내 가슴에 그때 그 봄날이 다시 찾아오는 듯하다. 내 나이쯤 되면 이런 잡념 같은 건 다 털어 버린 듯이 점잖을 빼는 사람들이 있다. 공부를 많이 한 사람들일 게다. 하지만 나는 이대로가 좋다. 잡념이 들면 드는 대로 그냥 두고 잡념이 떠나면 떠나는 대로 그냥 두면서 나는 이대로가 좋으이. (2003. 5월)

동전을 심다

나는 지금 홀로 동해안의 장사 해변을 거닐고 있다.

송도 해변도 북부 해변도 모두가 아름답고 칠포·월포·화진의 바다도 고적하긴 하지만 나는 이런 곳들을 그냥 스치고 장사 해변에 차를 세우기를 좋아한다. 거대한 바위에 부서지는 파도 소리를 여기 말고서는 영일만 일대에서는 들어 볼 수가 없기 때문이리라.

4년 넘어 포항에 표박(漂泊)할 때 나는 자주 여길 왔었다. 혼자서도 오고 누구랑 같이도 왔다.

"바다가 생각날 때 불쑥 포항에 갈 겁니다." 대구에서 어쩌다 나를 만나면 늘 이렇게 말하는 연하의 여인이 하나 있었다. 좀 이상하게 들릴지는 모르지만 나는 그 말이 싫지가 않았다. 과연 어느 날 그녀는 예고도 없이 포항에 왔다. 산기슭에 개나리가 만조를 이루고 있었지만 아직은 바람이 차가운 초봄이었다.

그날따라 날씨는 우중충했고 성난 파도의 목소리는 높았다. 파도 소리에 나마저 묻혀 버리는가 했더니 마침내 귓전을 때리던 파도 소리마저 끊어져 없는 것 같았다. 어쩌면 그녀는 좌망(坐忘)의 경지에 들어갔음일까. 해변을 얼마간 거닐면서도 이상하게도 여느 때와는 달리 그녀는 통 말이 없었다.

침묵은 이상하게도 사람을 긴장하게 만드는 법이다. 술을 한 잔 하자고 제의했다. 팔면이 유리로 된 2층 다락방에서 도다리 회를 안주로 몸을 가눌 수 없을 만큼 대취하도록 술을 마시고 파도를 마셨다. 바다 때문일까 술 때문일까. 무겁기만 하던 그녀의 말문은 차차 트였다.

대학 시절 그녀는 남자 친구와 어느 봄날 여기에 왔었는데, 저기 산 위에 올라가 드디어 그들은 서로를 깊이 받아들이게 되었다고 했다. 바다와 하늘과 구름과 그리고 꿈을 바라보았을 것이다. 그 순간 주머니에서 동전 몇 닢이 떨어졌는데 그들은 그 동전을 그날의 기념으로 그 자리에 묻었다고 했다. 사랑의 씨앗을 심은 것이리라. 하지만 그 동전은 슬프게도 싹을 틔우지 못했다. 더듬더듬 그러나 분노처럼 내뱉는 그녀의 슬픈 사연을 들으며 나는, "바다가 생각나면 불쑥 포항에 갈 겁니다."라는 그녀의 말을 새삼 떠올려 보고는 했다.

이윽고 우리는 누가 먼저랄 것도 없이 약속이나 한 듯이 이것저것 슬픈 노래를 나직이 불렀다. 더러 합창도 했다. 드디어 그녀는 어깨를 들먹이며 흐느꼈고 덩달아 나도 울었다. 저만치서 어둠을 삼키며 파도는 더 서럽게 더 절절하게 흐느끼고 있었다.

무심코 고개를 돌려 보니 나의 애마도 번호판을 문 채 멍하니 바다를 바라보고 있다. 쓸쓸한 모습이다. 한갓 기계에 지나지 않는 저 자동차도 무슨 그리움이 있는가. 문득 귀동

냥으로 들었던 항우와 우미인의 애절한 사랑 얘기가 더오
른다. 사랑하는 우미인을 자신의 칼로 베어야 했던 항우의
찢어지는 가슴, 사랑도 야망도 다 잃어버린 주군을 두고 말
못하는 짐승도 가슴이 아파 차마 떠날 수가 없었더란 갈인
가. 네 발을 버티고 길게 울었다던 그 오추마를 어쩌자고
지금의 나의 애마가 닮아 있을까.
　갈색 준마에 시동을 걸며 무단히 나는 골이 나 있다. 어
쩌자고 그녀가 묻어 둔 땅 속의 동전만큼이나 가슴이 답답
하다. (1990)

슬픈 연정

예쁜 액세서리처럼 골목에 하나 둘 선보이기 시작하던 자동차가 이제는 오솔길을 막아선 바위인 양 골목을 메우다시피 되어 버렸다. 더러는 더 고급차로 바꾸기도 한다. 나는 처음부터 좀더 괜찮은 차를 살가 하다가 욕심을 누르고 눌러서 작은 차를 사고 말았던 것인데, 그렇게도 좋아하던 식구들이 기와집 짓고 나면 종 두고 싶어진다더니 이제는 차를 바꿀 때도 되지 않았느냐고 아우성이다. 인색하기 그지없는 마누라마저 이것만은 은근히 동조하고 나선다.

"너의 아빠 그랜저(고급승용차)지?"

딸애들 친구들이 이렇게 딸애에게 묻는다고 아내는 그저 농담삼아 말하고 있지만, 그것이 내겐 단순한 농담으로 들리지 않는다.

"뭐라고 대답했당가?"

툭 쏘아붙이는 내 말에, 아내는 대답은 않고 피식 웃는다.

하기야 내 차가 고물이 된 것만은 사실이다. 여러 가지 부속을 갈아넣기도 했고 더러는 시동이 걸리지 않아서 쩔쩔매기도 했고 깊은 산속에서 그냥 버림받고 혼자 밤을 새

우기도 한 차이고 보면 가족들의 성화도 나무랄 수만은 없게 되었다.

고물이 된 차를 두고 갈아치우자느니 어쩌자느니 이러쿵저러쿵 가족들이나 내가 못마땅해 하지만 따지고 보면 차의 고장이 거의가 나의 부주의와 무식의 소치임을 까닫게 된다. 컴퓨터가 망령이 났던 건 물이 들어가게 해서였고, 클러치 디스크가 일찍 망가진 건 내가 남들보다 반클러치를 많이 쓴 때문이었고, 시동이 걸리지 않았던 건 라이트를 켜 둔 채 등산했기 때문이었고, 산속에서 앙탈을 부리고 저 혼자 하룻밤 서리를 맞고 지새운 건 전에 난 접촉사고의 후유증이었고 보면 차가 고장이 난 건 차 때문이 아니라 나 때문이다. 수명이 다해 갈아넣은 부속도 있긴 하지만 이것 또한 따지고 보면 내가 너무 부려 먹었기 때문이니 차를 탓할 것이 못 된다.

모든 물건이 다 그러하듯이 차 또한 인간이 필요해서 만들어 놓고는 툭하면 탈잡기 일쑤이니 차 편에서 본다면 참 억울한 일이 아니겠는가.

차를 바꾸면 '번호'만은 그냥 옮겨 달 수가 있으면 몰라도 딴 번호를 받는다고 하니 어쩜 새 마누라를 얻는 것 같은 기분이 되리라. 마누라야 새 마누라와 금방 익숙해질지 몰라도 차를 바꾸게 되면 나 같은 운전 솜씨로서는 새 차에 익숙해지기에는 꽤 시간이 걸릴 것 같고, 한편 팔려간 옛 차는 뉘의 집에서 구박을 받게 될지도 모를 일이다.

나는 한때 가슴이 가마솥이 되었던지 집에 있지를 못하고 혼자서 차를 몰고 산으로 바다로 헤매고 다닌 적이 있었다. 그때 동해 어느 바닷가에서 모래사장에 차를 세워 두고 혼자 바다를 바라보며 술잔을 기울인 적이 있었다.

　파도야 어쩌란 말이냐
　파도야 어쩌란 말이냐
　임은 뭍같이 까딱 않는데
　파도야 어쩌란 말이냐
　날 어쩌란 말이냐.

　그때 바다에 가면 문득 웅얼거려지는 이 시가 좋아서 몇 번이고 몇 번이고 뇌어 보다가 무심히 고개를 들어 차를 바라봤다. 번호판을 입에 문 채 멍하니 나처럼 바다를 바라보는 모습이 어찌나 쓸쓸해 보이던지 ―. 그것이 차가 아니라 우미인과의 슬픈 이별을 앞둔 항우 곁을 차마 떠나지 못해 네 발을 버티고 길게 울었다던 항우의 그 오추마(烏騅馬)로 느껴졌던 것이다. 그 후부터 나는 내 차를 차로만 생각한 적이 한 번도 없었다.

　내가 즐거울 땐 이 놈 또한 즐거워 노래하고, 내가 우울하면 이 놈도 맥이 풀려 속도를 줄이다가 내가 화를 내면 이 놈도 덩달아 더 웅웅거린다. 내가 위험에 부딪칠 땐 같이 부딪치고, 내가 비를 맞을 땐 같이 맞아 주고, 내가 혼자서 돌아다닐 때도 문밖에서 아무 불평 없이 나를 기다린다. 한편 이 놈이 어쩌다 병을 앓든지 고집을 부릴 때면 나 또한 덩달아 몸살이 나고 짜증이 나서 이 놈에게 냅다 욕설을 퍼붓는다.

“이 놈의 새끼 또 말썽이야.”

그러나 이 욕설이 어찌 욕설이라고만 하겠는가? 정비공장에 가서 손을 볼 때면 늘 수의사를 떠올리고, 기름을 넣을 때면 등을 쓰다듬어 주기도 한다.

그러나 나는 이제 기력이 한 해가 다르게 줄어들고 현기증이 심해져서 차를 몰기에 힘이 부친다. 차가 늙어 가는 정도보다 내가 늙어 가는 것이 더 빠른 것 같다. 이런 나에겐 고물차도 과분하지 아니한가. 이대로 병이 나면 치료하고 앙탈을 부리면 등을 쓰다듬어 달래면서 몇 해 더 서로 의지하며 더불어 노닐다가 정년퇴직이 되어 집으로 들어앉는 날, 차에서 손을 떼고 차 없던 옛날로 돌아갈가 한다. 그렇지만 병치레로 애를 태우고 앙탈로 속을 허비던 나의 애마가 그것으로 해서 되레 나와 정이 깊어진 모양인지, 이즈막에 와서는 단순한 애마에 그치지 않고 같이 늙어 가는 나의 또 하나의 여자 같다는 느낌이 자주 드니 부끄러운 걱정거리라 할까.

따지고 보면 이 놈은 이미 차가 아니요, 말도 아니다. 처녀로 이 늙은이한테 억울하게 팔려 시집와서 찍소리 못하고 겉늙어 버린 여인이 아닌가. 나의 여자와도 같은 차를 내가 기력이 쇠하여져서 그의 침실에 내가 머물지 못하고 뜰 앞에 세워 둔 채 아침 저녁 바라보기만 하기란 참으로 고통스러운 일이 아니겠는가?

내가 어디에 잘 가고 누구를 만나는지, 누굴 사랑하고 누굴 원망하는지, 내가 어떨 때 울고 어떨 때 방황했는지 죄다 이 애마은 알고 있을 터이니, 내가 몸이 쇠하여 늙은 나래를 접고 죽치고 있는 꼴을 보자면 차 또한 마음이 펀치는 않겠지. — 아아! 어찌 말이라고만 하겠는가, 차라고만 하겠는가? 이슬에 젖는 그의 창 밖에서 세레나데를 부르며 나는 가슴이 미어지리라. (1944)

샐비어 사연(事緣)

이해도 가을이 깊었는가. 빠알갛게 불타오르던 샐비어 꽃이 무서리를 맞았나 보다. 타고 남은 열정인 양 애연히 시들어 가는 샐비어 꽃을 바라보노라면, 문득 생각나는 여자가 있다.

벌써 이십 년이 다 되어 버린 옛날.

그때 그는 나보다 썩 연하의 여직원이었는데, 그때의 나의 직장은 직원이래야 고작 그녀와 나 단 둘이서 근무하는 조그마한 직장이어서 일이 없을 땐 호젓하기 이를 데 없었다. 그럴 때면 신변잡사며 세상 돌아가는 이야기로 꽃을 피우다가 더러는 꽃말 알아맞히기 내기를 했었는데, 아무 꽃이나 들이대어도 그녀는 막힘이 없었고 나는 늘 내기에 져서 과자를 사고는 했었다.

이렇게 얼마간 웃고 지내다가도 어느새 멍해지는 그녀. 흩어진 꽃잎을 바라보며 눈물을 머금은 듯 그녀의 눈빛은 언제나 애수에 젖게 되는데 그런 눈빛을 대할 때면 문득 나마저 말을 잊곤 했었다.

그녀는 무남독녀로서 가난하지만 도란도란 세 식구가 살아갔었는데 마흔 몇 살 한창 살 나이로 그 어머니가 세상을 떴다. 재혼을 거부하고 아내만을 연연해 했었건만 그 아버지는 불행하게도 교통사고로 두 다리를 끊어야 했다. 이런 아버지, 이렇다 할 재산도 모아 놓은 것이 없으면서 불구가 되어 버린, 그래서 직장마저 그만두게 된 아버지를 두고 차마 시집을 갈 수가 없어 처녀로 그냥 늙어 버리기로 작심하고는 마침내 서른 살이 다 되어 가던 눈물겹고 아리따운 그때 그 여자.

어느 날 아직 만나 본 적이 없던 그녀 아버지로부터 편지가 날아왔다. 저녁이나 같이 하자면서 자기 집으로 초청을 한 거다. 굳이 우편을 이용하다니, 그녀의 몸가짐은 이렇듯 완벽하여 차라리 미웁다고나 할까.

대구에서 가까운 교외라지만 가을걷이가 끝나 버린 들판은 황량하고 공허롭기 그지없었다. 징검다리로 개울을 건너 뛰고 대수풀이 뒤란을 두른 집을 찾아 골목길로 접어들면서는 물씬 향수가 솟구쳤고, 석양이 막 비끼고 있는 그녀의 집 뜨락에 들어서자 뜻밖에도 마당 그득 샐비어 꽃이 노을로 불타고 있었다. ― 언제였던가, '불타오르는 마음'이 샐비어 꽃의 꽃말이라고 말하던 그녀의 귓불이 분명 붉어졌더랬는데. 그날도 나는 과자를 사야 했었는데…….

셋이서 저녁상을 함께 했다. 별로 차린 것은 없지만 조촐하고 깔밋했다. 하도 오래 된 일이라서 확실치는 않으나 젓갈로 버무린 생채 무침 같은 것이 꽤나 입맛을 돋우었던 것 같다.

"따님 음식 솜씨가 대단하군요. 사모님을 닮았나요?"

아마 무심결에 나는 그녀를 치켜세웠던 모양. 순간 그는 눈물이 그렁그렁, 어머니 생각이 복받친 걸까. 자신의 처지 때문이었을까? 나는 몸둘 바를 모르는데 그 아버지가 분위기를 바꾸려는 듯 헛기침을 하면서, '자, 자, 한잔 한잔…….' 이렇게 내 코밑에 술을 디밀고……. 권커니 잣거니 술이 오갔지만 오고 가는 것이 술만이 아니었으리라. 마침 윗목엔 피아노가 나비 같은 악보를 인 채 꿈꾸는 듯 고즈넉했다. 이런 농촌에 저런 피아노라니, 샐비어 꽃과 묘한 조화를 이룬다 할가. 그렇지만 샐비어와 피아노, 여기어 나는 왜 자꾸만 아릿한 애수를 느껴 보는 것이었을까.

한 곡 쳐 달라고 부탁해 봤다. 그러나 고개를 숙인 채 못 들은 척, 그녀는 말없이 두 손 끝으로 떨리듯 살며시 술잔만 디밀고 있었다.

차차 도연해지고 술상은 널브러져만 가는데 서로는 이상하게도 말을 잊고 뜨악해 있었다. 나는 못 피우는 담배를 몇 개비 연거푸 피워 물었다. 허공에 맴돌다가 하염없이 스러져 가는 담배 연기만 공허한 침묵을 메우고 있었다. 어쩌면 이 침묵은 많은 대화였는지도 모른다. 침묵의 언저리에 잔잔한 애수의 물결이 연파(煙波)처럼 흐르고 있었다 할까.

환상적인 분위기가 좋긴 했지만, 언제나 그랬듯이 술이 깨고 나면 나는 또 까닭없이 허탈해지고 말 걸 내가 알기에 말없이 자리를 떴다. 휠체어를 타고 따라나서는 그 아버지를 앞질러 그녀는 내 곁에 바투 다가서 있었지만 고개를 떨군 채 말이 없는데, 희부옇게 드러난 그녀의 목덜미께로 불그스레한 달빛이 마구 열정을 토하고 있었다. 그러나 청추 푸른 달빛이라 한들 이 여자와 어우러지기엔 차라리 외잡

스럽다 하리라. 어버이를 위해 한사코 처녀로 늙어 버리려 드는 그 고절(苦節)이야말로, 그 청고(淸高)함이야말로 어찌 겨우 달빛이라 하랴!

참으로 뜻밖의 일, 샐비어 몇 그루가 그녀 손에 들려 있지를 않는가. 또 어쩌자고 흐느끼고 있지를 않는가. 나는 잠시 굳어 있었지만 내 마음은 그녀의 허리께를 쓰다듬고 있었으니, 그것은 차라리 포옹이었으리라. 이상하게도 샐비어는 땅에 떨어졌다. 얼결에 나는 그 꽃을 그러쥐고 황망히 골목길을 나섰다.

그 당시 나는 이튿날 아침이면 이별의 다릿목에 서야 했었다. 꽃말 알아맞히기를 하며 4년 넘어 정이 들었던 그녀를 남겨 두고 머언 먼 곳으로 전근을 가게 된 거지만, 며칠째 그녀에게 알리지 않고 있던 참이었는데, 그날 밤 그녀가 샐비어를 꺾어 주다니, 그 꽃말을 묻고 있었을까. 왜 흐느끼고 있었을까. 왜 떨어뜨려 버렸을까?

골목을 빠져나와 버스 서는 곳까지 가 있었지만 내 마음은 그윽이 일렁이는 달빛과 더불어 사뭇 그녀네 뜨락을 서성거렸고, 타야 할 벌스가 저 홀로 멎고 저 홀로 떠나기를 몇 번은 그랬으리라. 나는 문득 그녀가 피아노 건반을 마구 질타할지도 모른다고 생각을 해 보다가 그녀가 꺾어 주던 그 가여운 샐비어에 코를 대어 보는 것이었다.

샐비어 꽃이 피고 지고 스무 해. 그때의 이 일을 어찌하여 나는 이렇듯 소상히도 기억하고 있는 걸까.

이맘때가 되면 해마다 그랬듯이 이제도 나는 샐비어 앞

에 쪼그리고 앉아 애잔한 꽃부리에 코를 대어 본다.

아득하여라. 그녀의 꽃말은 들을 길이 없는데, 어디선가 무심한 피아노 소리에 샐비어 꽃만 떨어진다. (1989)

두 권의 책

중학 2학년 때의 일이니 50년도 훨씬 넘은 셈이다. 그때 나는 친척 집에 하숙을 하고 있었는데 이 집에 일본 책 영어사전이 한 권 있었다. 三省堂에서 출간한『コンサイス 英和辞典』이었다. 소녀의 살결만큼이나 보드라운 살색 가죽 표지와, 얇으면서도 질긴 인디아페이퍼(India paper)의 야들야들한 촉감과, 선명하고 깔끔하게 인쇄된 깨알 같은 글씨들, 누가 그랬을까 어쩌자고 진한 향수 냄새가 사람을 어지럽게 만드는, 손 안에 들어올 듯 말 듯 한 크기의 요정 같은 이 책, 이런 책을 난생 처음 만나자 나는 첫눈에 반해 버렸다. 어떻게 해서 그럴 수가 있었는지는 잘 기억이 나지 않지만 어쨌든 이 책을 나는 바지의 뒤 포켓에 꽂고 향수 냄새를 풍기며 학교에 다닐 수가 있었다.

당시 우리나라의 책의 꼴은 형편없는 수준이어서 영어사전이래야 내용이나 형태나 조잡하기 그지없었는데, 내가 이런 멋진 英和辞典을 갖고 다니는 것은 친구들의 선망이 되기에 족했고 또 내가 일본어를 잘 하는 줄로 알고 더러는 눈을 똥그랗게 뜨고 나를 바라보기도 했다.

나는 차차 이 책을 나의 소유로 하고 싶어졌다. 이런 나의 눈치를 알아차렸는지, 뒤 포켓에 꽂고 다니는 것이 불안하게 보였는지 친척 집에서 돌려 달라고 했다. 돌려주기는 했지만 어린 나를 흔들어 놓은 이 책은 여자를 알지 못한 그때의 나에게는 차라리 여자와도 같은 것이었다. 얼마 동안 통 밥을 먹지 못하고 공부가 제대로 되질 않았고 그 책에 대해 엉뚱하게도 이상한 배신감마저 갖게 되었던 것 같다. 그러다가 고등학교 1학년 때인 성싶다. 어느 날 조잡한 영한사전에 짜증이 나서 옆 자리의 친구에게 그 책 이야기를 하게 되었던 것인데 뜻밖에도, 자기 집에서는 일본에 연락하여 얼마든지 구할 수가 있다고 했다. 구할 수 있다는 그 소리에 나는 귀가 번쩍 뜨여 돈은 나중에 줄 터이니 빨리 구해 달라고 했다.

얼마 후 책이 왔다. 그러나 내가 기다리던 그 책이 아니었다. 이 책이 조금 더 두꺼웠다는 것 밖에는 이상하게도 이 책에 대한 기억은 뚜렷하지 못해서 책의 이름도 출판사의 이름도 모두 확실치 않지만 아마도 旺文社의 것이었던 것 같다. 아무튼 전자가 다보탑이라면 후자는 석가탑이라고나 할까. 어딘가 마음에 덜 차기는 하지만 나는 이 책을 갖기로 했다. 책 값이 얼마였는지는 기억이 나지 않지만 나는 이 책을 받고도 약속한 날짜가 지나도록 책 값을 갚지 못했다. 아버지 앞에 얼른 입이 떨어지지 않았기 때문이다.

책 값을 갚지 못하자 집에 와서도 늘 수심에 잠겨 즐기는 기색이 없었던 모양이다. 그러던 어느 날 아버지가 나직한 목소리로 무슨 걱정이 있느냐고 물으셨다. 나는 기다렸다는 듯이 이 책을 아버지 앞에 내놓았다. 아버지의 다음 말씀을

침을 삼키며 기다렸다.

"안 사면 안되나?"

아버지의 얼굴에는 짙은 우수가 서려 있었다. 나는 아무 대꾸도 할 수가 없었고 이 책은 속절없이 돌려주어야 하게 되었다. 지금이야 초등학생도 한 달에 얼마씩 정해 놓고 용돈을 타는 세상이 되었으니 요즈음 같으면 용돈을 아껴서라도 얼마든지 그런 책쯤은 살 수가 있을 테지만 그때는 매월 얼마씩 정해 놓고 용돈을 탄다는 것은 듣지도 보지도 못하던 시절이었다.

친구는 언짢은 표정으로 책을 돌려달라고 했지만 돌려주기가 싫어졌다. 엉뚱하게도, 그냥 내게 선물로 줄 수는 없을까라는 생각도 하면서 그 친구가 야속하게 느껴졌다. 이 책이 다른 사람의 손에 들어갈 것을 생각하니 가슴이 답답하였고 멍하니 아무 것도 할 수가 없어졌다.

몇 번 약속한 날짜를 어기게 되자 친구의 독촉은 잦아졌다. 나는 책을 찢어 버리고 싶기도 하고 찢어서 한두 장이라도 갖고 싶기도 했다. 그러다가 한 장인지 두 장인지 나는 실지로 책장을 찢고 말았다. 순간 이상하게도 찢은 그 책장을 갖고 싶은 생각이 없어졌고 찢겨진 그 책은 주검과도 같아 보였다. 찢은 책장을 갈기갈기 더 찢어 버렸다. 나는 도둑질을 한 걸까. 아니다. 더 나쁜 짓을 한 것이다. 이 사실을 그 친구에게 고백하지 못 한 채 고등학교를 졸업하였고 다시는 그 친구를 만날 수가 없었다.

옛날 생각이 나서였을까. 50여 년이 지난 지금에 와서 나는 근간에 이 두 가지의 英和辞典의 최신판을 구입하게 되었다. 뒤의 책은 그때 그 책과 같은 책인지가 분명하지 않아서 조금 아쉽기는 하지만 어쨌든 이 두 책을 공부하는 데는 별로 쓰지 않고 책장에 넣어 두고 옛날의 그 책을 대하듯 가끔씩 꺼내어 펼쳐 보고는 한다.

보면 볼수록 옛날의 그 책이 더욱 생각난다. 고 작지만 청초한 자색이 어쩌자고 사람을 몽롱하게 만들어 놓고는 뒤돌아보지도 않고 매정하게 떠나던 그때 그 책, 나에게 능욕을 당하고 버림을 받았던 또 하나의 그때 그 책, 이 두 권의 책은 지금쯤 어떻게 되어 있을까. 남아 있기나 할까. 아득한 옛일을 떠올려 보기나 했을까. 더욱이, 나를 길었다가 능욕당하고 버림받았던 그 책은 나에게 원한을 품었을 것 같고 더럽혀진 몸이라고 누구한테서 진작 또 한 번 버림을 받았을지도 모를 일이다.

아마도 책을 능욕한 죄는 일생을 두고도 씻을 수 없을 터인데도 어찌하여 나는 그 책의 확실한 이름조차 잊어버리고 말았을까. 그리고 또, 그 두 권의 책 가운데 어느 것을 더 사랑하느냐고 묻는다면 나는 서슴없이, 내게 능욕당하고 배신당한 책이 아니라 나를 고혹(蠱惑)시키고 떠나 버린 앞의 책이라고 말할 것이다. 나는 참 나쁜 사람이다.

앞의 책, 나의 혼을 빼먹은 그때 그『コンサイス 英和辞典』을 떠올릴 때면 그때마다 겹쳐지는 얼굴이 하나 있다. 나는 이 책을 사지 말 걸 그랬다.(2003. 7)

2. 층계참(層階站)

간이역(簡易驛)에서

열차로 고향 나들이를 하자면 관문처럼 꼭 거쳐야 하는 역이 하나 있다. 이 역에는 직원이 곧 역장이고 역장이 곧 직원인 모양인지, 아내가 직원이 되고 직원이 아내가 되기도 하는 건지, 더러는 부인인 듯한 아낙네가 평상복 차림으로 차표를 팔기도 한다.

이런 역에 담장이나 철조망 같은 시설이 있을 리 없다. 내리면 바로 철둑이고 논밭이다. 더러는 슬금슬금 저만치 달아나는 승객도 있지만 고함만 한두 번 질러 볼 뿐 그런 걸 다 단속할 처지도 못된다.

꾀죄한 대합실은 촌티가 줄줄 흐르긴 해도 바람이 미련처럼 들락거리는 창문 너머로 먼 하늘이 파랗고, 까만 아기 염소가 그리움처럼 캬득이는 철둑 섶에는 만개한 코스모스가 철없는 계집아이를 생각나게 한다. 여기 대합실에서, 나는 지금 고향에 왔다가 대구로 돌아가려고 열차를 기다리고 있는 참이다.

이 간이역을 들락거리는 사람 치고 뭐 그리 바쁜 사람이야 있겠는가. 주로 장보러 다니는 시골 아낙네며 늙은이들이 완행열차를 타고 내리고 잠시 여기를 스칠 뿐이다. 그렇지만 이 간이역은 참 좋은 만남의 장소가 되기도 한다. 대합실 입구 쪽에서 서로 주고받고 호들갑을 떠는 두 노파는 아마도 아들딸 자랑하느라 신이 난 모양이지만, 창문 곁에 붙어 서서 연방 웃고 소곤대는 아낙들의 사연은 뭘까. 바로 그 곁에, 입을 앙다문 채 어깨가 축 처져 있는 외톨이 노인으로 해서 나는 아까부터 괜히 비감해진다. 간이역은 이런 사연을 들어 주고 맞이하고 또 보낸다. 가진 것이 좀 있다고 남을 깔보는 사람, 벼슬깨나 하는 모양인지 같잖게 목이 뻣뻣한 사람, 부동산 투기로 똥배가 툭 튀어나온 사람, 촌땅이야 수백 평을 팔아도 만져볼 수도 없는 외투를 걸쳤건만 조금도 무거워할 줄 모르는 사람, '소나타' 승용차의 궁둥이에 붙어 있는 'GLI'를 'GLSI'로 'S' 자 하나를 더 끼워 붙여서 조금 더 고급 차로 보이고 싶어 하는 사람, 사람, 사람, 그런 사람들과는 이 간이역은 도무지 손방이다.

새마을운동이 막 일어나던 때였으니까 어느덧 30년이 흘러갔다. 참기름, 고춧가루, 마늘, 바가지 이렇게 올망졸망한 보따리 서너 개를 이고 들고 나는 갓 시집온 아내와 같이 그때도 이 간이역을 거쳐 고향을 떠나 왔다. 황홀하게 날아 보려던 나래를 이루지 못한 채 둥지를 떠나 쫓기듯 밥벌이를 위해 도시로 나와야 했다.

거짓말처럼 세월은 흘러갔고 세상은 참 많이도 변했다. 농촌만 해도 그렇다. 오뉴월 삼복지간에도 언감생심 팔뚝조차 제대로 못 내놓고 땀띠에 시달려야 했던 남의 집 며느리가 지금이야 허벅지를 드러낸들 청바지 가랑이를 삭둑 잘라 입은들 누구 눈치볼 일 없어졌고, 연탄 아궁이로 부엌이

개량되어 좋구나싶더니 요사이야 하나같이 기름보일러요 가스렌지가 되었지만, 정작 청바지를 입을 며느리며 가스렌지를 사용할 젊은 아낙네는 다 어디로 빠져 나갔을까. 식이네 덕이네 바우네가 어깨를 비비며 살던 마을이 식이네며 덕이네가 떠나간 빈집은 잡초가 키를 잰다. 더러는 예쁜 도시풍의 양옥이 허물어진 그 그루터기에 하나 둘 버섯처럼 돋아나기도 하지만, 그 집을 지키는 사람치고 청바지를 입었던가? 그 버섯은 차라리 가여운 움돋이일 뿐.

언제부턴가 정부가 말도 안되는 헐값으로 쌀 값을 묶어 버림으로 해서 노동자의 낮은 임금을 유지하려 했다. 이것은 국제경쟁력을 높이기 위하여 생산단가를 내릴 수 있는 데까지 내리려는 인해전술이었다. 나라 살림이 좋아지면 쌀값을 꼭 올려 주마던 그 언약은 해마다 거짓말이 되기를 서른 해, 쓸데없이 무단(武斷)정권만 몇 차례 이어졌다. 이른바 문민(civilian)정부를 자처하는 오늘의 정권이 이것을 어떻게 해결해 줄지는 두고 볼 일이로되, 글쎄 30년이나 속고만 살아 온 농촌에 청바지가 남기를 바라겠는가. 떠나간 청바지가 돌아오길 바라겠는가?

식이도 덕이도 바우도 그리고 내 아우들도 모두가 이 간이역을 거쳐서 어디론가 떠나갔다. 장래가 뻔한 농사일을 버리고 어떻게든 도시에서 터를 잡아 봐야겠다고, 장래는 고사하고 목전의 보릿고개나 면해 보려고, 무슨 짓을 하든지 자식만은 가르쳐야겠다고, 시집갈 미천 벌겠다고, 자칫하면 몽달귀신 될까 봐, 이래저래 울화가 터져서 어디론가 도망치듯 농촌을 떠났다. 마치 삼투압에 의하여 확산되는 어떤 액체처럼 농촌의 아들딸들은 대개 이 간이역을 거쳐서 그렇게 빠져 나갔다. 형편이 조금은 낫다고 하겠지만 그 무렵 나 또한 썰물에 실려 어쩔 수 없이 떠나가기는 마찬가지였다고나 하리라. 올망졸망한 보따리를 들고 이 간이역에서 기차를 타기는 했지만, 아내 옆에서 나는 차창에 기대어 별 말이 없었고, 내 기색을 살피시는 아버지 어머니가 그때처럼 초라해 보인 적은 없었다.

이후에 우리들이 살아온 사연은 들먹이고 싶지 않지만 어쨌든 툭하면 조국근대화라는 핑계를 내세우는 급진주의자들에게 이 간이역을 떠나 왔던 우리의 몸값은 너무도 헐하게 팔렸었고, 결과만을 따지는 전쟁논리의 계승자들에 의하여 줄곧 푸대접을 받으면서 속절없이 백발이 되고 만 것이다.

획, 찬바람이 몰아친다. 가랑잎 두어 개가 대합실 바닥에 힘없이 나뒹군다. 열차가 곧 도착될 모양인지 뒷짐을 진 채 역장이 전호기(傳號旗)를 쥐고 슬슬 나타난다. 썰렁한 대합실이 조금은 생기를 머금고 술렁이는데, 무단히 나는 속이 좀 상하고 갑자기 술 생각이 난다. 뭔가 고함이라도 한 번 지르고 싶다.

고향 마을로 발길을 되돌릴가 보다. (『수필문학』 1995. 11월호)

가난이 죄라고 하던가

밥 한 숟갈을 서른 번 이상 씹어서 먹으라는 가르침을 어릴 때 선생님으로부터 귀가 따갑도록 들었다. 서른 번기 아니라 백 번이라도 씹으면 몸에는 좋을지 몰라도 쪼톡쪼록 줄인 창자가 재촉을 하는데 어디 그리 되던가? 분위기를 잡고 미희를 끼고 거드름을 피우는 자리라면 서른 번을 씹을 게 아니라 밥은 그냥 밀쳐 둘 수도 있다.

6.25 직후에 구호물자란 게 들어 왔다. 미국 사람들 입던 외투 하나를 외할머니가 날 입으라고 구해 주었다. 중학교 때였다. 지금 생각하니 허리가 짤룩한 여자 외투였는데 나는 그걸 한 해 삼동 입고 허리가 짤룩한 여자 모습을 하고서 학교에 다녔지만 놀림을 받기는커녕 그 까만 모직 외투가 다른 아이들의 선망이 되기에 충분했다.

쥐가 천정에서 오줌을 갈기며 연방 찍찍거려대는 단칸 셋방에서 여덟 식구가 모로 누워 자다가 장인이 밖에 나가 오줌을 누고 들어오니 누울 자리가 없어졌더라는 말을 들은 적이 있다. 꾀죄죄한 한옥을 장만하고서도 밤새 기분이 좋아 혼자서 폭음을 했던 추억은 나에게도 있다. 한옥이 양옥으로, 단층이 2층으로, 2층이 고급 아파트나 정원이 있는 집으로 바뀌게 되었다. 이제는 열다섯 평 한옥을 장만했다고 밤새 혼자서 폭음을 하는 사람이 있다면 못난 사람으로 보일지 모른다.

하늘에서 비행기가 추락하고 땅에서는 기차가 부딪고 바다에서는 배가 전복되고 강에서는 다리가 무너졌으니, 다음에는 땅속에서 지하철 사고가 날 차례라고 냉소 짓는 사람이 너무 많았다. "봐라, 이번에는 땅 속에서 가스가 폭발하지 않았느냐……"라고.

비행기가 떨어져도 기차가 부딪고 배가 뒤집혀도 다리가 무너져도 가스가 폭발되어도 우리의 화살은 늘 한 곳으로 날아간다. 이래서 옛날의 위정자는 날이 가물면 짐짓 죄인이 되어 도포를 입고 기우제를 지낸 모양이다.

누구가 놓은 다리이든, 어느 정권 때의 공사이든, 그것이 설령 하늘의 일이라 해도 우리의 화살은 다른 곳으로 날아간다. 그러나 진실로 누구의 죄인가? 다만 헐벗고 배고픈 슬픈 시절을 다시 생각할 일이다. 보릿고개를 넘는데 구호물자니 식은 밥이니 하고 가릴 수가 있었겠는가? 서른 번을 씹어서 먹을 수가 없었던 것이다. 더러는 배탈이 이제야 나고 입은 옷이 흉한 줄을 늦게야 알게 된 모양인데, 여보시오 동포님네 누구를 미워할수이껴?

우리가 다 같이 마음의 제단에서 기우제나 지낼거나. (『문향』 95. 제3호)

덕(德)

　　옛날 초(楚)나라 장왕(莊王)이 신하들과 함께 저녁 주연을 베풀었다. 술이 몇 순배 돌고 나자 차차 도연해지고 배반이 낭자해질 무렵 어쩌다가 방안의 촛불이 꺼져 버렸다. 한 신하가 그 틈을 타서 군왕의 총희를 끌어안고 입을 맞추려 했다. 놀란 총희는 얼결에 그자의 갓끈을 뜯어 쥐고 황급히 장왕의 귀에 대고 나직이 종알거렸다.

　　갓끈을 받은 장왕은 그러나, 껄껄 웃으며 호탕하게 외친다.

　　"여러분, 불을 켜지 마시오. 분위기가 한결 좋지 않소. 자, 모두들 갓끈을 뜯어서 이리로 던지시오. 갓끈이 붙어 있는 자에겐 벌을 주리다."

　　그러고는 자신의 갓끈부터 뜯어 버린다.

　　"자, 이젠 불을 켜시오."

　　턱이 허전해진 좌중은 서로서로 바라보며 웃음이 자질어질 뿐 무슨 영문인지를 아무도 알지 못했다.

　　그 후 장왕은 적과 전투를 하다가 그만 포위되어 꼼짝없이 죽거나 사로잡힐 지경에 이르렀다. 그때 저만치서 온몸에 피를 뒤집어쓰고 달려들어 간신히 퇴로를 여는 한 장수가 있었다. 어렵게 장왕을 호위하고는 자신은 죽어 갔다. 죽어 가면서 토하는 그의 마지막 말은 이러했다.

"그때 그 갓끈은 소신의 것이었나이다."

후세 사람들은 이 고사를 두고 '장왕(莊王)의 고사'니 '절영지회(絶纓之會)'니 한다.

공자님은 『논어』에서 여러 번 덕(德)을 강조했다.(예:道之以政齊之以刑民免而無恥道之而德齊之而禮有恥且格). 공자님의 여러 말씀을 다 들을 것도 없이 그러나 덕이란 뭔가. 모름지기 덕이란 조금 속아 주는 데서 비롯 되는 게 아닐가 한다. 모르고도 속고 알고도 속아 주는, 조금은 어리석기까지한 사람한테서 우리는 똑똑하고 맨들맨들한 사람한테서보다 마음이 편안해지는 건 어인 까닭일까.

우리는 가끔 대포집 같은 데서 술 취해 떠드는 장면을 만난다. 윗사람이며 회사를 내일이면 당장 두드려 부술 듯이 고래고래 헐뜯고 욕지거리를 하는 경우도 있다. 그러나 우리는 그때마다 이튿날이면 괜히 힐끔힐끔 윗사람의 눈치를 살피게 되고, 회사를 두들겨 부수기는커녕 더 열심히 일하지 않았던가. "금령으로 이끌고 형벌로 바르게 하려고 하면 백성들이 빠져나가되 염치를 안 느낀다. 그러나 덕으로 이끌고 예로써 바르게 하려고 하면 염치를 느끼고 또한 선(善)에 이르게 된다."는 공자님의 말씀은 참으로 불후의 명언이다. 이런 대포집 풍경 같은 걸 모르고도 눈감아 주고 알고도 눈감아 주는 데서 마땅히 지도자의 도를 읽어야 할 것 같다.

면류관(冕旒冠)에는 다섯 색깔의 구슬을 꿴 끈이 여러

가닥 드리워져 있거니와 조선왕조에서는 왕이 즉위할 때 이런 면류관을 썼다 한다. 면류관에 드리워진 끈으로 해서 밖으로부터 자신의 얼굴을 가릴 수가 있다기보다는 군왕 자신이 되려 대상을 조금은 덜 살핀 채 놔 두려고 해야 한다는 상징적인 의미를 읽어야 한다. 용회이명(用晦而玥)이 랄까, 너무 지나치게 살피지 않음으로 해서 대상을 도용하고 화친하게 할 수가 있다면 이것이야말로 군왕으로서 참으로 완벽하게 천하를 살피는 길이라고 할 만하지 않는가. 그 옛날 장왕은, 누구보다도 면류관을 옳게 쓸 줄 알았던 것 같다.

면류관이야 분외의 것이지만 뜰 앞에는 나무 몇 그루를 심어 놓고 방안에는 병풍이나 쳐 놓고 그리고, 가끔은 합죽선을 폈다 접었다 하면서 어험, 어험, 나는 그렇게 늙어 가리라. (『수필공원』 1996. 3월호)

대욕(大慾)

한국의 단편소설 가운데 가장 잘 된 것 세 편을 고인의 작품에서 꼽아 보라고 한다면 나는 서슴없이 이효석의 「메밀 꽃 필 무렵」과 김동리의 「등신불」 그리고 또 김동리의 「역마」를 꼽겠다. 왜냐고 묻는다면 그냥 그렇다고 할밖에. 나는 소설에 대해 아는 바가 없다.

한국의 시 가운데 가장 잘 된 시 세 편을 고인의 작품에서 가려내라고 한다면, 나는 대뜸 파도를 노래한 유치환의 「그리움」을 첫 손가락으로 꼽겠지만, 둘째 셋째는 좀 망설여질 것 같다. 굳이 말해 보라고 한다면, 조지훈과 박목월의 이름만 말할 것이다. 시에 대해서는 더욱 아는 것이 없기 때문이다.

한국의 수필 가운데 명작 세 편을 고인의 작품에서 말해 보라고 한다면 많이 망설여질 것이다. 수필에 대해서도 아는 것이 없긴 마찬가지이지만, 한편 수필에 있어서는 어쩐지 소설이나 시에서처럼 발군한 작품이 없는 것 같기도 하고 반대로 너무 많은 것 같기도 하기 때문이다. 그래도 굳이 세 편을 찍으라고 한다면, 첫째는 김소운의 「특급품」, 둘째도 김소운의 「외투」를 들겠지만, 셋째 손가락은 꼽지 않고 가만히 있을 것이다. 왜 그러느냐고 묻는다면 이 세 번째 작품은 살아 있는 작가의 작품을 꼽고 싶기 때문이라고 대답할 것이다.

그렇다면 살아 있는 수필가의 작품에서 말해 보라고 한다면 나는 빙그레 웃음으로 답할 뿐 벙어리가 될 것이다. 왜냐하면 이 세 번째 작품은 누구든지 나의 수필집 『까치밥』을 한 백 권쯤 팔아주거나 가짜 양주라도 한 병 들고 내 집 문을 두드리는 사람이 있다면 나는 당장 그 사람의 수필을 세 번째로 꼽을 작정을 하기 때문이다. 내킨 김에, 내 집 문을 두드리는 사람이 더 있다면 다 받아들이고 글이야 어떻든 빠뜨리면 서운해 할 사람들에게 한 편씩 달라고 하고 또 나의 수필도 한두 편 보태어서 『한국명작수필집』이란 이름으로 책을 펴내 보면 참 좋겠다는 생각을 해보는 것이다. 그러나, 이러한 책들이 이미 서점에 수두룩이 널려 있다면 내가 편집한 책이 잘 팔리지 않을 것이니 우선 서점들을 한 바퀴 빙, 둘러 살펴봐야겠다. 그러나 다시 생각해 보니 그럴 필요는 없다. 수록된 필자 가운데 만만한 분들에게 한 백 권씩만 사도록 하면 되지 않겠는가. 아니 열 권씩만 사도록 해도 60 명 잡고 600 권이 팔리지 않겠는가.

일이 잘 풀려서 책이 불티나게 팔리면 그 돈을 다 어떡할 것인가. 수필잡지를 하나 만들 일이다. 어중이떠중이 닥치는 대로 '신인추천'을 주어 버리면 이미 능사는 필한 것이다.

닭을 길러도 돼지를 길러도 신경 쓸 일이 좀 많겠는가. 수필가가 되겠다는 사람들이야 제 밥 먹고 제 돈으로 병원을 가니 밥 값이 드나 약 값이 드나, 신경 쓸 일이란 도시 없다. 이를테면 닭이나 돼지를 길러서 돈을 벌겠다는 사람들은 순진한 사람들이다. 그러고 보니 당초에 내가 만든 『명작수필집』이 잘 안 팔려도 양계나 양돈을 하려는 그만한 자본이 있는 사람을 만나기만 하면 좋겠다. 내가 그들을 잘 부추겨 나의 물주(物主)로 만들면 그것 참 좋겠다.

추천을 전후해서, 아니면 좀 유식한 말로 하자면 추천 받을 걸 정지조건이나 해지조건으로 해서 마치 정치판의 공천에 떠도는 소문처럼, 그들에게 출판비 얼마씩을 보태는 셈치고 책을 사게 하면 수필잡지의 출판비 걱정은 안 해도 된다. 학연이 그렇고 지역 감정이 그러하듯 이른바 '모지'에 대한 그들의 충성심은 대단하니까. 또 고료를 주지 않고 원고를 청탁하는 것이 별로 실례가 안 되는 판국이고 더욱이 내가 조작해 놓은 수필가들의 글을 받기란 누워서 떡 먹기가 아니겠는가. 아니, 원고 청탁서를 학수고대하고 있을 텐데 뭘…. 이런 형편이니 나의 수필잡지는 장래가 촉망되고 그럭저럭 몇 해만 지나면 나는 신분이 달라질 것이다.

어느덧 '수필당 총재'가 되어 항상 경호원의 분 냄새 속에서 여생을 즐길 수 있을 것이겠다. 다만 흰머리를 염색해야 할지 말아야 할지 그런 걱정이나 하면서…. 그렇지만, 학연 지연을 선동하고 거짓말을 밥 먹듯 하는 정치쟁이들을 본뜨기나 하면서 혹시 '문학제국 황제'같은 대욕(大慾)을 늙어 죽도록 못 버리고 앙앙불락한다면 대욕을 버리지 못하는 노추한 정치쟁이의 꼴이 되고 말 게다.

올해는 대욕의 군웅들이 정치판에 한바탕 풍운을 몰고

올 모양이다. 누가 「등신불」이고 누가 「메밀 꽃 필 무렵」
인지는 말만 듣고는 모른다. 읽어 봐야 안다. 그래서 세상
이 이 모양인가?(『수필춘추』 2002. 봄호)

뇌물 먹은 염라대왕

겨울을 앞에 둔 나무가 그 잎을 떨어뜨려 버리듯 나 또한 그렇게 많은 것을 버리고 있다.

돈을 주고 사서 생기는 물건은 될 수 있으면 더 사지 않으니 더 버릴 것이 없게 되고 이를테면 사진 같은 것은 더 찍지 않으니 버릴 사진이 없게 되지만, 버려도 버려도 끝이 없는 것이 나한테 한 가지 있다. 책이다.

남이 보내준 책을 버린다는 것은 도리가 아니라고 생각했었지만 언제부턴가 나는 이런 책도 버리게 되었다.

우선 나의 성명을 틀리게 쓴 책은 돌려보낼가 하다가 귀찮아서 대문 밖으로 집어던진다. 한문이라면 남의 이름자도 제대로 못 쓰는 주제에 문인 행세를 하다니, 말세로다.

이렇다할 글 한 편도 없는 주제에 알랑방귀를 잘 뀌었거나 분 냄새를 살살 풍겼거나 해서 뛰어난 선배를 제치고 문학상을 탄 사람의 책, 또 그런 상을 준 사람의 책은 손에 닿자마자 거열에 처한다. 그럴 때면 흡사 바퀴벌레를 손으로 때려잡은 기분이 들어서 비누로 손을 씻고는 한다.

글을 팔아서 북향집을 남향집으로 바꾸었다 하더라도 정치쟁이가 되어 버린 사람의 책이나 글에는 퉤, 하고 가래침을 뱉는다. 이런 놈들이 문단을 말아먹고 있기 때문이다.

남의 원고를 제멋대로 뜯어고치는 사람의 책은 송충이 같아서 보자마자 밟아 버린다.

"글은 곧 사람이다"라는 말을 자주 하는 훈장들의 글을 대하면 속이 매스껍다. 이런 훈장들은 문단을 교단으르 아는 사람들이다.

문단 간부의 선거 때만 되면 안면도 없는 사람에게 고사떡 돌리듯 하는 책을 대하면 왠지 덩치 큰 트럭이 교통법규를 어기며 매연을 뿜어대는 것 같다는 생각이 든다.

상업성이 지나친 잡지를 통해 등단한 사람의 책은 보나 마나다. 이런 책을 읽느니 차라리 설익은 개살구를 씹을 일이다.

수캐 뭐 자랑하듯한 기념문집 같은 것을 대하면 날조된 송덕비나 묘비를 보는 것 같다.

문단원로의 서문을 실었거나 그런 사람이 쓴 제첨(題簽)을 붙인 책은 '호랑이를 업은 여우' 같아서 냉소가 절로 나온다.

목탁 소리가 요란한 글이 어찌하여 더 속돼 보이는지 모르겠다.

장정이 지나치게 화려한 책도 고물 장수가 책 값을 쳐 주지 않기는 마찬가지다.

버릴가 말가 망설여지는 책이 있다. 이럴 때는 책을 힘껏 공중으로 집어던진다. 자빠지면 버린다. 엎어진 것은 부끄러운 줄이나 아는 것 같아서 잠시 그냥 두는 것이다.

이 글이 발표 되고 나면 우리 집 우편수함(郵便受函)은

썰렁해질 것이고, 텅 빈 우편수함을 바라보며 나는 또 하나
의 고독을 음미하게 될 것이다.

신문을 들기가 무섭고 텔레비전을 틀기가 겁난다. 온통
도둑놈들 이야기뿐이다. 염라대왕도 뇌물을 먹었나 도대체
뭐 하는지 모르겠다. 나한테서 좀 배우기나 하지.(『수필춘추』
2003. 봄호)

책연기(册緣記)

십여 년 전의 일이었다. 한 노인으로부터 아주 희귀한 책 한 질을 빌려 본 적이 있었다.

그때 그 책에 대한 나의 호기심은 대단했다. 그 책을 구하려는 욕망은 마침내 책을 가진 노인에 대한 아련한 그리움으로 바뀌어 갔다고나 할까. 그 책을 빌리려 소백산 속으로 그 노인을 찾아 나설 때는 삼고초려의 장면을 떠올려 보기도 하면서 마냥 현자를 찾아 나서는 그런 기분이 되어 있었다.

노인은 몹시 깡마르고 꼬장꼬장했다. 방안으로 들어서니 네 벽을 메우다시피 한 책들이 압도해 왔다. 거의가 고서 같았다. 창문 위에 '성복우황(城復于隍)'이라는 네 글자가 벽면에 그냥 씌어 있었다. 대뜸 그 네 글자의 뜻을 물어 봤다.

"성을 쌓을 때 움푹 파인 곳을 '隍'이라 하지. ― 그 성은 허물어져 황지(隍池)를 메우게 되고⋯⋯."

이런 노인의 설명을 듣고는 그제야 책을 빌리러 온 용건을 털어놨다.

"젊은 분이 케케묵은 걸 뭣 하러?"

조금은 퉁명스럽다고 느껴졌다. 이분으로부터 뭔가 듣고 싶었지만 나의 이런저런 말엔 도무지 대꾸도 않으신다. 허나, 어느새 그 다섯 권의 책을 내 앞에 내민다. 두 달 뒤에 돌려드리겠다고 했더니 우송하라 한다. 그러나 이 노인과의 약속을 지키지 못했다. 그 해 연말을 며칠 앞두고서야 겨우 노인에게로 갈 수가 있었다. 노인과의 사연은 이것뿐.

그랬더랬는데, 이상하게도 그 노인이 얼마 전에 십여 년이 지난 지금 내 집을 찾아왔다. 현자를 예우하는 정중하고 약간은 들뜬 기분이 되어 그를 맞이했다.

잠깐 방안을 둘러보고는,

"책은 다 어디 있고?"

첫마디가 책에 대한 것으로 시작됐다. 월간지 나부랭이가 뒹굴고 있을 뿐 별다른 책들이 눈에 띄지 않는 것에 실망하고 있었을까.

"지금 곧 집으로 가야 하네. 붙잡아도 소용없어……. 오늘 밤 긴한 약속 때문이지."

이렇게 떠날 것을 단호히 선언해 버리더니만, 갖고 온 보자기를 슬슬 풀었다.

"이건 언젠가 자네가 빌려 갔던 바로 그 책일세. 내가 오늘 온 목적은 이걸 자네에게 맡기려고 온 걸세. 아주 자네의 소유로 말일세."

"……."

"이 책은 다섯 책이 질을 이루고 있지만 사실은 산질본이었지. 네 권은 고향에 두고 한 권만 갖고 난리통에 넘어왔으니까……. 어쨌거나 질을 맞추기는 했지만 판이 다르고

종이가 다르고 연대가 달라서 책의 구색이 원래 것만큼은
어림도 없어……. 산질본! 특히 한두 책이 빠져 있거나 한
두 책만 남아 있는 이런 산질본을 대할 때면 북녘 땅의 가
족이 더욱 생각나. 나 같은 산질본이 언제 완질이 될까. 나
는 내 가족을 찾든 흩어진 고서의 질을 맞춰 왔네만……."
　"아, 그러셨군요."
　나는 겨우 이렇게 흘렸을 뿐 듣고만 있었다.
　"그 밖에도 몇 권 쓸만한 것만 골라서 화물로 부쳤네."
　비비적비비적 품안에서 쪽지를 꺼내더니만 불쑥 내민다.
물표였다. 나는 뒤통수를 얻어맞은 듯 정신이 멍해 있었다.
노인은 훌쩍 떠났다. 붙잡아도 막무가내.
　도리없이 그 노인의 책들을 일단은 인수하기로 하고는
며칠 후 황황히 노인을 찾아갔다.
　난리통에 갖고 왔다는 그 한 권의 산질본. 가족을 찾듯
질을 맞추기 위해 그리도 헤매었다는 그런 책을 수십 권이
나 물려주듯 남기고 쫓기듯 떠나는 그 노인의 뒷모습. 그
허허한 뒷모습에서 나는 차츰 어떤 불길한 느낌이 들게 되
었기 때문이었다.
　노인의 산방은 비어 있었다. 휑하니 비어 있는 고가는 대
낮인데도 괴괴하기 짝이 없었다. 마을 노파의 이야기는 이
러했다.
　노인은 이레 전에 죽었다고…….
　노인은 월남 후 독신으로 살아갔다. 재혼을 않느냐고 물
을라치면, '글쎄에' 이러면서 북녘 하늘만 길게 바라볼 뿐이
었다. 딸아이 하나를 주워다 키웠는데, 과년이 차도 시집을

안 가겠다고 버텨 왔다.

"아버지! 이제부터 저는 며느리가 되는 겁니다. 이 아기는 손자로 삼으시고……."

딸을 시집 보내려는 노인을 단념시키기 위해 그 딸은 사내 아이를 주워다 키웠다. 그런 딸이 어느 날 아이와 한꺼번에 교통사고로 죽고 말았다. 이때부터 노인은 표표히 떠돌아다녔고……. 이레 전인가 날이 밝아 올 무렵, 동네 개들이 하도 짖기에 몰려와 보니 웬 책들을 불태워 버리고 자신은 뒷산 소나무에 목을 매어 있었다고…….

속으로 날짜를 꼽아 보았다. 책을 남기고 표연히 떠나던 바로 그날 밤이었다. 방문을 열어 보니 그 많던 책들은 한 권도 없고, 휑뎅그렁한 방안에 성복우황(城復于隍) 네 글자만 방을 지키고 있을 뿐…….

성은 허물어져 황지(隍池)로 돌아가지만 노인은 어디로 갔단 말인가! 휴전선, 그 피맺힌 성을 넘어 외로운 혼은 구름처럼 날아가고 있었을까. 여기 묻힌 두 인연으로 하여 아마도 남과 북의 하늘가를 방황하고 있을 것을. ― 돌담 위에는 무심한 장미만 하나 둘 꽃망울을 터뜨리고 있었다.

이제 나는, 노인이 내게 남긴 고서의 책갈피 속에 이 책들이 내게로 오게 된 내력을 소상하게 적어 넣으며 북녘 하늘을 망연히 바라본다―.(『수필문학』 1989. 3월호)

창랑가(滄浪歌)를 읊으며

창랑의 물이 맑으면 내 갓끈을 담그고
창랑의 물이 흐리면 내 발을 담그리로다.

滄浪之水淸兮可以濯我纓
滄浪之水濁兮可以濯我足

이른바 이 창랑가는 아득한 옛날 중국에서 생겨난 동요일 뿐 ―『맹자』에서 유자가(孺子歌)라고도 한다 ― 작자도 연대도 알 수 없다 한다.

양자강 지류인 한수(漢水)유역에 창랑주(滄浪州)라는 곳이 있는데, 한수가 이 창랑 지방을 흘러갈 때에는 물이 파아랗게 맑아진다 했다. 창랑의 물은 본디 맑지마는 더러운 것이 섞여 들게 되면 흐려지는 건 두말할 나위도 없을 것이다.

이 창랑가에는 몇 가지 뜻을 부여할 수가 있거니와, 먼저「어보사(漁父辭)」를 대충 옮겨 본다.

― 굴원(屈原)이 추방당하여 초최한 몰골로 상강(湘江)

의 못 기슭에 거닐면서 시를 읊고 있을 때, 한 어보(漁父)가 이를 보고 그 까닭을 묻는데, 굴원의 답은 이러했다.

"온 세상이 다 흐렸으되 나 홀로 맑으며, 뭇사람이 다 취했으되 나홀로 깨었기 때문일세."

어보가 다시 묻는다.

"성인은 사물에 구애되지 않고 세상과 더불어 추이를 같이할 수 있는 것을, 세상이 다 흐렸으면 어찌하여 그 진흙을 휘저어 그 물결과 같이하지 않으며, 뭇 사람이 다 취했으면 어찌하여 그 찌꺼기를 먹는 것과 그 박주를 빨아들이는 것을 하지 않으십니까? 무슨 까닭으로 깊이 생각하고 높이 행하여 스스로 추방을 당하게 하였단 말입니까?"

굴원이 다시 답한다.

"나는 들은 말이 있는데, 새로 머리를 감은 자는 반드시 관(冠)을 털고, 새로 몸을 씻은 자는 반드시 옷을 털어서 입는다고 …… 차라리 상류(湘流)에 달려가 고기의 배에 장사할지언정 어찌하여 세속의 티끌을 뒤집어 쓰겠는가?"

굴원의 반론에 어보는 빙그레 웃으며 배 바닥을 울려 장단을 치며 노래한다.

> 창랑의 물이 맑으면 내 갓끈을 담그고
> 창랑의 물이 흐리면 내 발을 담그리로다.

이와 같이 「어보사」에서는, 창랑가는 세상에 거스르지 말고 적당히 어울려 살아가자는 뜻으로 쓰여지고 있지만 『맹자(孟子)』에서는 이와는 다르다.

『맹자』의 한 대문을 옮겨 본다.

  어떤 어린 아이가 노래하기를, '창랑의 물이 맑으면 내 갓끈을 담그고, 창랑의 물이 흐리면 내 발을 담그리로다'라고 했다. 공자 말씀하시기를 "얘들아! 저 노래 소리를 들어 보아라. 맑으면 갓끈을 담그고 더러우면 발을 담그게 되는 것이니 스스로 그런 사태를 초래하게 된다"라고 하셨다. 사람은 반드시 (그 자체가) 그 자체를 모욕한 다음에야 남이 그를 모욕하게 된다. 한 집안은 반드시 (그 자체가) 그 자체를 훼손한 다음에야 남이 그 집안을 파괴한다. 나라는 반드시 (그 자체가) 그 자체를 친 다음에야 남이 그 나라를 친다.

滄浪之水淸兮어든 可以濯我纓이요
滄浪之水濁兮어든 可以濯我足이로다.

  이따금 나는 이 「창랑가」를 읊조리며 가만히 세상을 바라본다. 물결치는 대로 어울려 맑게도 흐리게도 적당히 한 세상 살아가려는 어보의 자손들을 본다. 몸을 씻고는 옷을 떨쳐 입으려는 굴원의 후예도 어딘가엔 있을 것 같다. 온 세상이 다 흐렸으되 나 홀로 맑으며 뭇사람이 다 취했으되 나 홀로 깨었다는 강개한 기개는 유가의 선비답고, 세상이 다 흐렸으면 그 진흙을 휘저어 물결과 같이 하겠다는 유연한 자세는 노장의 풍이 감돌기는 하지만, 굴원은 오연하고 어보는 교활해 보인다. 나는 「어보사」에서 굴원과 어보가 토론을 벌일 때 이 광경을 지켜보는 또 하나의 다른 어보가 있었으면 하고 아쉬워한다.

그는 사뭇 웃고만 있을 것이다. 굴원의 주장에도 고개를 끄덕이고 어보의 비양거림에도 미소를 지을 또 하나의 고기잡이. 그는 말이 없다. 아무도 탓하지 않는다. 굴원처럼 구태여 「이소(離騷)」와 같은 글을 지으며 우수에 잠기지도, '멱라(汨羅)'와 같은 강물에 몸을 던져 고깃밥이 되려고도 하지 않는다. 지자인 체 은자인 체하지도 않는다. 차갑게 웃는 일도 빈정거리는 일도 없다. 그렇지만 도도한 탁류에 휘말려 난파해 버릴지라도 한 가닥 맑은 물이 되려 한다. '정설불식(井渫不食)'이라 했던가. 샘을 깨끗이 쳐 놨으나 아무도 먹어 주지 않아 심기가 언짢다는 뜻일 게다. 이럴 때도 그는 심기가 언짢기는커녕 한 모금 맑은 샘물이 되어 겨레 곁에 남으려 한다. 이처럼 굴원과도 다르고 어보와도 다르다. 그는 굴원과 어보의 타협이 아니요 그 초극이다. 그 초극이 아니요 그 시원(始原)이다. 그는 늘 자신에 머물러 있고 싶어하기 때문일까.

갓끈을 담그든 발을 담그든 물 자체가 자신의 청탁 때문에 갓끈이나 발을 가져 오게 만든다는 이 불후의 명언을 되뇌며 늘 자신에 머물러 있는지도 모를 또 하나의 고기잡이. 불쑥, 저만치서 갈숲을 헤치고 노를 저으며 다가올 것만 같다. 허연 이빨을 드러내고 껄껄 웃어댈 것인가. (『동양문학』 1988. 9월호)

법(法) 자의 풀이

  옛날에는 형(刑)을 뜻하는 법을 말할 땐 灋(법)이라고
쓰고, 척도나 모형을 듯하는 법을 말할 땐 佱이라는 글자를
썼다 한다. 요즈음의 法자는 灋에서 치(廌)자가 떨어져 나
간 셈이다.

  灋자의 왼편은 물이다. 물은 수평을 유지하려 한다. 법
앞에는 평등하다. 법의 여신은 수건으로 눈을 가리고 왼쪽
손에 저울을 들고 있다. 법은 공평하다.

  물은 용기에 따라 그 모양을 바꾼다. 법은 모든 국가에
동일하지 않다(대륙법계, 영미법계). 민족에 따라 국가에
따라 그 존재형식이 다르다. 법은 법 자체만이 객관적으로
유리되어 있는 것이 아니고 민족과 국가라는 용기에 담겨
그 존립형식을 가진다.

  물은 비에서, 비는 구름에서, 구름은 다시 물에서 이루어
지나 흙이 없이는 유지할 수 없다. 땅속으로 내려간 물은
다시 땅 위로 흐를 날이 오기도 한다. 물의 근본적 존립 기
반은 땅인 것이다. 법은 도덕이나 관습에서, 도덕이나 관습
은 종교에서, 종교는 성자의 법에서 연원하지만 그러나 모
든 이와 같은 법(광의의 사회규범)은 사회라는 기반이 없

고서는 성문법이든 관습법이든 조리든 도덕이든 종교든 존
립할 수 없다. 법은 사회생활이란 사실에 뿌리박은 당위질
서이다. 그렇기 때문에 사회생활 자체도 순수한 사실만일
수는 없다. 인간은 주체와 객체의 변증법적 발전이다. 사실
과 당위의 분리를 원치 않는 생명체이다. 그것이 곧 법이
다. 법이란 당위(Sollen)는 사실(Sein)이라는 생활에서 나
오고 또 돌아간다. 법이라는 사실은 당위(Sollen)라는 인
간의 사회생활에서 나오고 또 돌아간다. 주체와 객체를 준
별하는 칸트의 철학에는 흥미가 없다. Sollen과 Sein을 준
별하여 당위만이 법이라고 하는 Kelsen의 순수법학은 법
의 기반을 도외시한 이론이다.

　무엇보다도 물은 흐르는 것이 속성이다. 한곳에 고여 흐
르지 않고 오래 되면 반드시 부패한다. 흐르는 물, 솟아나
는 물은 살아 있는 물이다. 무엇보다도 법은 변천(진화)하
는 것이 필요하다. 한군데 유착하여 흐르지 않고 오래 되면
반드시 부패하여 공허하고 맹목적이 된다. 사회의 변천에
따라 흐르는 법, 인간 생활에서 솟아나는 법, 그러한 법은
살아 있는 법(Leven des recht)이다.

　물은 멀리서 보면 어두우나 가까이서 보면 투명하다. 법
은 멀리하면(위반, 불법) 어둡고(법의 제재) 가까이하면
(준유, 적법) 밝고 투명하다(법의 혜택).

　물은 흘러 바다에 이르면 짜게 된다. 법은 참으로 잘 실
천되면 음식의 간을 맞추는 소금과 같아 간이 맞는 균형된
사회를 이루게 된다(정의의 실현).

　물은 가만히 두면 소리없이 조용하나 바람이 일고 돌에

부딪치기라도 하면 소리를 내고 사나워진다. 법은 가만히
두면 소리없이 온순하나 이에 저항하면 거칠고 사나워진다.
법의 여신은 오른손에 칼을 들고 있다.

　물은 한 번 흘러가면 그 물이 다시 소급해서 흐르지 않지
만 필요에 따라 인위적으로 또는 자연적으로, 식물은 물이
뿌리에서 줄기로 흐를 수 있는 것과 같이 소급해서 흐를 수
도 낮은 곳에서 높은 곳으로 흐를 수도 있다. 법은 신법이
구법시의 행위와 사실에 소급해서 적용되지 않음이 원칙이
나(법률불소급) 필요에 따라 소급시키기도 한다.

　물은 낮은 곳에 고이고 높은 곳에는 고이지 않는 성향이
있다. 법은 낮은 곳에는 존재하나 높은 곳에는 존재하지 않
을 때도 있다(부정부패 정권).

　물은 청하게도 탁하게도 변화시킬 수 있으나 청할 때는
갓끈을 담그고 탁할 때는 발을 담글 따름이다. 법은 인간을
도덕적 성자이기를 요구하지 않는다. 평균인의 입장에서 기
대되는 행위를 요구할 뿐이다.

　그러나 홍수가 나면 아끼던 미루나무를 베어 제방을 구
축하고 한발에는 지하수를 개발하듯이, 법이 폭군에 의하여
유린될 때에는 혁명으로 그것을 바로 잡기도 한다(저항권).

　다음 灋자의 오른쪽을 보면 치(廌)자와 거(去)자로 이루
어졌는데, 치(廌)는 해태(獬豸)라고도 하는 바, 한 개의 뿔
을 가진 고대동물로서 능히 곡직(曲直)을 알아 재판할 때
죄인을 박아 버린다는 신령스러운 양〔神羊〕이라 한다. 오늘
날 우리는 엉뚱하게도 사자와 비슷하게 만들어 놓은 돌 해
태로 만나 볼 수 있거니와, 고대 중국에서는 법관의 관(冠)

은 이 해태의 뿔(머리) 모양을 본떠서 만들었다 한다. 우리 나라의 판사의 법복 또한 어딘가 그런 분위기를 느끼게 하지 않던가. 치(廌)자와 거(去)자는 결국 죄인을 박아 버리는[去] 원시적인 재판 내지 행형을 상징한다. 부정적 의미를 갖고 있다. 법죄는 법의 부정이요, 법은 부정의 부정이라고한 헤겔의 표현과 같이 廌去란 부정의 부정이다.

灋자는 이렇듯 형평[氵]과 정의구현[廌去]을 뜻하는 글자였는데, 문득 法자로 변해 버렸으니 해태가 어디론가 달아났다. 능히 곡직을 알아서 시비를 가리는 신령스러운 해태가 아쉬운 세상이 된 것 같다. 내일은 야구장에나 가볼까 한다. (1994)

땅속의 산

노자(老子)가 말했듯이 강(江)과 바다가 능히 백곡(百谷)의 왕일 수 있는 까닭은 자신을 가장 낮은 곳에 두었기 때문이다. 강과 바다처럼 자신을 낮추는 태도에 우리는 '겸(謙)'이라는 글자를 붙인다.

고인(古人)의 말을 빌면 謙이란 글자는 '言'과 '兼'으로 이루어진 글자 곧 '言兼'이라 했다. '말을 겸해서 한다' 함은 결국 남에게 말할 기회를 주면서 상대편의 처지를 고려하면서 해야 한다는 뜻이 된다.

남에게 말할 기회를 준다는 것, 상대편의 처지에 마음을 쓴다는 것, 그것은 마침내 남의 반대와 비판까지도 수용하려는 태도가 아니겠는가. 남을 받아들이려는 노력, 남의 자리를 위해 자기를 비우려는 모습, 이 텅 빈 여백과 공간, 그것은 謙의 얼굴일 게다. 謙의 모습은 비어 있기 때문에, 빈 그릇이기 때문에 남의 음향이 되울린다. 남의 음향이 되울릴 수 있기 때문에 남이 좋아하게 된다.

남이 들어올 수 있는 공간을 가지려는 마음은 자신을 낮추는, 양보하는 자세를 취하게 된다.

학문이, 덕행이, 그 무엇이 그득하되 빈 공간으로 남으려는 마음은, 이웃과 세상을 위해 공을 세웠으되 그 대가를 바라지 않고, 뜻을 얻지 못해 초목과 더불어 썩어 간다 할지라도 조금도 애틋해 하지 않아, 오고 가는 모습이 때를 따라 자적하니 '時止則止 時行則行(시지즉지 시행즉행)'이라 할까. 자신을 위해, 자기를 드러내기 위해 떠들 필요도 바쁠 까닭도 도시 없다. 떠들 필요가, 바쁠 까닭이 없기 때문에 말을 겸해서 한다. 남을 앞세운다.

옛 선비들은 자기가 나설 수 있을 때면 세 번을 사양했다 한다. 첫 번째의 사양을 예사(禮辭)라 하고, 두 번째의 사양을 고사(固辭), 세 번째의 사양을 종사(終辭)라 했다.

이 세 차례의 사양을 합쳐서 三辭라 하는데, 三辭를 하고서도 굳이 이끌면 그제야 조심조심 몸을 일으켰다. 살얼음을 밟듯 띠풀〔白茅〕을 깔 듯, 성심을 다하는 三辭의 자세를 오늘날의 시각으로는 어떻게 받아들여야 할까?

'우의정을 맡아 주시오' 할 때, '성은이 망극하여이다'라고 응락하면 당장 정승이 되고, 한 번 사양했을 때 두 번 다시 권해 오지 않는다면 정승 자리가 다른 사람에게 돌아가는 판국인데도 그걸 어찌 입에 발린 소리로 세 번씩이나 사양했겠는가.

三辭는 밖으로만 꾸미는 허례가 아니라 한 번 사양한 후 다시 사람을 보내 오든지 하면 또 사양하고 그래도 다시 권해 오면 그래도 사양한다는 식으로 상당한 시일을 두고 세 번을 사양한다는 뜻이니, 그 세 번을 겸양하는 동안 자신이 과연 그것을 맡아 해낼 재목이 되겠는가를 골똘히 다짐해 봐야 한다는 뜻인지도 모른다. 한편 그걸 맡기는 편에서도

과연 그 사람에게 그런 걸 맡겨도 좋겠는가 그래서 한 번
믿고 쓴 이상 끝까지 믿을 수 있겠는가를 세 번씩이나 염려
해 봐야 한다는 뜻도 될 것 같다.

三辭의 자세를 고수하는 사람이야말로 어쩌면 앞을 훤히
내다보고 있는 현인이 아닐까. 높은 산정에서 사해를 굽어
보듯, 고금을 회통한 어진 선비야말로 어찌 구태여 그런 자
리를 바랐겠는가? 세 번이 아니라 열세 번이라도 사양할밖
에―. 초야에 묻힌 제갈량을 찾아 세 번씩이나 머리를 굽히
는 삼고초려의 정경은 몇 번을 읽어도 마냥 그윽하다. 마음
이 울적할 땐 곧장 이 대목을 펼친다. 비록 뜻을 다하지 못
하고 오장원의 이슬로 사라진 제갈량이었건만 어쩌면 그런
자신의 운명까지도 훤히 내다보았을 그였기에 더욱 三辭의
자세를 견지했는지도 모른다. 그러면서도 그 운명과 한계를
뛰어넘어 보려던 곳에 孔明의 위대성이 있지 않을까.

謙은 꾸며진 自己卑下(자기비하)가 아니다. 江과 바다가
자질구레한 물들보다 크기 때문에 되레 자신을 낮추게 되
는 자연스러운 경지이다. 『주역』에서 謙은 '땅 속에 있는
山(地中有山)'이라 했다. 山은 지상에서 가장 높은 것인데
그 山이 높아서 땅속으로 들어갈 줄 아는 상태이다.

謙은 계산된 자기비하가 아니듯 의도된 침묵이 아니다.
헤아려진 침묵은 묵적(默賊)이라 하지 않았던가. 하물며 세
상을 방관하면서 냉소하면서 은자인 체 지자인 체하는 건
설익은 이삭일 뿐―. 얼마간의 지혜와 능력을 농하여 세상
을 업신여기고 남을 깔보는 태도는 비록 두 손을 땅에 짚고
기어다닌다 해도 그것은 謙이 아니라 같잖은 오만이다.

山이 땅 속으로 들어가면 하늘이 넓어지는 법. 하늘을 잉태한 대나무는 이리하여 퉁소가 된다.(1990)

山이 땅 속으로 들어가면 하늘이 넓어지는 법. 하늘을 잉태한 대나무는 이리하여 퉁소가 된다.(1990)

상앙(商鞅)의 막대기

기원전 4세기경, 중국의 춘추전국시대 초기에 상앙(商鞅)이라는 한 법가(法家)가 정치무대에 등장한다. 그는 위(魏)나라 사람이었으므로 위앙(魏鞅)이라고도 불리어졌다. 처음에 그는 위나라 재상인 공손좌(公孫座)의 가신으로 있다가 뒤에 진(秦)나라에 몸을 의탁했다. 그는 진나라에서 제도(帝道)와 왕도(王道)를 논했지만 그러한 방안이 효과가 너무 늦게 나타난다고 효공(孝公)이 달가워하지 않자 마침내 그는 패도(覇道)를 논했다.

그는 어느 날, 작은 나무 막대기 하나를 진나라 도성의 남문에 세워 두고 사람을 불러 모아 놓고서는, 그 막대기를 북문으로 옮기는 사람에겐 10금을 주겠다고 했다. 백성들은 기이하게 여기면서 어떻게 그렇게 쉬운 일이 있을 수 있을가 하고 아무도 믿으려 하지 않았다. 그러자 다시 상금을 올려서 이번에는 50금을 주겠다고 외쳐댔다. 마침내 한 사람이 그 작은 막대기를 옮겼더니 정말로 50금을 주는 게 아닌가.

상앙은 이렇게 백성들로 하여금 정부의 말은 지켜진다는 걸 믿게 한 뒤에 비로소 새로운 법을 정식으로 반포하였다.

새로운 법이 얼마나 엄격했던지 그 법이 시행되자 잘 적응하지 못하는 백성들은 불평을 했고 효공의 아들인 태자도 법을 위반할 정도였다. 그러자 상앙은 "법이 시행되지 않는 것은 윗사람부터 법을 지키지 않기 때문이다."라고 말하면서 태자를 처벌하려 들었다. 태자는 군주의 후계자여서 처벌하는 것이 부당하므로, 태자 대신 시종장(侍從長)인 공자 건(虔)을 처벌하고 태자의 교육을 맡은 공손가(公孫賈)를 입묵(入墨)의 형에 처했다.

이렇게 되자 진나라 사람들은 모두 법령에 복종하였다. 새 법이 시행된 지 10년이 되자 진나라 사람들은 매우 좋아하였고, 집은 풍족하였고 투덜대던 백성들도 생각을 바꾸게 되었고 새 법을 환영하게 되었다. 상앙은 그러나 이런 백성들은 결국에는, 여차하면 정부가 반포한 법령에 대하여 제멋대로 말하고 함부로 평가할 것이므로 모두 '혼란을 일으키는 백성들(此皆亂化之民也)'이라 하여 모조리 변방으로 이주시켜 버렸다. 그 뒤로는 백성들이 감히 법령에 대하여 왈가왈부하지 못하였다. 이상의 내용은 『사기(史記)』「상군열전(商君列傳)」에 나오는 이야기이다.

진나라는 이 상앙의 정책으로 해서 부국강병이 되어 진시황이 중국을 통일하는 데 기초가 되었지만 상앙의 말로는 어떠했던가? 효공이 죽자 태자가 즉위하게 되었는데(혜왕), 태자의 사부 공손가는 전에 상앙에게 처벌받은 일로 해서 원한을 품고 벼르고 있던 터라, 혜왕이 즉위하자 상앙이 반란을 일으킨다고 고했다. 마침내 상앙은 마차에 사지가 묶여 찢어지고 말았다. 어인 까닭일까, 진왕조도 천하를

통일했지만 불과 삼세(三世) 십육년 만에 멸망하고 말았으
니 성(城)을 얻는 것은 마상(馬上)에서 할 수가 있어도 수
성(守城)은 이를 말 위에서는 할 수가 없다고 하는 말이 빈
말이 아닌 것 같다.

장관이 텔레비전에 얼굴을 내어 밀고는 언필칭 직을 걸
고 한다는 말이, 연탄 값은 절대로 인상하지 않겠다고 한
다. 부끄러운 예기지만 나는 그 이튿날 날이 밝기가 무섭게
돈을 꾸어서라도 연탄을 더 많이 들여놓고는 했었다. 물론
결과야 번번이 내가 잘한 것으로 되었지만 우리는 언제부
턴가 그런 세월을 살아 왔다.

선거 때만 되면 말의 홍수를 만난다. 대통령 취임사치고
화려하지 않는 것이 없었다. 이제는 정직한 사람이 더우를
받는 세상이 되려나 보다 하고 가벼운 흥분까지 했었다. 그
리고 자신을 되돌아보기도 했었다.

점점 뜨거워지는 걸 보니 선거일이 얼마 남지 않은 모양
이다. 한쪽에서는 그들이 내거는 권력구조가 만병통치의 약
인 양 떠벌이는가 하면 그런 나눠 먹기식 야합이야 말로 나
라를 망하게 하고 말거라는 말을 서슴지 않은 후보자도 있
다. 나눠 먹기란 말은, 두 정당이 합쳐서 얼마 동안은 대통
령제를 하다가 나머지는 내각제를 하겠다는 걸 두고 하는
말인 것 같다. 그러나 헌정 50년 만에 처음 이룩한 야당
통합이 어째서 야합이냐고 반박한다. 한 사람을 덧붙였으니
황금의 삼중주(三重奏)란다. 한편, 로마법에도 '사정변경의
원칙(Clausula rebus sic stantibus)'이 있다면서 불공
정한 약속은 파기할 수도 있다고 텔레비전에서 떠들어대

는 후보자도 있지만, '약속은 엄수하지 않으면 안 된다(Pacta sunt servanda)'라는 원칙도 로마법에는 있다고 반박하는 후보자가 있었더라면 누구의 주장이 옳고 그르든 일단은 퍽 재미있을 법 했다. 그러나 온 국민이 지켜보는 텔레비전에서 로마법을 들먹거리는 것부터가 참으로 교만한 짓이 아닌가. 이 모든 말들이 나 같은 우둔한 사람의 귀에는 창과 방패의 고사로만 들린다.

벌써 몇 차례 듣긴 들었지만, 오늘 밤에도 텔레비전에서는 대통령 후보자의 정책토론회가 있을 모양이다. 후보자 한 사람을 불러 놓고 네댓 사람이 번갈아 묻고 후보자가 답하는 광경이란 처음 본다. 하지만 너무나 많은 말들이 오가건만, 집 앞에 세워둔 금방 뽑은 새 차를 밤 사이 쭈욱, 긁어 먹는 차벌레는 도대체 어디에서 연유하는가를 묻는 질문자는 없었고, 보행자가 다니는 인도를 질주하는 선불 맞은 멧돼지 같은 오토바이를 걱정하는 후보자도 없었다. 가게 문 앞에 "순 진짜 참기름 있습니다"라는 쪽지가 붙어 있는 걸 본 적이 있느냐고 묻는 질문자라도 오늘 밤 토론에는 꼭 있었으면 좋겠다. 참기름이 벌써 참인데, 다시 진짜가 붙고 그래도 부족해서 순이란 말이 왜 또 붙어야 했는지를 묻기라도 한다면 딱 좋겠다.

다음부터는 텔레비전에 모든 후보자를 한 자리에 모아 놓고 토론을 부칠 모양이다. 어쩌면 로마법의 또 다른 원칙을 들고 나올 후보자가 있을 법도 하지만 그럴 여유도 없을 게다. 한 자리에 앉자마자 모르긴 해도, 어느 후보자의 두 아들이 군에 안 갔다느니 어땠다느니, 그렇게 말하는 후보

자야말로 아들은 고사하고 후보자 자신이 병역 기피의 사
실이 있다느니 없다느니, 환율이 폭등하고 주식이 폭락하고
종금사가 넘어지고 물가는 치솟고 인심은 흉흉하고 급기야
국가부도의 나락에서 휘청거리고 IMF라는 별로 명여롭지
못한 경제치세를 맞게 된 오늘의 난국을 두고, 총리를 지낸
어느 후보자야말로 대통령 다음으로 큰 책임이 있다는 둥,
말싸움부터 벌어질 건 뻔한데 뭘―.

　돼지고기 먹다가 쇠고기 먹고, 쇠고기 먹다가 광어회 먹
는다고 그랬는지. 선진국 문턱에 와 있다고 까불어대던 정
치쟁이들, 풀이란 바람 부는 대로 쏠리는 법, 무슨 죄가 있
을까만, 멀쩡한 소형차를 버리고 시새우며 들어오는 고급
승용차, 이제 오래 살 일만 남았도다, 뱀·물개·곰·녹용,
마구 밀수입해서 그 방면에는 선진국 문턱이 아니라 선진
국 중에서도 제일 가는 선진국이 되어 버린 나라. 『주역(周
易)』에도 여괘(旅卦)가 있듯이, 길 가는 나그네가 자고 가
는 요긴한 그 곳이 물개며 뱀 같은 것이 득실거리는가, 어
찌하여 혐오의 대상이 되었을꼬. 빚에 몰린 열세 살 소년
가장이 13층 아파트에서 몸을 던지고 부도난 중소기업 사
장이 목매어 죽어도 나라를 맡았다는 사람들이 불길한 조
짐인 줄 알았을까 몰랐을까? 직을 걸고 한다는 말이 말끔
거짓말인 것이 들통이 나도 아무 탈이 없다고 해서 나라 밖
에까지 연탄 값은 올리지 않겠다고 직을 걸고 말했는지, 높
은 이자를 주고서도 돈을 꿀 수가 없게끔 추락한 나라. 땅
을 칠 판국인데도 차라리 쾌재를 부르는가, 수억짜리 외투
가 버젓이 외국 상표를 달고 진열대에 걸려 있어도 조금도

지루하지 않는 나라. 정말 기 죽인다. 에라 모르겠다, 속고 속았노라, 싸늘하게 웃으며 내뱉는 어느 친구의 말.

"뭐라 카노, 내는 마 선것날 새북에 등산 간다 안카나…."

차벌레며 선불 맞은 멧돼지를 비롯해서 이러한 모든 것들을 상앙이라면 말 위에서 해치우려 할까. 그러다가는 몇 차례 거열(車裂)만 되풀이되고 말 걸.

아마도 '순 진짜 참기름'에서 '순'이며 '진짜'를 떼어 버리는 일부터 착수하지 않으면 안 될 걸. 그런데 순이며 진짜를 떼어 버리는 일은 모르긴 해도 상앙의 법보다는 그의 막대기에 물어 봐야 할 것 같다.

남대문 성문에는 부지깽이 같은 막대기가 더러 꽂혀 있는 모양인데, 글쎄 어느 후보자의 막대기를 옮겨야 할까.
(『수필공원』 98. 가을호)

층계참(層階站)

걷는 것이 좋다기에 새벽 산책을 나가 본다. 춘분을 지났다지만 아직은 쌀쌀하다. 좁다란 골목에 오토바이가 돼지 목을 따면서 갈지(之) 자로 달린다. 한일(一) 자로 달리면 나도 한일 자로 피할 수가 있으련만 갈지 자는 갈지 자로 피할 수가 없어 자주 망설이게 된다. 그들은 거의가 신문 배달하는 젊은이들이다. 환갑 진갑을 다 지낸 늙은이가 꼴 사납게 청바지 차림으로 꼭두새벽에 망령이 났나, 뭣 하러 골목에 나왔느냐는 듯 내 곁을 스칠 때에는 힐끔 곁눈질을 하며 더 웽웽거린다. 새벽이라고 마음놓고 걷다간 큰일난다. 새벽이라고 마음놓고 달리다간 오토바이 타는 사람도 큰일난다. 모두가 큰일난다.

옛날엔 신문 배달하는 아이는 겨드랑이에 신문을 끼고 골목을 누비며 쫓아다녔다. 거기서 발전하여 고물 자전거를 타고 다녔다. 다리가 짧은 아이가 성인용 자전거를 타자니 페달을 밟을 때마다 조그마한 엉덩이가 이리 배딱 저리 배딱 보기에 안쓰럽게 하더니 오토바이로 분탕을 치는 요즘 배달부는 곱게 보이질 않는다.

달라진 건 배달부만이 아니다. 음력 사오 월, 보리는 아직 여물지도 않았는데 묵은 식량은 바닥이 나는 게 우리의 농촌이었다. 누렇게 부황증이 난 얼굴로 나물을 뜯고 송기(松肌)를 벗기던 일이, 한 마을에도 그런 집이 너무 많았다. 그리 오래 된 일이 아니어서 보릿고개 세대들이 많이 남아 있건만 그런 걸 까맣게 잊어 버렸을까. 이제는, 못 이룬 진시황의 꿈을 이루겠다고 안달이 나 있다.

입으로는 공맹(孔孟)과 퇴율(退栗)을 들먹이지만 마음은 늘 토색질이나 일삼던 양반들. 마침내 왜놈들한테 나라가 먹혀 버렸다. 36년, 이만하면 정신을 어지간히 차렸으려니 하고 하늘이 풀어 준 줄이나 알아차렸어야 할 터인데, 그 다음에 벌어진 슬프고도 슬픈 사연들을 어찌 말할꼬. 반세기 풍상일랑 쑥 빼먹기로 하자. 그렇지만 요즈음 듣자니, 단군 할아버지 뵈오러 백두산에 들어가자면 되놈한테 입장료를 내어야 하는 모양이고, 아무리 심성이 고약한 왜놈이기로서니 멀쩡한 우리 땅을 두고 그 꾀 많은 놈들이 잊을 만 하면 남의 부아를 지르는 것 볼 때면 그저 분통이 터질 노릇이다. 이럭저럭 고생 끝에 밥술깨나 먹게 되어 불행중 다행이다 싶었는데, 어느 날 지하철 공사장이 푹 꺼져 버리는 바람에 내 앞 차가 순장을 당했다. 브레이크를 밟는 내 다리가 내 다린지 네 다린지, 몇 달을 두고 두통을 앓은 자가 하나둘이 아니라던데, 또 무슨 업보가 남았는지 한강 다리가 부러지는가 하면 부티나던 백화점이 와르르 쾅, 폼페이가 되었더라.

이른바 대형 사고가 하도 꼬리를 물고 물어 어느 놈이 형이고 어느 놈이 아우인지 분간이 안 가더니 분간이 가는 일이 하나 터졌다. 뒤숭숭한 소문이 연애 소문처럼 번지더니, 4천억이 어쩌고 저쩌고 우리네야 뭔 소린지 통 알아듣지도 못할 이바구가, 설마했더니 설마가 사람 잡았다. 나랏님 두 분께서 형님 먼저 아우 먼저 감옥 문을 여는 꼬락서니라니 어허, 가만히 주위를 둘러봐도 욕하는 사람뿐이고 자신을 돌아보는 사람은 보이질 않더라. 선불 맞은 멧돼지 같은 오토바이, 배두산과 독도 문제, 터졌다 하면 메가톤급 사건사고, 이 모든 총체적 현상이 우리의 총체적 수준일까 뭐까.

옛날 대학 시절의 한 친구가 생각난다. 40년이 다 된 일이라서 확실치는 않으나 그 친구의 부친은 정객이었고 모친은 의사였던 것으로 기억한다. 하루는 그 친구가 가정교사 자리를 구한다기에 너 왜 그러느냐 했더니, 부모가 국회의원이고 의사이지 자기는 자기일 뿐이라는 게 그의 답이었다. 그놈 제법이구나 싶었는데 40년이 지난 지금에 와서 생각해 보니 제법인 것은 친구라기보다는 그 부모이구나 싶어진다. 인왕산만큼이나 커 보이는, 이런 사람이 아쉬운 세상을 우리는 살아가고 있는 것이다.

오토바이 소리가 멀어져 갔다. 어느덧 나는 산길로 접어든 것이다. 조금 오르니 숨이 차다. 한 손으로는 소나무를 짚고 다른 한 손으로는 무릎을 짚은 채 엉거주춤 서 있다. 후유! 하고 숨을 내쉰다. 아침 햇살이 나무 사이사이로 쪼개지며 쏟아진다. 이따금 "야호" 소리와 까치 소리가 산의 정적을 깨뜨릴 뿐 평화스러운 산이다. 그러나 여기도 위험이 있기는 마찬가지, 돌부리에 걸리면 큰일이다. 산길에서 넘어져 요추골절상을 입고 병신이 될 뻔했던 일이 생각난다. 갑자기 찡 하고 얼음판에 금이 가듯 허리가 아프다. 올라온 산길을 빙판인 양 굽어보고 올라갈 산허리를 지뢰밭인 양 살펴본다. 옛날 농촌에 살 때 들에서 참(站) 먹던 생각이 난다.

차를 몰아 보면 참 이상하다. 바쁠 까닭이 없는데도 앞차를 따라 덩달아 빨라진다. 늦게나마 깨닫고 얼른 속도를 줄이거나 길섶에 차를 세운다. 옛날 농촌에 살 때 참 먹던 생각이 이럴 때도 난다. 백두산 문제, 독도 문제, 지하철 사고, 한강 다리 사고, 4천억 사건, 사고, 사고, 큰 사건 사고들이 죽 떠올려지는 것이다.

오늘날에도 역이 있고 휴게소가 있지만 옛날에도 역로(驛路)에는 역참(驛站)이란 것이 있었다. 일터에는 참을 먹는 것이 고금이 같고, 층계에는 층계참(層階站)[1]이 있는 것이 동서가 같다. 일을 오래도록 할 일꾼은 참을 먹듯이 높이 쌓는 층계에는 층계참을 만든다.

마침내 산꼭대기에 올라왔다. 꽤 많은 사람들이 살아가는 길이 다르듯 나름대로의 운동을 한다. 저쪽 무덤 앞에서 부지런히 팔다리를 흔드는 모습이 무덤과 묘한 대조를 이룬다. 나는 괜히 떡심이 풀려 이내 산길을 내려간다.

공직의 층계를 오르다가 정년이 되어 물러났다. 누구나 그러하듯 나 또한 또 다른 층계는 남아 있다. 그런데도, 다시는 걸어 볼 수 없는 젊은 날의 층계를 부질없이 헤아려

---

1) 層階站 — 階段站, Landing.

보랴마는 스쳐 버린 층계들이 오늘따라 왜 이리도 늙은 가슴을 아리게도 저미는 걸까.

"야아야! 층계참을 아나? 내려가는 층계가 더 어렵다 이…."

판검사가 되겠다는 이 아들을 위해 산속 깊숙이 서실을 지으셨던, 돌을 날라다가 돌층계를 만드셨던, 그 층계를 쿵쿵 굴리시며 층계참을 물으셨던 우리 아버지. 그 서실 그 층계는 쓸쓸히 허물어지고 말았다. 옛날 아버지의 그 목소리가 예순네 살 이 아들의 층계마다 깊은 슬픔이 되어 부서진다.

휙, 찬바람이 몰려온다. 동네에 부는 바람이 산바람보다 어쩐지 차갑다. 출근하는 참(站)인지 온갖 차들이 와글와글 열을 뿜는다. 뜨거운 경쟁이 아침부터 벌어진다. 대학생 데모 때문에 최루탄 가스가 골목을 핥은 건 어제의 일이건만 아직도 코끝이 맵싸하다. 오토바이 신문 배달 아이가 이 아침 잔뜩 골이 났던 건 그래설까? 달리고 부딪고, 터지고 막고, 눈을 부라리고 호통을 치고, 어느 것 하나 뜨겁지 않은 것이 없건만 그것들은 모두가 허열(虛熱)이더란 말인가. 한의학에서 말하는 음허화동(陰虛火動)인지도 모르지.

시끄러운 세상, 시끄러운 사람, 시끄러운 계절이다. 나 또한 시끄럽게 늙어 버린 젊은 날이 애달파 체르니 40번을 강타했던 어젯밤 나의 서러운 피아노 소리도 이 소음 속에 속절없이 섞여 버렸을까. 목련꽃 봉오리 터지는 소리는 뉘 집 담장 안에서 수줍어 하고 있겠지. 그들은 겨울의 층계참에서 자신을 되돌아보며, 진눈깨비 흩어지는 삼월(三月)의 변덕을 잘 겪어 내고 있었으리라.

"층계참을 아느냐? 참을 안 먹으면 일을 모른다이…."

내가 불효했던 탓일까, 다시는 들어 볼 수 없는 아버지의 목소리가 오늘 따라 아득한 그리움이 되어 내 가슴을 허빈다.

한 잔의 술이 잔참(盞站)[2]에서 쉬어가며 다하듯 나 또한 참참(站站)이 쉬어가며 다하리라. (『월간문학』 1997. 8월호)

---

2) 盞站 – 잔대(盞臺), 탁반(托盤)

3. 날다람쥐의 말

까치밥

까치가 둥지를 틀어 놓은 감나무 아래, 찌그러져 가는 사랑채에서 어릴 때 나는 할아버지와 거처를 같이 했었다.

끼니때면 할아버지와 겸상을 했었는데, 내가 남김없이 다 먹어 치우고 나면 할아버지는 담뱃대로 나의 머리통을 딱, 때리시고는 했었다.

할아버지와 같이 새끼를 꼬기도 했었는데, 새끼 꼬기를 마치고 새끼를 사려야 할 때면 끝을 맺지 말고 그대로 사려야지 끝을 맺었다가는 할아버지 담뱃대가 그냥 있지를 아니 했다.

할아버지는 또, 모심기를 하거나 벼를 베거나 할 때도 조금씩 덜 심고 덜 벤 채 논 귀퉁이를 남겨 두도록 했었는가 하면, 대추나 감을 따 들일 때면 가지 맨 꼭대기에 언제나 한두 개씩 남겨 두도록 그 긴 담뱃대를 뻗쳐 들고 언명하시곤 했었다.

밥을 죄다 긁어 먹지 말라든가, 새끼 끝을 맺지 말라든가, 모를 덜 심은 채 벼를 덜 벤 채 논 귀퉁이를 조금씩 남겨 두라든가, 심지어 방이나 마당을 쓸 때 싹 쓸어 버리지 못하게 한다든가, 이러한 분부도 분부려니와 대추나 감, 그것도 맨 꼭대기의 것은 더 크고 탐스럽기 마련인데 그걸 따지 말고 남겨 두라시는 데는 어린 마음에 참 이상하다 싶었다.

한번은 징징거리며 그 까닭을 알고 싶어 했더니,

"이 노옴! 스스로 궁리할 요량은 않고 까닭을 물엇!"

이러시며 또 한 번 담뱃대로 나의 머리통을 딱, 때리시고는 했었다.

감은, 귀뚜라미가 밤새 목이 쉬도록 울어대고 메밀 꽃이 싸락눈처럼 피어나길 기다렸다가, 다른 과일이 먼저 아름다움을 겨루고 난 뒤에 천천히 얼굴을 드러낸다. 마침내 가을의 여왕이랄까. 파아란 하늘을 이고 오롱조롱 무리 지어 익어 가는 그 모습이란 너무나도 몽환적이 아니던가. 이 조락의 계절에 청춘을 보내고서도 이처럼 아름다워지는 생명이 또 있을까. 그러나 공(功)을 이룬 자는 떠나가는 것이 이치라 하더니, 정말이지 그것도 잠시일 뿐 마지막 잎새마저 나푼나푼 떨어져 버릴 무렵이면 이 찬란한 산촌의 향연도 무언가에 쫓겨 가듯 막을 내리게 되고, 아기자기하게 뻗은 가녀린 가지들이 텅 빈 하늘 아래 앙크라니 드러난 것이 어딘가 조금은 슬퍼 보인다. 사람이 참 이상도 하지 가을을 거둬들이는 가슴인데 왜 그리 허전하던지……. 가슴 한 구석에 한 가닥 아쉬움이 남아서 차마 다 따 버릴 수가 없었던지 따다가 남긴 한두 개의 감이 그래서 못내 수줍어 얼굴을 붉힌다. 이 남겨진 마지막 감을 예부터 까치밥이라 했다.

이파리도 감도 모두가 떠나간 가지 끝에 홀로 남겨진 까치밥. '큰 과일은 먹히지 않는다[碩果不食]'1)라는 말이 있지만, 큰 과일이란 이 까치밥 같은 걸 두고 하는 말일 것이다. 그러나 영물이라는 까치도 하릴없는 날짐승일 뿐이어서 그런 걸 다 알 수야 있었겠는가. 까치에 파먹혀 만신창이(滿身瘡痍)가 된 채 쭈그러들다가 끝내는 마른 나뭇잎 같이 되고 말면, 오던 까치도 발길을 돌리고 까치밥 언저리엔 쓸쓸히 달빛만 머문다. 그런 형체가 되고서도 까치밥은 어인 일로 낙목한천(落木寒天)에 풍상(風霜)의 길을 저 홀로 가야 하는가?

맹자(孟子)는 이렇게 말했다. 순(舜)은 밭 가운데서 기용되었고, 부열(傅說)은 성벽 쌓는 틈에서 등용되었고, 교력(膠鬲)은 생선과 소금 파는 데서 등용되었고, 관이오(管夷吾)는 옥관(獄官)에 잡혀 있는 데서 등용되었고, 손숙오(孫叔敖)는 바닷가에서 등용되었고, 백리해(百里奚)는 시정에서 등용되었다. 그러므로 하늘이 장차 이러한 사람들에게 큰일을 맡기는 명을 내리려면〔天將降大任於是人也〕, 먼저 그들의 심지를 괴롭히고 그들의 근골을 수고롭게 하고 육체를 굶주리게 하고 그들 자신에게 아무것도 없게 하여서, 그들이 하는 것이 그들이 해야 할 일과는 어긋나게 만드는 것인데, 그것은 마음을 움직이고 성질을 참아서 그 해내지

---

1) 碩果不食 : ‘큰 과일은 다 먹지 않고 남긴다.’라고 풀이한 국어사전은 틀렸다. 이는 『주역(周易)』의 박괘(剝卦) 상구(上九) 효사(爻辭)에 나오는 말로서, 정자(程子)는 不食을 不見食으로, 朱子는 不及食으로, 다산(茶山)은 不爲所食으로 풀이하였고, 조선시대에 복간한 『주역전의대전(周易傳義大傳)』에서는 ‘碩혼果-食ᄒ1이디아님이니’라고 언해(諺解)하고 있다. 다단 요즈음의 『周易』 번역판들이 국어사전처럼 하나같이 틀리고 있을 뿐이다.

못하던 것을 더 많이 할 수 있도록 하기 위해서다. 사람은 늘 잘못을 저지르고 난 뒤에야 능히 고칠 수 있고, 마음속으로 번민하고 생각으로 저울질해 보고 난 뒤에야 하고, 괴로움을 안색으로 나타내고 음성으로 발하고 난 다음에야 안다. 들어가면 법도 있는 세가(世家)며 보필하는 선비가 없고 나가면 적대국이며 외환이 없다면 그러한 나라는 늘 망한다. 그런 다음에야 우환에서는 살고 안락에서는 죽는〔生於憂患死於安樂〕 줄을 알게 된다라고 맹자는 말한 것이다.

그렇다면 무심한 하나의 감으로 하여금 앙상한 가지 끝에 홀로 남게 하고 까치에 파먹히게 하고 추위에 떨게 하고 긴 겨우내 적적한 밤을 저 홀로 지새우게 만드는 것은, 하늘이 장차 고독의 열매라고나 할 이 감에 큰 사명을 내리려고 그러는 걸까. 남겨 두는 한두 숟가락의 밥, 끝맺지 않은 새끼, 그냥 버려 두는 논 귀퉁이, 이 하치않은 것에 하늘은 정녕 그 불운이랄까 고독이랄까, 그것에 값하는 어떤 대임(大任)을 내릴 거라고 할아버지는 그렇게 생각하셨을까. 생어우환(生於憂患)하고 사어안락(死於安樂)하는 이치를 깨우쳐 주시고 싶어 하셨을까?

그러나 맹자를 들먹이지 않더라도 병 든 조개만이 진주를 밸 수 있고 담금질을 거듭할수록 쇠는 더 강해지는 법이다. 맹자의 가르침을 떠올리지 않았어도 미꾸라지 양어장에는 미꾸라지의 천적인 메기를 함께 넣어 기른다고 한다. 미꾸라지만 기르면 빈둥거리기만 하고 활기가 없지만, 메기와 함께 기르면 메기에 쫓겨 잽싸게 진흙 속으로 몸을 사리는 미꾸라지는 그래서 더 잘 자라게 되고 차지게 된다던가. 그렇지만 이런 것을 알면서도, 한마디로 불운이랄까 고독이랄까 빈곤 병고 좌절 박해 이별 같은 것으로 하여 더 지혜로워진다는 걸 알면서도, 마침내 모든 가치는 고독의 소산이란 걸 깨닫게 되고서도 맹자가 갈파했듯이 정작 자신을 두고서는 진작 그것을 깨치지 못하는 게 사람인 것 같다.

"이 노옴!"

까치밥을 남기시려던 할아버지의 담뱃대, 그 긴 담뱃대가 어린 손자의 머리 위로 딱, 하고 바람을 가를 때면 뭔가를 일깨워 주시고 싶었겠지만 그래서 침묵하셨을 그 역설을 깨닫기엔 나는 너무 들이가 없는 아이였다. 눈물을 글썽이며 두 손으로 머리통을 우벼쥐고 달아나기 바빴을 뿐……. 많은 세월이 흘러 나 또한 할아버지가 되어 버린 지금에 와서 이 못난 손자가 하는 짓이라곤 고작 할아버지보다 수선스러워진 것뿐이어서, 옛날의 그 까치밥이 생각날 때면 그러나 담뱃대도 한 번 꼬나 들지 못하면서 괜히 이따금 비 맞은 중이 되어 담 모퉁이를 돌아가고는 한다.

"돌이킴에서 아마도 하늘땅의 마음을 볼진저〔復其見天地之心乎〕!"

하늘땅의 마음을 본다고 『주역(周易)』은 말하고 있지만, 까치밥이 돌이켜지게 되는 것은 미꾸리 한 마리가 메기에 쫓겨 잽싸게 진흙 속으로 몸을 사리는 것이라고나 할까. 진흙 속에서, 깜깜한 진흙 속에서 기막히게도 반복의 율동을 체득하는 미꾸리처럼 까치밥은, 오래도록 홍균(洪鈞)2) 할아버지의 회초리를 용케도 견디어 낸 까치밥은 찬란한 반

란이랄까, 마침내 또 하나의 우주를 위하여 가만히 몸을 틀
게 될 것이다. 그러나 나는, 이 생명은 어디로 돌이켜지기
나 하는 걸까. 문득문득 내 머리통 속에서 그 옛날 할아버
지의 담뱃대 치는 소리가 이명처럼 울려 온다. 할아버지 곁
으로나 돌아가게 되는 걸까.

"이 노옴! 말도 한두 마디는 남겨 두라 했거늘!——"

까치밥을 남기시려던 할아버지의 담뱃대가 아직도 딱, 하
고 내 머리통을 내리치시는 것만 같다.(『월간문학』1996. 1월호)

---

2) 洪鈞 : 조물주(造物主)

물꼬

어릴 때 나는 할아버지에 이끌려 이따금 논둑을 걸어다
녔다.

논두렁에는 구석진 곳에 한두 군데 물꼬가 있게 마련이
다. 논두렁 없는 논배미가 없듯이 물꼬 없는 눈두렁도 상상
할 수 없다. 물꼬는 논의 숨통이라고나 할까.

물꼬를 통하여 물이 윗 논에서 아랫 논으로 흘러내린다.
물을 더 잡고 싶으면 물꼬를 높이고, 물을 더 빼고 싶으면
물꼬를 낮춘다.

논두렁을 걸어다니다가 시끄럽게 울리는 물꼬에 다다르
면 할아버지는 문득 발길을 멈춘다. 그러고는 나를 불러 세
운다.

"이 놈! 물꼬를 아느냐?"

이렇게 한마디 툭 쏘아붙이듯 말씀하시고는 했었다.

물꼬를 향해 부챗살처럼 모여드는 물살은 물꼬를 넘어
아랫 논으로 내려꽂힌다. 야트막한 폭포는 웃음이 자지러지
듯 호젓한 논두렁을 흔들어 놓는다. 윗 논을 적시며 살찌우
며 노역하다가 미련도 여한도 잊은 듯 무심히 떨어지는 물
줄기, 포말로 부서지며 잠시 작디작은 웅덩이로 맴돌다가

도랑을 돌아 다시 노역의 광장으로 뿔뿔이 흩어져 간다. 물은 또다시 그 다음의 물꼬를 넘어 다음 논배미로 이어져 내려간다.

논두렁마다 쏟아지는 이 물꼬의 음향은, 시절이 좋고 보면 뜸부기의 울음 소리와 어우러져 한가롭고 평화롭기 그지없지만 한 번 시절이 어긋지면 물꼬의 언저리엔 심각한 현상이 벌어지기도 한다. 물꼬 옆에서 밤새워 물꼬를 지키려는 윗 논 김서방, 물꼬를 트려고 천방에 숨어서 기회를 엿보는 아랫 논 이서방. 김서방과 이서방이 삽으로 찍으려 하고 괭이로 치려고 하는 싸움이 벌어질 때면 물꼬에는 개구리도 그만 울음을 삼킨다.

심술이 고약한 농부는 가물 때는 숫제 물꼬를 없애 버린다. 논둑이 찰랑찰랑 넘칠 것 같아도 물 한 방울 내려보낼 생각을 하지 않는다. 밤새워 지킨다. 하지만 어느 한 곳 논둑이 툭 터지기라도 하는 날이면 논바닥의 물은 일시에 죄다 빠져 버린다. 물꼬는 물이 스쳐 흘러도 바닥이 파이지 않도록 만들어 놓았지만, 터진 논둑은 걷잡을 수 없이 자꾸만 바닥이 파이고 터져 나가 마침내 논둑은 논바닥보다 더 낮아질 터이기 때문이다.

처음부터 물을 넘겨 줄 생각으로 물꼬를 적당히 열어 놓은 논에는 오래도록 물이 잡혀 있는데, 물을 넘겨 주지 않을 작정으로 물꼬를 막아 버린 논배미에는 마침내 물을 죄다 넘겨 버리고 만다.

이번 여름 방학 땐 중학생이 된 아들 녀석을 앞세우고 고향에 가서 옛날 그 논두렁을 거닐면서 할아버지 얘기를 들

려줄가 한다. (『수필공원』 1987. 여름호)

돌계단

나는 늘그막에 집을 떠나 이곳 저곳 떠도는 신세가 되었는데, 얼마 전부터는 여기 서울의 관악산 밑에 아파트의 작은 방 한 칸을 빌어 혼자 살게 되었다. 주인은 일흔이 넘어 보이는 노인 내외분. 방안엔 난초 분 하나가 고즈넉할 뿐 자녀들은 모두 따로따로 살고 있는 것 같다.

노인 내외분은 나를 어찌나 훈훈하게 대해 주는지 대구에 계신 내 부모님 같아 눈시울이 뜨거워진다. 그러나 새벽녘이면 숨이 끊어질 듯한 바깥 노인의 기침 소리가 내 아버지 기침 소리 같아 나의 창자를 죄이게 한다.

창문을 열어제치면 관악산 봉우리가 우르르 내 방으로 들이닥치고, 눈을 감으면 천리 밖 고향 산천이 가슴 그득 밀려온다.

뚜벅, 뚜벅, 아파트 계단을 오르고 내릴 때면 언제부턴가 이 계단을 세어 본다. 4층 내 방까진 꼭 마흔아홉 개의 계단을 밟아야 하는데, 신기하게도 내 나이와 꼭 맞아 떨어진다.

계단을 내려갈 땐 내려가는 거니까 나이에서 빼어 가면서 내려간다. 다 내려가고 나면 태아가 된다. 이 우람한 건

물이 어머니가 되었으면 한다. 아파트 문을 열고 바깥에 나오면 출생한 것으로 치는데, 이럴 때면 문득 어릴 적에 읽었던 『맹자』의 적자지심(赤子之心)이 생각난다. 이렇게 해서, 밖에 나가 갓난아기의 마음으로 하루를 살고자 하지만……. 그러나 물론 올라올 땐 올라오는 거니까 나이를 더해 보되, 뺀 나이에서 더하지 못하고 본 나이에서 더해 간다. 마흔아홉부터 쉰, 쉰하나, 이렇게 세어 가면, 내 방 앞에 이르고 나면 아흔여덟 살의 호호백발이 되는 셈이지만, 도무지 살아 있는 것 같지가 않아 내 마음은 추연(惆然)해진다. 내려갈 때 뺐으니까 그걸 계산에 넣는다면 하나에서부터 세어 가야 하고 내 방 앞에 이르고 나면 마흔아홉 내 나이가 되어 호호백발이 되지 않아도 좋을 테지만, 암만해도 인제는 그럴 자격이 없다. 한 살짜리 갓난아기가 온종일 시정(市井)에 떠돌다 보니 어느새 마흔아홉 때문은 내 모습이 돼 있으니까. 그래서 어쩔 수 없이 마흔아홉에서 시작해서 계단을 오를밖에, 이튿날 아침이면 또다시 갓난아이가 되었노라 생각하고 아파트를 나서긴 하지만 돌아올 땐 티끌투성이가 되어 참담하게 이 계단을 올라오고…….

이럴 때 나는 또 하나의 다른 계단을 생각하게 된다.

20년이 훨씬 넘은 옛날. 나는 학교 다닐 때 산속 깊숙이 서실(書室)을 지었었다. 흙을 이기고 벽돌을 박아 그 가파른 산길을 오르내리며 아버지는 이 아들의 공부방을 만들었다. 산길을 깎고 돌을 괴어서 층층이 계단을 만들었다.

"어허! 이만하면 절간보다 낫구나. 글 읽고 몸 다듬어 세상에 나가거든 차라리 계단이나 되거라. 이 돌계단 말이다.

알겠느냐?"

이러시며 아버지는 한쪽 발로 그 계단을 쾅쾅 굴리셨다. 아주 낮은 데 위치하여 남의 발 밑에 깔리고 밟힌다. 그렇게 함으로써 밟는 그를 도와 주는 그 계단, 차라리 이것이 되라시던 그 말씀을 가슴 깊이 새겨 놓고, 대학을 마치고도 3년 남짓 이 산방에 틀어박혀 있었다. 촛불을 태우고 젊음을 태웠다.

그러던 4년째의 봄. 유난히도 붉게 피던 그 산방의 진달래가 그 꽃잎을 떨구기 시작할 무렵 덜컥 자리에 누워 버렸다. 고향을 떠나게 되었다. 때아닌 광풍에 잔화(殘花)가 흐느끼듯 그 산방을 아주 떠나고 만 것이다. 그 후 10년, 또 10년, 빈둥빈둥 젊은 시절을 건달처럼 어정거려야 했었다.

가랑잎이 부딪는 지창(紙窓) 너머로 교교한 달빛이 흘러내릴 때면 인생이, 그 진퇴존망(進退存亡)이 무어길래 이러느냐고 괴로워도 했었고, 어느 날 아침 창문을 열어제치자 하얗게 눈 덮인 산등성이 위로 아침 햇살을 머리에 이고 노루가 쉬엄쉬엄 달아날 땐 황홀한 내 마음도 그 노루를 따라 눈 위로 마냥 달려가고 있었던 그때 그때가, 20여 년이 흘러간 지금도 광망(光芒)처럼 되살아난다. 그 산방의 적요롭고 고독한 추억이 애틋한 사랑처럼 찡하게 내 가슴을 허빈다.

나를 위해 세상을 위해, 어떤 계단도 만들지 못한 채 다만 세상이 만들어 놓은 계단을 따라 부침(浮沈), 표박(漂泊) 여기에 이르렀다. 여덟 식구를 대구에 남겨 두고, 나는 밥벌이를 위해 이곳 관악산 밑에 이르렀다. 하나의 돌계단도 되지 못한 채, 어쩌자고 여기 마흔아홉 개의 계단까지 밟아 버렸는가. 매월 가족의 생계비로 얼마간의 돈을 부쳐 주기 위해, 단지 그것만을 위해 낮에는 오욕과 진창에 뒤범벅이 되고 밤이면 고독과 회한으로 몸부림치는 이 마흔아홉 개의 계단. 지명(知命)에 다다른 이 계단. 여기 서서, 야망도 열정도 산산이 부서져 버린 '집념의 집', 그 산방을 다시 떠올려 보는 까닭은 무엇이란 말인가.

자식 하나 바라보고 일평생을 애면글면 애쓰시던 아버지가 이제는 몸져누우신 거다. 몇 해나 더 사실 수가 있을까. 차라리 계단이나 되라시던 어버이의 간곡한 말씀을 불초 이 아들은 이루지 못했는데, 주인을 잃은 그 서실, 그 돌계단은 소조(蕭條)하게 허물어져 갔다. 차라리 그것은 아버지의 허물어진 모습이다. 이 아들이 밟고 갈 내 아버지의 계단이었으니까. 자신의 청춘도 꿈도 다만 이 아들을 위해 하나의 계단이 되어 깔리고 싶은, 그 비원(悲願)을 안고 쓸쓸히, 쓸쓸히 허물어져 갔으리라.

허물어진 산방, 그 돌계단을 떠올리면서 나는 자신의 불운을 애틋해 하기보다 아버지의 허무한 일생을 서러워한다. 이 아파트 계단을 대하면, 노인의 기침 소리를 듣게 되면 아버지 생각으로 가슴이 미어진다. 천리 밖 고향 산천이 가슴 그득 밀려온다. 여기 관악산 봉우리와 겹쳐서……. 옛날의 그 산방이 한 조각 구름처럼 떠돈다. 그 돌계단이 여기 이 아파트 계단 위에 포개진다. '계단이나 되거라, 이 돌계단 말이다, 알겠느냐?' 쾅쾅 발을 굴리시는 아버지 모습이 아련히 떠오른다. '쿨룩, 쿨룩, 쿨룩……' 가슴을 저디는 것 같은 아버지의 기침 소리가 황량한 이 계단 위에 부서진다. 고독과 회환이 서려 있는 여기 마흔아홉 계단에 서서, 오늘 따라 나는 왜 이리도 서러울까. (『수필공원』 1984. 여름호. 추회추천작)

산방일몽(山房一夢)

30여 년 전 아버지는 이 아들의 공부방을 두 채 지으셨다. 처음 것은 마을에서 가까웠지만, 나중 것은 산속 깊이 들어박혔기 때문에 대낮에도 휘휘하기 짝이 없었다. 새벽 안개가 수풀도 계곡도 하얗게 휘말아 버리는 산방, 그 적요롭고 고독한 추억이 30여 년이 흘러간 지금도 애틋한 사랑처럼 찡하게 내 가슴을 허빈다.

대학을 마치고 3년 동안 이 산방에 들어박혔지만 좌절하고 말았다. 식사를 날라 주시던 어머니와 여동생, 독한 청솔가지 연기를 마시며 군불을 지펴 주던 어린 동생. 큰 아들, 큰 형님의 성공을 위해 희생한 보람도 없이 나는 이 산방을 물러나야 했다.

세월이 흘러 30년, 그 산방은 흔적조차 없어지고 그 자리엔 오리나무가 빽빽이 하늘을 찌르고 있다.

몇 해 전에 아버지가 세상을 뜨셨는데, 돌아가실 구렵 아버님의 정신이 매우 혼미하여 짜증나게 한다고 했더니, 자기가 보긴 극히 정상이라고 냉소 짓던 아우를 아직도 괘씸하게 생각하고 있다. 큰아들이자 어버이의 사랑을 독차지했던 내가 어버이를 맡는 것은 당연한 도리이지만, 따로 사는 주제에 형의 말마저 믿지 않는다고 나는 서운해 한다. 형 때문에 학교도 제대로 못했으면서 찍소리 없이 사는 것만도 고마워해야 할 터인데—.

논밭 팔아 공부시킨 반포를 나는 고작 이런 식으로 치르고 있는 셈이다. 아버지께 못했으면 살아 계신 어머니께는 잘 해드려야 할 텐데, 결심히 사흘을 못 넘긴다. 툭하면 쏘아붙이기 일쑤다. 그럴 때마다 어머니는 그 무거운 안경 너머로 덤덤히 바라볼 뿐 아무런 내색이 없으시다. 속으로 흘리는 눈물의 아픔마저 숨기신다.

이런 자식에게는, 두 채의 서실을 지어 주느니 차라리 두 개의 지게를 만들어 주었어야 마땅했다. 공부를 못한 동생, 지게 귀신이 붙어 키도 안 큰다고 엉엉 울던 내 아우야! 너는 이제 또 울고 있겠지. 그 옛날, 녹향 그윽한 산방에서 하얀 한복을 입고 도인처럼 정좌하고 있던 우리 형님이 어찌하여 어버이마저 변변히 못 모신다고, 이렇게 변해 버릴 수가 있겠느냐고 너희는 속으로 울고 있었으리라.

아우야! 그 산방의 꿈은 30여 년이 흘러간 지금에 와서 고작 이런 모습으로 끝장이 나고 말았구나. (『월간문학』 1993. 2 월호)

세월의 흔적

　옛날 서실을 지어 놓고 젊음을 불태우던 송아지골을 한 번 찾아가 보고 싶었던 건데, 산방을 떠난 지 20년이 넘도록 아직 한 번도 찾아가지 않았다. 고향에 온 김에 이번에는 꼭 한 번 찾아가려고 벼르던 참이어서, 짧은 겨울 해는 반쯤 서산에 비끼는데 따르겠다는 애들은 동네로 쫓아 버리고 싫다는 아내만 이끌고 산으로 접어들었다.

　그때는 산길이 나 있었는데 지금은 잡목이 우거져서 길을 알아볼 수가 없었다. 웬 갈숲까지 계곡을 메우다시피 했는가 하면, 칡덩굴 가시덤불이 뒤엉켜 무시무시한 느낌마저 든다. 아내는 몇 번이고 돌아서자 했지만 옛날 남편의 꿈이 깃든 여길 싫다니 기분 나쁘다는 식으로 타박을 줬다.

　찍소리 못하고 뒤따르는 아내의 입술 귀퉁이가 조금 삐뚤어져 있었지만 그런 건 이미 상관 않기로 했다.

　천신만고 끝에 옷을 긁히며 집터까지 올라왔건만 첫눈에 그 자리를 찾기는 어려웠다. 집을 지었던 자리만 조금 봉긋해 보일 뿐 온갖 나무가 그야말로 울울창창밀밀하다. 집터에 솟은 한 오리나무를 두 손으로 잡아 보았더니 손이 조금 모자랐다. 가만히 손을 꼽아 보니 산방을 떠난 지가 24년.

세월은 이렇게 죄 없는 산방을 무너뜨리고 큰 나무들을 대신 그 자리에 있게 한 것이지만 아무도 탓할 수 없다.

讀書之樂樂如何
綠滿窓前草不除

"독서의 즐거움, 그 즐거움이 어떠한가? 녹음 우거진 창 밖에는 잡초마저 베지 않았네." 책에 묻혀 차라리 송아지골의 짐승이라도 되어 버리겠다던 그 시절이 엊그제 같은데 집터에 우거진 나무를 보자니 이제는 내가 늙을 만도 하구나 싶어졌다.

나는 아까부터 무언가를 부지런히 찾고 있었는데, 수북이 쌓인 가랑잎을 헤치던 아내가 여기 있다고 나직이 읊조리듯 한다. 비바람에 허물어지긴 했어도 그때의 축대며 계단이 분명했다. 아내가 어찌 내가 이런 걸 찾고 있음을 간파했을까? 흘겨보니 아까와는 달리 아내의 눈빛이 조금 수수로워 보였다. 그 돌 한 개를 가져오고 싶었지만, 세월의 무게만큼 돌은 무거웠다. 아무거나 작은 돌 한 개를 주워 들긴 했으나, 순간 마음이 변해 멀리 던져 버렸다. 내 꿈처럼 아무 반항 없이 저쪽 어딘가에 툭, 하고 힘없이 떨어졌다.

여기에 서실을 지으실 때 아버지가 돌을 날라 와서 축대를 쌓으시고 계단을 만드시던 일을 떠올리자니 괜히 콧날이 찡해진다. 이런 나를 아내는 보기에 민망스러웠던지 이젠 돌아가자고 조른다.

나는 몇 해 전에 이 산방의 고독한 추억을 그리며 「돌계단」이란 수필을 썼다. 그것이 계기가 되어 문단 일우에 또 하나 작은 집을 겁 없이 지어 버린 셈이지만, 마침내는 이 집마저 쓸쓸히 허물어지고 말 것임을 내가 안다. 참으로 덧 없는 짓들이다.

으스스, 한 줄기 찬바람이 스쳐 간다. 어디로 가는 걸까. '사랑은 한 줄기 바람'이라는 대중가요도 있지만, 인생이 정 말 한 가닥 바람이 아니던가. 앙상한 나뭇가지를 조금은 흔 들고 어딘지도 모르고 달아나는 한 줄기 바람. 나는 바람이 되어 이리 불리우고 저리 불리우고 했지만 잔잔한 풀들을 고요히 흔드는 그런 바람이 된 적이 있었던가. 때로는 남의 살을 애는 차가운 바람이 될 때도 있었고, 더러는 나뭇가지 에 목을 매고 비명을 지르기도 했었겠지―. 한 젊은이가 여 기 산속에서 우울한 집념을 불태우다가 쓸쓸히 바람처럼 스러져 간 슬픈 추억을 나무는 알 턱이 있겠는가. 아무 일 도 없었다는 듯 무심히 흔들리는 나무들과 송아지 골을 남 겨 두고 산을 내려오면서 나는 몰래 운다. 조금 내려오다가 뒤돌아보고 다시 걷다가 또 돌아본다. 투정 많던 아내는 이 제 아무 말도 없다. 갈숲은 반쯤 땅거미를 머금었고 문득 바라보니 저 멀리 고향 동네에는 저녁 노을이 너무나 몽환 적이다.

그때도 밤에는 부엉이가 울었지만, 지금은 대낮에도 멧돼 지며 늑대며 살쾡이가 나와서 아무도 가지 않는다는 송아 지골―. 산방을 떠난 지 24년, 그 동안 내 가슴속에도 몹쓸 잡목이며 멧돼지며 늑대 같은 것만 꽉 들어차게 된 것인지 도 모른다.

고향의 연하(煙霞)는 그때와 같은데―. (『문예사조』 1995. 6월
호)

보릿고개

5·16 군사정변이 일어나기 몇 해 전부터의 일이었으니 40년이 넘은 셈이다. 그때 나는 뒷산 골짜기에 오두막집을 지어 놓고 고등고시 사법과(지금의 사법시험)를 준비하고 있었다. 그 당시의 고시수험생들은 대학을 마치고도 서울에 남거나 절간으로 들어가는 것이 지금의 수험생들이 이른바 '신림동 고시촌'에 틀어박히는 것만큼이나 좋은 공부 방법이 었지만 나는 이 두 가지 방법 중 어느 하나도 선택할 처지 가 못 되었다.

내가 대학에 들어갈 때 우리 집 형편은 당시의 농촌 형편 이 거의 그러하듯이 서울에 대학을 시킬 형편이 못 되었다. 비닐하우스 같은 것도 모르던 그때로서는 땅에서 나오는 열매를 떨어서 서울에 유학시킨다는 것은 어림도 없는 일 이어서, 우선 변두리의 땅부터 팔기 시작한 것이 학교를 마 칠 무렵에는 문전옥답만 조금 남게 되었을 뿐만 아니라 말 하자면 하나같이 기린으로 보이던 아우들은 모조리 말뚝에 매여 사슴으로 되어 가고 있었다.

아우 하나는 내가 대학에 다닐 때 한때는 경찰서의 지서 에서 급사 노릇을 하면서 어떻게든 형의 학비를 보태겠다고 정감 어린 편지를 보내기도 했다. 편지를 읽으면서 왜 그리 서럽던지. 서러운 건 내 아우일 텐데……

그러던 아우가 앞당겨 자원입대를 하더니 제대를 하고서는 마음을 더욱 잡지 못하는 것 같았다. 밖으로 떠돌기만 하고 농사일 거들 요량은 도무지 하지 않았다. 고삐를 끊어버리고 기린이 되는가 했더니 어느 날 색시를 데리고 불쑥 고향 동네에 나타났다. 그 시절로서는 동네에 야단이 난 것이다. 구름처럼 떠도는 아우의 이런 헤픈 씀씀이 치다꺼리를 하시느라 어머니는 어머니대로 아버지 몰래 꽤나 애를 태우셨다. 이런 일들을 산방에 틀어박혀 있는 내가 알 리가 없는데 미주알고주알 알려 주는 사람도 있었다.

둘째가 이럴 무렵 셋째는 고분고분하게 아버지의 농사일을 도왔다. 지게 귀신이 붙어 키도 안 큰다면서 눈물을 글썽일 때도 있었지만 저녁마다 두레상을 펴놓고 한자를 익히기도 했다. 그렇던 아우가 뜻밖에도 보리밭에 호미를 팽개치고 한밤중에 어디론가 달아났다. 이내 돌아오는가 했더니 길이 났는지 툭하면 달아나기 일쑤였다. 지게 귀신이 두려웠던 것이다.

일밖에 모르던 아우가 이렇게 된 데에는 몇몇 동네 사람들이 은연중 부추긴 탓도 있었다. "지게 귀신 붙으면 신세 망친다이." "너는 너의 형들보다 키가 작다이. 지게 귀신이 붙어서 키도 안 큰다이."라고 그들은 내 앞에서 내 아우에게 서슴없이 지껄여댔다. 정말 지게 귀신 때문인지 아직 덜 커서 작은 건지는 모르지만 스물한 살 키 작은 내 아우는 이 말에 맥이 풀리는 듯 차차 말수가 줄고 즐거워하는 기색이 없어져 갔다. "공부를 못할 바엔 너도 놀기라도 해라."라고 부추기는 말인 줄을 내 아우가 왜 몰랐겠는가. 다 같이 어려운 그 시절이었지만 고등고시를 준비하는 내가 그들 눈에는 아마도 가시였던 모양이다.

막내는 아직 밥투정을 할 때였는데도 용돈을 벌어 보겠다고 기를 쓰고 저수지 공사판에 나가기도 하는 걸 보면 참 딱하기는 했지만 장차 말뚝에 매여 몸부림치게 될 것은 번한 노릇이었다.

나는 공부가 제대로 되질 않았다. 문풍지가 가만히 울고 있는 산방에서 뜬눈으로 뒤척이는 밤이 늘어났고, 산꼭대기에 올라가 멍하니 마을을 내려다보는 때가 차츰 많아져 갔다. 마을을 내려다본다. 아득히 동네 앞에 보리밭이 보인다. 보리밭의 천적(天敵)이라고나 할 그 놈의 독새풀이 판을 치는 보리밭에, 아버지 어머니가 엎드려 있는 모습이 보이지만 아우들은 보이지 않는 것이다.

어려운 사정을 빗대어 '농무우(農無牛)'라고 하는 속담이 있듯이, 요즈음과는 달리 그때는 소 없이 농사짓기란 여간 거북한 노릇이 아니었지만 당시 우리 집에 소가 남아 있었겠는가. 십리 밖의 외갓집에서 더러 소를 몰고 오기도 했지만 주로 아우의 품앗이로 동네 소를 겨우 끌어다 부릴 수가 있었던 것인데 아우가 이 지경이었으니…….

한편 아버지 어머니가 이렇게 어려우실 때 작은아버지 내외분은 참으로 팔자가 좋으신 분으로 동네에 평이 나 있었다. 논밭이 타 들어가는 가물에 아버지 어머니가 밤새워 웅덩이에서 물을 푸실 때도 아들 육 형제를 모조리 농사일

을 시키신 작은아버지는 별로 하실 일이 없어 보였고 작은
어머니는 거의 들일을 모르셨다. 팔장만 끼고 논두렁을 배
회하시는 작은아버지를 두고 "예천군수를 할래, 점수(나의
사촌 동생)네 아바이를 할래?"하면 점수네 아바이를 하겠
다고 동네 사람들이 이기죽거리기도 했다.

나는 어릴 때부터 아버지보다는 작은아버지를 더 무서워
했다. 칭찬을 모르고 늘 야단만 치시는 작은아버지가 이따
금 나를 톨아지게도 했다. 나를 두고, 조업(祖業)을 탕진해
놓고 성공 못하면 고얀 놈이라고 부라리시던 그 말씀이 어
쩐지 격려의 말씀으로 들리지 않고 내 가슴에 작은 못을 박
고는 했다. 그럴 때 나는 속 좁은 계집아이처럼 꽁해지다가
는 마음에 짚이는 게 있어 스스로 풀어지고는 했다. 할아버
지의 유산(유산이랄 것도 없지만)을 장자인 아버지가 훨씬
더 많이 상속 받았기 때문에, 단지 그 덕택에 아들을 당시
농촌 형편으로서는 참으로 어려운 서울의 대학에 보낼 수
가 있게 된 것이라는 게 작은아버지의 불만일 수도 있겠다
고 생각되었다.

학철부어(涸轍鮒魚)라 했던가. 이런 고비에서 나는 점점
흔들리고 있었다. 드디어 아버지는 어느 날 내게 나직이
'독립(獨立)'을 명하셨다. 나 때문에 아우들을 망친다고 하
면 "뭐라카노! 내 장단에 춤춘 게 너 아니가?" 라고 하시던
아버지가 이런 결정을 하시기까지에는 그 고뇌가 어떠하셨
을까마는, 막상 산방의 꿈을 접는다고 생각하니 누구보다도
동네 사람들에게 부끄러워 속이 많이 상했다.

그들은 우리 아버지 어머니를 얼마나 비웃었을 것인가.

뒷날 「돌계단」이란 수필에서 나는 이 이야기를 다할 수가 없어서 내가 병으로 쓰러졌다고만 했던 것이다. 마치 중병 환자처럼 바싹 말라서 더러 쓰러지긴 했어도 더 버틸 수는 있었지만 직장을 가지고도 고등고시쯤은 해낼 수 있겠다고 생각했던 나의 오만이 부명(父命)을 받들게 했을 뿐이었다. 하지만 나의 이런 오만은, 이때의 나의 좌절이 평생토록 나를 허탈하게 만드는 정말 큰 마음의 병이 되고 말 줄은 전혀 헤아리지 못했던 것이다.

그때를 떠올리자면 아직도 가슴이 찡하다. 내 아우를 달아나게 만들었던 그때 그 보리밭의 모진 독새풀을 나는 여태까지도 잊지 못하고, "지게 귀신이 붙어서 키도 안 큰다이" "예천군수를 할래, 점수네 아바이를 할래? ", 내 가슴에 못을 박던 그때 그 비웃는 소리들이 40여 년이 지난 지금도 나를 속상하게 만든다. 아우의 좋지 못한 일들을 내게 귀띔이라고 해 주던 그때 그 친구가 좋은 친구가 아니라는 걸 늦게서야 깨닫고는 쓸쓸히 웃는다. 그리고 또, 일생을 살아 오면서 나의 씀씀이가 가족들 눈에 좀스럽고 답답하게 보일 때가 있었다면 그때마다 그들은 나의 슬픈 과거를 떠올렸어야 마땅했을 것이라고 생각하고는 한다.

음력 사오월, 보리는 아직 여물지도 않았는데 묵은 식량은 바닥이 나는 게 당시의 농촌이었다. 누렇게 부황증(浮黃症)이 난 얼굴로 나물을 뜯고 송기(松肌)를 벗기던 그 시절, 한 마을에도 그런 집이 너무 많았다. 내 또래의 사람들이야 그런 걸 알겠지만 지금의 내 아들딸들이 그런 것을 알기를 내가 바라겠는가.

보릿고개는 박정희 군사정권에 의하여 극복되었다. 치적
이라면 치적으로 기릴만 하다. 하지만 그들은 보릿고개와
전쟁을 한 것이다. 조국근대화라는 명분으로, 이기기 위해
서는 수단과 방법을 가리지 않는 이 급진적인 결과주의라
고나 할 전쟁론리가 이 시대에 이르기까지 극복되지 않은
패러다임(paradigm)이 되고 말았다는 사실을 결코 정당화
할 수 없다고 말하기란 참으로 괴로운 일이다.

독새풀이 판을 치던 그 보리밭, 문풍지가 가만히 울고 있
던 그 산방, 그 맥령(麥嶺)의 고갯마루에서 우리 형제가,
우리 아버지 어머니가 다 같이 좌절하고 말았다는 걸 말하
기란 이 또한 참으로 괴로운 일이다.

보릿고개를 극복한 경우이든 보릿고개에서 좌절하고 만
경우이든 우리는 다 같이 너무 성급했다. 이 성급했던 사실
을 두고 어쩌면 나는, 사물의 통상적인 추이(推移)일 거라
고 체념하면서 그다지 분노할 줄도 부끄러워할 줄도 모르
며 살아 온 것 같다.

저승에 계신 아버지 어머니 그리고 작은아버지가 요즈음
들어 어찌하여 자주 생각날까. (2003. 7)

검탄계(檢炭係) 직원

일정 때, 그들의 이른바 대동아전쟁을 치르면서 일제가
마지막 발버둥을 칠 때, 이 나라 젊은이는 많이들 병정으로
보국대로 끌려갔었다. 아버지는 보국대를 피하려고 문경의
가은 탄광에 취직이란 걸 하게 되었다.

광부들이 캐 오는 탄을 저울로 달고 품질을 검사하여 합
격과 불합격을 판정하는 검탄계 일을 보게 되었다. 아버지
는 무척 고지식해서 사실대로 판정을 했다. 합격과 불합격
을 표준대로 판정했다. 그런데 광부들은 탄 푸대 속에 큰
돌멩이를 넣어서 저울 눈을 속이려 했지만, 그걸 묵인하면
책임이 돌아오는 터라 가려낼 수밖에 없었는데, 어느 날 누
가 귀띔하기를 '당신 그러면 몰매를 맞는다. 노가다판이 어
떤 곳인 줄 알기나 아오?'

아버지는 진퇴양난이었다. 눈감아 주자니 책임추궁을 당
하게 될 것 같고 사실대로 하자니 신변이 위태로울 것 같
고……. 할 수 없이 그 곳을 떠나오게 되었다고 했다

아버지는 둔세(遯世)의 수단으로 탄광일을 택했지만 나
는 양명(養命)의 방편으로 공무원을 택하게 되었다. 선택이
라기보다는 다른 방도를 택할 능력이 없으니 공무원을 했

을 뿐이다. 남들은 대학을 나와서 좋은 기업체다 판검사다 하는 판에 나는 겨우 '조건부행정주사보'라는 말단 공무원으로 첫발을 내딛게 된 것이다. 왜 조건부라는 이상한 조건이 6개월간 붙었는가 하고 처음에는 이상하게 느껴졌다. 여기서 조건부라는 말은 민법의 이른바 '해제조건부'의 뜻으로서, 행정주사보에 임하되 조건부 기간 동안에 조건이 성취할 경우(결격사유가 발생할 경우) 그때부터 임용의 효력을 상실시키겠다는, 무섭다면 무서운 조건이다. 그런데 나는 이 조건부 기간이 지나고서도 상당한 기간 그러했지만 특히 조건부 기간 동안에는 수없이 사표를 쓰고 싶었으니 국가는 어쩜 이러한 초임자의 심경을 간파한 것인지도 모른다. 지금은 이 조건부 제도를 없애고 시보(試補)제도로 대체했지만.

아무튼 올챙이 꼬리 같은 이 조건부 세 글자가 떨어지고도 오랫동안 직장에 안착이 되지 않아 늘 우울했다 할까. 아이들이 생기고 별다른 호구지책도 없고 피도 식어 가고, 그럭저럭 30년 가까이 이 짓을 했지만 따분하다 할까, 서글퍼진다 할까, 뭐 이럴 때면 아직까지도 훌렁 벗어 던지고 싶을 때가 한두 번이 아니다. 아버지가 단호하게 탄광을 그만두신 건 다른 생활방편이 있었으니 그랬을 거라고 할지 모르나, 보국대란 게 뭔가. 이국만리로 끌려가 중노동을 해야 할 판국인데 그만한 피신처를 박차 버린다는 건 내가 밥통을 버리는 것 따위하고는 비교가 안될 것이다.

아버지의 생활방편이란 것도 농사 짓는 일인데, 그걸 생활방편이라고 한다면 나도 아버지처럼 '귀거래사(歸去來

辭)'를 부르면 될 일인데, 나는 왜 그렇게 못하는 걸까? 일 따위를 할 체질이 아니란 말인가. 아버지 또한 서른이 넘도록 일을 모르시고 과수원 같은 걸로 낙을 삼으시고 우유도일(優遊度日)하시다가 어느 날 문득 농사일에 뛰어드셨다는데 아들인 나는 뭐가 그리 귀골이라고 그렇게 못했는지 알 수 없는 일이다.

아버진들 힘드는 농사일이 좋으셨겠는가. 면서기나 순사를 하자니 첫째는 난세여서 싫고 둘째는 양복이 싫어서 싫었다니 다한 말이다.

공직이란 것이 별 게 아님을 지나고 보면 알게 된다. 남의 일을 하는 것이 자신의 일이려니 하고 정신없이 뛰다 보니 문득 백발이 되어 버리지 않던가. 타협과 아부에 길들이고, 눈치와 교태를 익히며 마침내는 늙은 기생이 되어 버리고 말 이 아들—.

연탄을 대할 때면 이따금 아버지의 탄광시절이 떠올려지곤 한다. (1994)

한 그루 소나무

열 평 남짓한 우리 집 마당은 거의 시멘트 바닥이고 흙이
드러난 곳이라고는 한 평이 될락말락, 이것이 우리 집 꽃밭
이다. 비록 작기는 하지만 고향을 떠나고서는 20여 년 만
에 처음 가져 보는 꽃밭이어서 그런지, 이 한 평의 흙이 나
에겐 그렇게도 생광스러울 수가 없다.

처음 이 집으로 이사 왔을 때, 나는 마당의 시멘트를 으
깨어 버리고 죄다 꽃밭을 일굴가 하다가, 아이들 뛰어 노는
게 보기 좋아 그냥 두었다. 하기야 애들의 뛰노는 모습을
어찌 겨우 꽃에 견주랴! 말만한 딸애들이 배드민턴을 칠 때
면, 나도 이럴 때가 있는가 싶어지고 눈시울이 뜨거워지기
까지 한다.

그렇기는 하지마는, 어떻게 해서라도 나무 두어 포기는
심어야 하지 않겠느냐고 벼르면서 어서 봄만 되어 봐라 하
고 기다리고 있는 참인데, 아직 해동이 되기도 전에 아버지
께서 감나무, 산수유나무, 잣나무의 묘목을 한 포기씩 손바
닥만한 이 꽃밭에 심어 놓았다. 그러는가 했더니, 내가 손
써 볼 새도 없이 어느새 마당 그득 화분을 늘어놓으신다.

아무튼 얼마 안 있으면 꽃 속에 묻히겠거니 했었는데 웬

걸, 정작 싹이 돋고 잎사귀가 벌어지면서는 그 많은 화분들이 둔갑을 하는 게 아닌가. 가지, 오이, 호박, 콩, 고추 등으로.

이렇게 쬐그만 농장을 꾸며 놓으시고는 하루종일 여기에 매달리다시피 하신다. 물을 주랴, 벌레를 잡으랴, 비료를 주랴, 심지어 농약까지 치시지를 않는가.

아버지는 오래 전부터 기침 때문에 고생하시는데, 몇 달 전부터는 위장병까지 겹쳐 몇 차례 사경을 넘겼다. 가만히 누워 있어야 한다는 의사의 지시도 가족의 만류도 아랑곳않으시고, 이렇게 쇠잔한 기력을 소모하시니 여간만 송구스럽지가 않고 왠지 숙연한 감마저 생긴다.

아버지는 평생 흙에 묻혀 살다시피 하셨고, 젊어서는 과수원을 경영하셨으니까 아마도 이런 것에 남다른 취미가 있는 건 틀림이 없으리라. 그렇지마는, 오늘만 내일만 싶은 병구를 이끌고 이토록 여기에 집념을 불어넣으시는 데는 뭔가 딴 까닭이 있을 것만 같다. 때로는 손자 손녀를 불러 놓고, "이기 뭔고? 이건 물위(오이), 이건 콩, 저건 꼬치 …… 서울 아이들이 나락낭게 쌀이 연다칸다재. 이기 나락낭기다" 이러시며 쓸쓸히 웃으신다. 첫 고추를 딸 때 아내는 아들 녀석을 불러 고사리 같은 그 녀석 손으로 따도록 했더니, 아버지께서 그 광경을 바라보시고는 만면에 미소를 지으시며 점두하시더라는 말을 듣고 나 또한 웃음을 띄웠지만 왠지 가슴이 울적해지고는 했었다.

화분 가운데 어린 소나무가 한 포기 있었는데, 어찌 된 영문인지 자꾸 시들어 가고 있었다. 내가 보기에는 거의 죽

은 나무인데도 아버지는 그렇지가 않다고 믿으시는 것 같
다. 뽑아 버렸으면 좋겠는데 그러기는커녕 외려 화분 둘레
를 막대와 비닐 끈으로 얽어 놓으시고는 환자를 보살피듯
하신다.

"나는 죽지 않았다고 본다. 순 끝이 푸른 기운이 있지 않
나?"

이러시는 아버지는 이 죽어가는 소나무에 어떤 확신을
거시는 듯한 눈빛이었다.

나는 이 소나무 묘목이 이울기 시작할 때 문득 내 아버지
에 비유했었다. 만약 이 소나무가 영영 죽어 버리면 아버지
병환도 어려울 거고……. 그런 생각을 했던 것인데, 자꾸자
꾸 소나무가 말라가자 그런 방정맞은 생각을 왜 했던가 하
고 몹시 뉘우치고는 했었다. 그러나, 어쩌면 아버지 역시
이 소나무와 자신의 건강을 견주어 보고 계셨을지도 모른
다는 생각마저 떨쳐 버릴 수는 없었으니 이상한 일.

"뿌리를 봐라. 줄기며 뿌리가 물기가 있는데 죽긴 왜 죽
노?"

이제는 순을 말씀하지 않으시고 줄기나 뿌리를 보라신다.
순마저 바싹 말라 버렸는데도 줄기나 뿌리에 약간의 물기
가 있다 해서 살아 난다고 우기신다.

수세미의 덩굴이 창문틀 위로 기어오르고 크고 작은 조
롱박이 주렁주렁, 고추며 가지며 호박이 오롯이 영글어 갔
어도, 다만 한 그루 그 소나무는 야속하게도 죽고 말았다.
사실 죽기는 벌써부터 죽은 거지만, 줄기며 뿌리를 꼬집어
봐도 생기라고는 손톱만큼도 찾아볼 수 없게 됐다. 그렇건

마는 이 사실을 인정치 않으시는지, 아버지는 하루에도 몇 차례씩 들여다보시며 우두커니 서 계시고는 하셨다.

지금은 한겨울, 우리 집 미니 농장은 가을을 거둔 지 오래다. 담장 위에 그렇게도 무성하던 담쟁이 잎사귀마저 다 떨어져 버리고, 텅 빈 마당에는 이따금 싸늘한 바람만 휘익 몰려오고 몰려간다. 딸애들은 잘 됐다는 듯 맘놓고 배드민턴을 친다. 아들 녀석은 홀로 공을 찬다. 또 하나의 농장이 어우러진다고나 할까.

때로는 이울고 때로는 피어나, 한때 아버지의 농장은 풋풋하기는 했었지만 마침내 별달리 영글어진 것이 없는 자식들……. 일생을 두고 가꾼 이 농장에서 아버지는 무엇을 거둬들였단 말인가!

한참 북적거리던 아이들마저 제가끔 방으로 들어가고 썰렁한 마당엔 또 한 차례 휘익 찬바람이 몰아친다. 그렇게도 심한 기침을 하시며 서성거리시던 아버지도 사뭇 방안에만 계신다. 이 마당가에 아버지의 기침 소리가 영영 사라져 버리게 되는 날 이 황량한 마당을 어떻게 지켜볼 것인가. 내년 봄이 되거든 아버지가 또 나보다 먼저 이 마당을 차지해 주셔야 할 텐데…….(『수필공원』 1986. 가을호)

백바구 할매

　모처럼 고향에 왔다. 고향을 떠난 지가 20년이 훨씬 넘었지만, 느긋하게 고향에 머문 적이 한 번도 없었다. 그까짓 대구에서 예천까지 마음만 먹으면 지척일 뿐인데, 부모님이 내게로 오시고부터는 더더욱 고향이 멀어졌다.

　1966년, 그러니까 내가 서른세 살 때 고향을 떠나던 그 무렵에는, 사정사정해서 하루에 한 번, 동네 조무래기들의 열렬한 환호를 받으며 개선장군처럼 들어오던 그 버스가, 어느 날 수지가 안 맞는다고 그 환호를 외면한 채 제멋대로 발길을 뚝 끊어 버리던 그 버스가, 이제는 환호하는 아이마저 없는 이 한촌에 어쩌자고 이리도 자주 제멋대로 들락거린단 말인가.

　농촌에 아이들이 없어져 가는 것이 어제 오늘의 일이 아니다. 이것이 조국 근대화의 과정이라면 할말이 없다할지 모르지만, 멀리 손기장터에서 고향 마을을 바라보면 정월 대보름에 동제(洞祭)를 지내는 '신기(神祇) 솔'과 모교인 국민학교의 미루나무가 아이들만큼이나 정겨웠는데, 미루나무는 때가 되어 베어 버렸으니 그렇다 치고 모교의 생도수가 해마다 줄어든다니 아무개 총각처럼 장가 못 갈가 걱정이 되어설까?

  사람이 줄어드는데 다른 것인들 온전할까. 골목을 들어서자 고향을 저버린 나에게 적의를 가졌음인지 컹컹 짖는 개들의 눈빛도 옛날 같지가 않지만 개마저 흔하지가 않구나. 썩은 그루터기에 돋아난 예쁜 버섯처럼 하나 둘 도시풍의 양옥도 보이지만, 군데군데 허물어진 집터에는 그냥 말라 있는 잡초가 어딘가 비감하고, 옆집 식이네 집터에는 무심한 소가 말뚝에 매여 한가로이 되새김질하고 있다. 오백 년 도읍터를 필마로 찾아든 것도 아닌데 산천은 의구하되 인걸은 간데 없는가?

  박꽃이 구름처럼 피어나던 초가지붕이 간 곳 없어진 지는 이미 오래고, 골목이 넓어져서 좋다 할지 모르지만 그런 골목을 걷는 나그네는 그래서 가슴이 더 썰렁한데, 방금 앙상한 감나무 위에서 깍, 깍, 까치소리가 연하(煙霞)처럼 내려앉는다. 이 썰렁한 골목길을 내 노모는 하루에 백 바퀴를 돈다고 해서 동네 사람들이 '백 바꾸 할매'라고 부른다던데…….

  아버지가 무서워서 이웃도 잘 못 다니시던 어머니가 대구에서 어쩌다 고향의 작은아들 집에 오시면 가슴이 탁 트이는 것 같았으리라. 누가 간섭하는 사람이 있나, 차가 무섭나, 어머니는 그래서 이 썰렁한 골목길을 좋아라고 하루에도 백 바퀴씩 돌아다녔더란 말인가. 아마도 열 번은 좋이 누비신 모양이니, 어쩌면 어머니 또한 형언 못할 감회로 해서 이 골목이나마 그렇게도 거닐었어야 했는지도 모른다.

  판검사가 되겠다는 큰아들을 태산같이 바라보고 자미가

난다면서 쉰이 넘도록 산에 나무까지 하시던 그 시절 —.
앞집 덕이네, 뒷집 바우네, 옆집 식이네, 또 자야네. 온 동
네 아낙네의 선망이 되시기도 했던 어머니였기도 했었는데,
이제 와서 아무런 자랑거리도 없어진 썰렁한 이 골목길이
나마 그렇게도 거닐고 싶었더란 말인가.

　대구에서 더러 노인당에 나가시면 아들 자랑을 하는 할
머니가 많은 모양이다. 누가 이 아들이 뭐 하느냐고 물으
면, '판사'라고 거침없이 답하신다는 내 어머니. 그러나 고
향에서는 판사라고 거짓말을 할 수도 없는 내 어머니는 그
래서 골목을 걷는 지팡이의 또박거리는 소리가 한결 높았
던 모양이다. (1990)

어머니

어머니! 아직도 고향에서 돌아오시지 않으셨군요. 아무래도 고향이 좋으시겠지요.

이제 일흔셋으로 넘어가는 어머니 연세를 생각해 봅니다. 어쩌면 세월이 이토록 빠릅니까? 많이도 수척해지시그 허리마저 휘셨습니다. 나비처럼 사뿐한 몸매이시던 옛날의 우리 어머니가 어느새 이렇게 되셨습니까? 우리 4 형제가 이제 와서 불효를 뉘우친들 무슨 소용이 있겠습니까?

어머니!

어머니는 쉬흔이 넘으셨어도 산에 가서 땔나무를 하시기도 했습니다. 솔가리며 등걸 같은 걸 머리에 이시고 험한 산길을 다니셨지요. 그때 이 소자는 무얼 했었습니까? 큰 뜻을 품고 공부한답시고 방안에 들어박혀 있었지요. 고생하시는 부모님께 반포(反哺)하리라고 어금니를 지그시 물었습니다마는, 지금 이 소자는 부모님의 노후를 지켜드리지 못한 채 홀로 객지를 떠도는 신세이니…….

객창에 눈이 내리고 있습니다. 관악산 봉우리가 허옇게 덮이고 있습니다. 담요 한 장을 걸치고 자니 새벽이면 한기가 듭니다. 그까짓 이불 한 채쯤 더 장만하거나 대구에서 가져오면 될 테지만 저는 그렇게는 하지 않을 겁니다. 그 옛날의 어머니 모습을 떠올리면 이 담요 한 장으로도 족히 더웁군요.

어머니! 고향에 다니러 가셨다는데 왜 아직 안 오십니까. 혹시 서운한 일이라도 있었는지요? 용서해 주십시오. 70 평생을 늘 어머니는 그렇게 하지 않으셨습니까?

대구 집으로 전화를 걸어 봤더랬습니다.

"어머니 오셨는가?"

"아아니요."

힘이 빠져 그냥 수화기를 놓을 뻔했었지만 서리병아리 같은 애들이 불현 듯 생각이 났습니다. 자식을 셋쯤 낳아 봐야 부모 심중을 헤아린다는 옛말이 빈말이 아니란 걸 느끼고는 합니다.

"아가 밥 먹나, 어쩌노? 아침은 빵쪼가리만 먹는당기 참말이가? 어쩔러고 그래노? 쯧쯧……."

이러고는 눈가에 눈물을 내비치곤 하시던 어머니 모습이 어른거려 이 아침 전철을 타고 가면서 눈시울을 적셨습니다.

머리가 허옇게 된 아들을 지금도 '아가'라고 부르시는 어머니! 어머니가 열 달을 애태우시다가 낳은 어머니의 큰아들 '실경이'가 이런 정도의 모습으로 굳어져 버렸습니다.

열다섯에 시집 오셔서 사흘 만에 베 한 필씩을 짜 내어 길쌈으로 살림을 일구셨다는 우리 어머니!

"손부는, 이번에 씻눕을 못 낳으면 머리 깎고 남산절에 가거라."

완고하신 증조모님은 열 달을 두고 그처럼 강박을 하셨다죠? 어찌 잠인들 오겠습니까? 밤마다 문살을 세면서 뜬 눈으로 새우시고, 층층시하에 새벽같이 일을 하셨다죠? 이제 이 나이가 되고 보니 그 시절의 어머니를 겨우 이해할 수 있을 것 같습니다.

딸을 낳으면 중이 되겠다고 다짐하시면서 열 달을 애태우신 어머니.

"으앙, 으앙."

아기가 고추를 달고 나왔습니다. 이제 어머니의 아들이 증조모님 코앞에서 마구 울어댑니다. 어머니는 소리없이 눈물을 쏟았지요. 이제 겨우 이 집 귀신이 되는가 싶어서 ……. 증조모님은 허둥대면서 아기를 광우리에 담아 실경(시렁)에 올려놨다지요. 오래 오래 명이 길어지라고……. 그래서 아기의 이름이 실경이가 되구요.

그러시던 증조 할머니가 여든아홉에 세상을 뜨시고 저는 열 몇 살 코흘리개로 장난을 치면서 상여 뒤를 따라갔습니다. 그로부터 10년 후엔 고등학생이 되어 주부님의 상여 뒤를 덤덤하게 따라갔고, 세월은 또 흘러서 서른둘엔 할머니의 상여 뒤를 호곡하면서 따라갔던 것입니다. 어머니! 세월은 사람을 조금도 그냥 놔두지 않았어요. 어머니가 벌써 돌아가신 할머니 연세가 되어갑니다. 이 다음에는 누구의 상여 뒤를 어떻게 하고 따라가야 합니까! 인생이란 이다지도 허망한 겁니까. 세월은 이렇게도 가혹한 겁니까?

어머니! 어서 대구로 가십시오. 어린 손자 손녀들과 때로는 싸우시고 삐쳐서 우시기라도 하세요. 이 다음 제가 집에 가거든 저에게 일러주세요. 어머니!

창 밖엔 내리던 눈이 마악 멎는가 봅니다. 객지를 떠돌다가 다시 한 해를 보냅니다. 어머니 오래 오래 사십시오.

임술년 동짓달 스무닷새날 밤에 관악산 밑에서 소자 올립니다. (1982)

잊어도 남는 것

사람이 늙어지면 옛날 생각을 자꾸 하게 되는 모양이다. 젊은 시절이 그리워서일까, 사십년이 훨씬 넘은 대학시절이 꿈속에서도 가끔 나타난다. 간밤의 꿈에 은사이신 이항녕(李恒寧) 교수를 뵙게 되었다. 그분의 강의가 명강임은 알 만한 사람은 다 안다. 그러나 강의도 강의지만, 강의 도중에 푸념인 양 내뱉던 한마디가 요즘 들어서 자꾸 생각난다.

"나는, 대학은 모교가 없어."

지금의 서울대학교가 비록 경성제대 자리에서 경성제대를 사실상 인수한 학교이긴 해도, 법적 동일성은 없다는 뜻일 게다. '그런가 보다'라고만 흘려 들었을 뿐이다.

딸아이 하나가 서른이 가까워서야 대학을 하나 더 다니겠다는 바람에, 나 또한 도리없이 한 번 더 학부모가 되었다. 학교에서 오는 편지는 별로 반갑지 않는 법인데, 어느 날 학교에서 편지 한 통이 왔다. 교명을 바꾼 모양인데, 그게 문제가 되어서 그 해명을 하느라 총장이 진땀을 빼고 있는 내용이었다. 진땀을 빼든 말든 나와는 상관없는 일이나, 딸아이가 며칠째 학교에 가지 않고 방안에만 틀어박혀 용쓰는 까닭을 알 수가 있게 되었다.

이 학교는 본디 우리 고장의 유일한 여자대학이었는데, 근년에 와서 다른 대학과 합쳐 남녀공학이 되면서, 두 대학의 고유성을 나타내는 단어 하나씩을 떼어다가 '연세대학'처럼 용케도 교명을 잘 지었던 것인데, 이번에 어떤 연유로 해서 또다시 교명을 바꾸는 과정에서, 합쳐졌던 두 대학 가운데 어느 한 대학의 고유성을 나타내는 낱말이 빠져 버린 것 같다. 그래서 이 고유성을 갖는 낱말에 각별한 긍지며 애착을 갖는 사람들은, 재학생이든 졸업한 동문이든 매우 불쾌하게 생각하는 데서 여론이 들끓게 된 모양이다.

흔히 영화에 나오는 중세 서양의 농촌의 집을 닮았다고나 할까. 물매가 절벽처럼 가팔라서 처마가 땅에 닿을 듯한 뱃집 지붕으로 된 단칸 초가집이 두 채였던가 싶다. 그 안에서 백 명이 넘는 선머슴애들이 한 반을 이루고 통탕거렸다는 걸 말하기란 자존심을 상하게 하던 시절이 내겐 있었는데, 언제부턴가 그런 집이 도리어 자랑거리가 되었고, 똥통을 메고 농장에 들락거리던 것도 차라리 향기로운 추억으로 변해진 지 꽤 오래 되었었는데, 어느 날 그 고등학교가 없어지고 그 자리에 난데없이 웬 대학이 들어섰다. 일제 때, 그러니까 '농업 보습학교' 시절에 지었다는 그 가파른 이국풍의 초가 지붕은 아마도 사라지고 말았을 것이다. "나는 고등학교는 모교가 없습니다." 나 또한 강의시간에 가끔 이런 말을 하게 되었다.

고향 마을에 들어가자면 나지막한 고개 하나를 넘어야 한다. 여기까지 오면 거의 다 온 거다. 한숨 돌리면서 가만히 북쪽으로 시선을 돌리게 된다. 한 오 리쯤 떨어진 산자락 끝에 조는 듯 엎드려 있는 고만고만한 집들이 연하(煙霞)에 잠겨 있고, 맨 입구에는 작은 학교 하나가 손바닥만한 운동장을 살며시 내밀고 있는 모습이란, 언제나 나에겐 아득한 그리움으로 남는다.

이 학교의 교명이 한번 바뀐 적이 있었다. 동일성이라고는 '국민학교'라는 단어밖에 한 글자도 찾아 볼 수 없는 이름으로 교명이 바뀐 것이데, 오십 년이 넘은 그 시절에도 우리들의 여론은 한참 동안 시끄러웠다.

이보다 훨씬 전으로 기억되지만, 학교에서 당국의 지시에 따라 글 모르는 동네 부녀자들을 모아 놓고 야학을 실시한 적이 있었다. 우리 어머니도 어쩔 수 없이 야학을 다니게 되었는데, 가슴이 답답하여 찬물만 들이켜시다가 이틀 저녁을 못 넘기고 도중 하차를 허락 받고 말았던 일이 생각난다. 아마 그때가 이 학교의 전성기였던 것 같다. 그렇던 학교가 차차 생도가 줄어든다고 하더니, 최근에 문을 닫고 말았다는 소문을 들었다. "초등학교도 모교가 없습니다.', 나는 또 이런 말을 강의시간에 하고 있지만, 이번에는 '도'자가 한 자 더 붙게 되었다.

늘그막에 어느 수필 전문지에 '신인추천'을 받았는데 최근에 그 잡지의 이름이 바뀌었다. 같은 글자라고는 한 자도 없는 전혀 다른 이름으로 갈아치운 것이다. 그러나 나는 방 안에서 용쓴 적도 없거니와, 총장의 해명서 같은 건 보낼 사람도 없지만 기다리지도 않았다. 꼬부랑 말이 들어가서 때를 타고 난 것 같은데 뭘, 다만 병든 한 마리 황새가 거친 들녘에 누웠다고나 할, 조금은 해쓱해 보이고 어딘가 슬픈 과거를 가진 소녀 같기도 한 이 잡지의 초기의 자태에 나는 눈이 멀었던 것이데, 이제와서 갑자기 활개치고 일어난 독수리를 쳐다보는 내 가슴 한 구석이 왜 이리 텅 비는지….

고등학교가 없어지고 초등학교도 없어지고, 추천 받은 문예지는 그 모습이 아니고, 고향에 가도 낯선 사람이 더 많고, 벗들은 하나 둘 저승길로 떠나고, 나를 바라보는 개들의 눈빛도 지나치게 영악해 보이고, 차츰 내 주위는 적막해져 간다. 내가 퍽 오래 산 모양이다.

다시 꿈에 이항녕 선생님을 만나게 되면, 나도 이제는 좀 할말이 있을 것 같다. 그렇지만 꿈에 저승에 계신 어머니를 만나면 무슨 이야기부터 할까. 아들이 다녔던 초등학교에서 야학을 다니시다가 이틀 저녁도 못 넘기고 찬물만 들이켜고 그만두셨던 우리 어머니, 그때 혹시 꾀병을 하신 건 아닌지 여쭈어 볼까. 그러나 어머니, 어머니.

학교는 없어져도 마음속에 학교는 남아 있고, 책 이름이 바뀌었어도 눈감으면 옛날 그 책이듯, 어머니의 형상은 가물가물해져 가지만 어머니에 서린 뜻은 오히려 생생하다. 상(象)은 잊어도 될까.

헛소문도 하도 많고 믿지 못할 세상이라, 어머니가 야학을 다녔던 그때 그 학교가 정말 문을 닫았는지 고향의 아우에게 전화를 걸어 봐야겠다. (『한국문인』 2001. 6,7월호)

청풍(淸風)은 서서히 오는가?

날씨가 더워지면 옛날이 생각난다. 고교 3학년 여름이니까 30년은 훨씬 넘은 셈이다. 대학입시 준비를 위하여 여름방학 동안 예천 촌놈이 큰맘 먹고 대구의 학원에 다니던 일이 어제런 듯 새롭다.

대구의 더위는 그때나 지금이나 정말 알아줘야 한다.

하숙을 할 처지도 못 되고 해서, 지금의 종합운동장 뒤 옛 방송국 부근의 친척 집에 염치불구하고 한 달 동안 신세를 지기로 했다. 학원은 '경북문화학원'인데, 지금의 유신학원 근방인지 더 먼 곳인지는 잘 모르겠으나 아무튼 하루 두 번씩 이 학원까지 걸어 다녔다. 요즘 학생들이 들으면 버스를 타면 되지 않겠느냐고 하겠지만, 그때 우린 그랬었다. 선풍기 같은 건 들어 보지도 못했던 그 시절, 찌그러져 가는 목조 2층 건물이 어이 그리도 후덥지근하던지 —.

친척집에서야 잘 대해 주지만 내 쪽에서는 체면이 있어야지. 다 큰 총각이 팬티 같은 걸 훌렁훌렁 벗어 줄 수도 없고 목욕하기도 어려웠던 그 집. 코를 드렁드렁 골아대는, 건넛방에 혼자 세들어 사는 일흔이 훨씬 넘어 보이는 할아버지와 한 방에 자기란 또 얼마나 민망스럽고 서럽던지 —.

그리고 그땐 정말 배가 고팠다. 쌀이 없으면 쇠고기를 먹으면 되지 않느냐는 것이 요즘 아이들의 애기라지만, 뭘 사 먹는 버릇에 익숙할 줄도 모르던 그때. 그러나 어쩌랴. 밤늦게 숙소에 돌아올 때면 현기증이 난다. 지금의 미창 앞 굴다리 밑을 지날 때면 더 노곤해진다. 당시 그 다리 밑에는 잡상인들이 희미한 가스불 아래 먹을 것을 팔고 있었는데, 하루는 콩 통조림 한 개를 큰맘 먹고 사서 그 자리에서 게걸스럽게 먹어 치웠더니 그게 그만 식체가 되어 죽을 뻔했던 일이, 30여 년이 흘러간 지금도 왜 이리 서러울까?

학교에서 독일어나 물리학을 배워 보지 못한 주제에 독일어나 물리학을 선택과목으로 부과하던 서울의 S대 법과를 들어가려고 더위와 싸우며 나는 그 학원을 쳐부숴야 할 적의 성벽인 양 공략해 보았다.

그러나 그 공격은 처음부터 무모한 짓이란 걸 이내 깨닫게 되었다. 독학으로 독일어나 물리학을 공부해서 S대에 들어간 예도 있긴 하지만, 그들은 나처럼 3학년의 여름 방학 때부터 독일어나 물리학을 공부하기 시작한 사람은 아니었다. 때가 너무 늦었다고 생각되었을 때 앞이 캄캄했다. 난공불락인 적을 피해 다른 길을 택하기란 몹시도 자존심이 상하는 일이었고, 초췌한 몰골을 거울에 비춰 보기란 고통스러운 일이었다.

그 당시 나의 숙부님께선 장래가 뻔한 농사일을 버리고 도회지에서 터를 잡아 보시겠다고 홀로 대구에 나와 남의 집 고용살이를 하고 계셨다. 농부의 아들인 내가 다른 길을 꿈꾸며 대학에 들어가겠다는 것이나, 농사일을 버리고 도회

지에서 터를 잡아 보려는 숙부님이나 비슷한 처지가 아닌
가.

공부가 제대로 되지 않자, 우울한 나머지 이따금 숙부님
을 찾게 되었다. 내가 보기에는 숙부님도 일이 제대로 잘
안되시는지 이마에 우수가 역력해 보였다.

"공부 잘 되나?"

숙부님이 이렇게 물으실 때면 나는 대답 대신 쓸쓸히 웃
어 보이곤 했다.

"일이 잘 됩니꺼?"

이렇게 물으려다 나는 그만둔다.

어느덧 한 달이 지나갔다.

"같이 집으로 갑시더."

떠날 때 숙부님 의중을 이렇게 떠봤다. 숙부님은 내 말을
얼른 알아듣지 못하시는지,

"혼자 가거라. 추석에 댕기러 가마."

이러시며 덤덤히 창 밖을 바라보신다.

"그게 아니고 완전히 갑시더."

하도 오래 된 일이라서 생각이 잘 나지는 않지만, 아무튼
나는 이런 식으로 숙부님을 집으로 가자고 권유했던 것 같
다.

그러나 아까부터 입맛만 쩝쩝 다시는 숙부님. 어쩜 나의
권유에 앞서 고향에 돌아가리라 마음을 정하신 게 아니었
을까.

마침내 우린 보따리 몇 개를 들고 패잔병인 양 고향 차에
몸을 실었다. 차 안에서 숙부님과 내가 이따금 주고받는 말

들이 모두가 힘이 없는 언어들이란 걸 우린 이내 깨닫게 되었던지 서로 차츰 말을 잊었다.

그때 나에겐 숙부님의 장래가 훤히 내다보이는 것 같았다. 아무 기술도 없이 다만 성실성 하나만 믿고 도회지에서 어떻게 터를 잡아 보겠느냐고 조금은 경멸하듯 속으로 뇌고 나니 공연히 가슴이 아팠다. 이때 숙부님은 시름시름 기운이 빠지고 부증이 조금 있어 보였다. 그 부석부석한 눈으로, 한편 전과는 달리 풀이 죽어 있는 내 표정을 간파하셨던지,

"야야, 꼭 서울 갈래, 대구쯤도 안 좋나?"

그러나 나는 숙부님의 이 말에 대답도 않고 차창 밖을 내다보며 울고 있었다.

집에 돌아오신 숙부님은 몇 달 동안 통 말이 없으시더니 드디어 병이 악화되어 이듬해 서른네 살 꽃다운 나이로 불귀의 몸이 되셨고, 나는 독일어며 물리학을 포기해야 했다.

밀 밭 곁에도 못 가는 사람이 딴 일을 하면 될 걸 역겨운 냄새를 견디며 하필 술 만드는 일을 왜 했노? 병이 날 만도 하지 않았겠느냐는 의사가 있었다. 대구의 경북고등학교쯤 갈 일이지 왜 하필 예천의 똥통 학교에 갔노? 독일어나 물리학을 배울 수가 없는 건 당연하지 않았느냐는 사람도 있었다. 쌀이 없으면 쇠고기를 구워 먹으면 되지 않겠느냐는 사람들이다.

도시에서 남들처럼 터를 잡아 보시겠다고, 그래서 큰집 장조카 대학 밑천 보태겠다고, 남의 술도갓 집 머슴살이를 하신 것이 죄가 될 수는 없다. 똥통 학교를 다녀서 독일어

와 물리학을 못 배운 것도 죄가 아니다.

　죄가 없으면서 숙부님은 직업병을 얻어 요절하시고 나는 반백의 머리가 까까머리 애숭이한테 이날까지 자존심이 수없이 꺾어졌다. 이것이 팔자요 천명이라면 할말은 없다.

　그러나, 숙부님이 직업병으로 요절하시고 내가 독일어와 물리학을 단념한 그해 그 여름 이후, 서른 몇 해의 여름은 어느 해이고 그때 그 대구의 여름과 같이 늘 무덥고 짜증스럽기만 하다. 청풍(淸風)은 왜 이리 더디노?(1992)

날다람쥐의 말

   동녘 하늘이 번해질 무렵이면 나는 얼추 산사람이 되어 있다. 후유, 후유, 가쁜 숨을 토하며 지팡이를 또박거리는 새벽 산길의 초췌한 노인, 겉보기에는 죽을 날만 기다리는 아무 욕심 없는 늙은이로 보일 수도 있을 터인데 어쩌자고 이런 늙은이가, 그저께 밤에는 남가몽(南柯夢)을 꾸었는가 하면 간밤 꿈속에서는 여옹(呂翁)의 베개를 빌려 잠을 잤으니 아직도 내가 고작 이러한 줄을 누가 짐작이나 하겠는가.

   어떤 사람은 세상 번뇌를 다 털어 버리고 무심의 경지에 이르렀는 양 말들을 한다. 부러운 일이다. 번뇌를 털어 버리기는커녕 산길에 돋아난 돌부리 같은 것에도 나는 아직도 무심할 수가 없다. 밉다.

   누가 그랬을까. 하나같이 지지리 못생긴 이 산의 돌멩이를 밉다 않고 누가 주워 모았을까. 저만치 산허리에 두 개의 돌탑이 추억처럼 쌓여 있다. 문득 돌들이 인물이 달라졌으니 하물며 사람일까. 저런 돌탑을 쌓자면, 아마도 봄바람에 꽃이 피듯 무언가에 고무되었을 게다.

   먼동이 틀 때쯤, 이 산꼭대기에는 꽤 많은 사람들이 한데 어울려 이상한 운동을 한다. 그 곁에서 늘 커피를 팔고 있는 앳된 여인은 어느새 펑퍼짐해져 있다. 늙지 않으려면 신선이 되어야겠지만 콧수염이 히틀러 같은 육 척 장신의 사나이에 홀린 듯, 그를 따라 미친 듯 흔들어대는 늙고 젊은 여인들의 선정적인 몸놀림은 마침내 배꼽을 들어내고 간간이, "칵, 칵, 칵. 칵, 칵, 칵. 우우—— 칵" 발정한 짐승처럼 괴성을 발하는데 저만치서 까치가, 사람의 소리가 제 소리를 닮았다고 그러는지 연방 꽁지를 치키며 깍깍거린다. 까치의 목숨에 견준다면 사람은 진작 신선인데 뭘……

사람이 칵칵거리는 것도 까치가 깍깍거리는 것도 누가 고무한 탓일까. 콧수염 사나이한테 물어 볼가 보다.

양생의 공부를 아직 늙지도 않은 콧수염 사나이한테서 배우랴. 가까이에 꽤 늙은 소나무가 있다. 하지만 너무 빽빽하여 생기가 없고 키만 커서 꺼벙하다. 조금만 더 벌려 섰더라도 서로가 귀한 줄도 알고 그 밑에 사는 키 작은 다른 생명들도 사는 형편이 지금보다는 좋아졌을 터인데, 어쩌다가 좋은 천품을 저 지경으로 망쳐 버리고 다른 생명체에까지 해를 끼치다니 이러고서 혹 오래 산들 노추(老醜)일 뿐….

그러나, 이 산의 소나무는 서로 다투는 상대는 있지만 처음부터 상대를 용인하지 않는 나무가 있다. 수백 년을 옆으로 뻗어 자신의 영역만을 넓히려는 나무, 기형이 되다가는 끝내 몸도 가누지 못하고 남의 곁부축을 받는다. 이를테면 청도의 운문사 마당에 있는 괴물 같은 반송(盤松)이 그러하다. 사람들은 나무의 외화(外華)에 홀려 성불했다고 우러르고 절을 하기도 한다. 형상에서 뜻을 찾으려 하고 영원에서 길을 물으려고 할지도 모른다. 그러나 그때마다 그 괴상한 반송은, 뜻은 상(象) 너머에 이미 있고 영겁은 일념(一念)에서 떨어져 있지 않다는 걸 깨우쳐 주려고 그리도 오랜 세월 운문사 마당에 버티고 섰노라고 괴변을 늘어놓을지도 모른다.

세상에는 이런 괴상한 소나무 같은 거인들이 때로는 우리의 머리 위에 컴컴한 장막을 드리운다. 그런데 이러한 소나무가 되었든 여기 이 산의 소나무가 되었든, 소나무로 태어남에는 누군가가 고무했을 것 같은데 어찌하여 이렇도록 그 누군가는 본체만체했을까.

이 산 정상에는 아카시아가 판을 친다. 모진 아카시아가 산을 망친다고 혀를 차는 사람이 있지만 잎이 다 진 뒤에 초라하게 서 있는 모습을 바라보며는 괜히 마음이 안됐다. 감나무 느티나무 같은 나무들은 그 알몸이 아기자기해서 귀태가 나 보이지만 아카시아의 나신은 가시 탓인지 괴팍해 보이는 것이 어딘가 한을 남겼다. 젊은 날 신산을 겪은 얼굴이랄까. 뜻을 잃은 한 사나이의 깊은 슬픔을 새겨 보게 한다.

그러나, 천근(天根)에서 돌이킨 일양(一陽)이 땅을 치고 나오면 놀란 듯 고무된 듯 아카시아는 꽃을 피운다. 그 반전은 누구의 열정일까, 누구의 꿈이었을까. 송아리를 이룬 하얀 나비 모양의 꽃들이, 장미처럼 요염하지도 모란처럼 호사스럽지도 매화나 국화처럼 고고하지도 난처럼 빼어나지도 못하지만 그 향은, 그 덕은 산을 덥고도 남겠네. 가시로 마음을 다스리며 저리도 조신함은 또 누구를 위함인가.

휙, 하고 바람 한 줄기가 아카시아를 훑고 지나간다. 꽃
들이 무수히 떨어진다. 한 송이를 주어서 가만히 얼굴에 대
어 본다. 진한 향기가 조금은 가슴을 흔들어 놓는다. 눈을
감는다. 갑자기 나는 무엇이 씌인 듯 무엇에 고무된 듯, 아
카시아 꽃을 안고 환하게 웃는 얼굴, 그러한 나의 아들의
얼굴을 떠올려 보는 것이다.

공학을 전공한 아들 녀석이 이상하게도 말수가 줄고 때
때로 허공을 바라보는가 했더니 훌쩍, 서울로 가 버렸다.
세상 사람들이 흔히 '신림동 고시촌'이라 일컫는 그 곳에 홀
로 틀어박힌 것이다.

얼마 전 다니러 와서 하는 말이라곤, 제 놈이 언제 백수
공부(柏樹工夫)를 아울렀다고 그러는지 화두처럼 모호했
다.

"아부지가 시험 실패하시고 평생 어떻게 살아가셨는지는
저가 다 알아요. 아부지요!"

불쑥 내뱉는 녀석의 말을 왠지 나는 듣고만 있었다. 제멋
대로 어쩌면 큰 낭패를 저지르고도 조금은 무람없는 아들
의 이 말은 이상하게도 이후 나에게 화두가 되고 말았다.

녀석이 떠난 뒤 듣자니 이 놈이 이른 아침에 관악산에 오
른다고 했다. 관악산 돌계단을 밟으며 문득문득 이 아비의
「돌계단」이란 수필을 떠올린다고 했다.

「돌계단」이란 글은 참 부끄러운 글이다.

40년이 훨씬 넘은 옛날, 이 아들에게 아버지는 뒷산 깊
숙한 곳에 작은 서실을 지어 주셨다. 비탈길에는 돌로 계단

을 만들었다. '고등고시'에 응시하려는 젊은이들은 대개 대학을 마치고도 서울에 남아서 하숙을 하거나 아니면 절간에 들어가거나 해서 친구끼리 서로 수험 정보 같은 것도 공유하면서 공부하는 것이 당시로서는 오늘날 '신림동 고시촌'에 들어가는 것만큼이나 좋은 공부 방법이었다. 하지만 나는 학교 다닐 때도 주로 고향 집에 머물면서 멀리 북녘 하늘만 바라보고는 했거늘 하물며 졸업 후에까지 서울에 남아서 하숙을 한다거나 절간에 들어가는 것은 상상도 할 수가 없는 일이었다. 산속 오두막집에서 혼자 공부를 한다고는 하지만 그나마 주위의 사정이 공부에만 열중하도록 나를 내버려 두지도 않았다. 드디어, 명(命)은 내가 모르고 재주는 뜻에 못 미친다고 체념하기엔 너무 이른 시점에서 서창(書窓)은 불이 꺼지고 돌계단은 무너지고 말았다.

산방을 떠난 지 스무 해가 다 되어 갈 무렵, 그러니까 정확히 1982년 가을의 일이다. 그때 나는 몇 해 동안 집을 떠나 이곳 저곳 떠돌다가 서울의 관악산 아래 지하철의 석수역 부근에 있는 어느 허름한 아파트의 방 한 칸을 빌어 혼자 살게 되었다.

여덟 식구를 대구에 남겨두고 가족의 생계비를 벌겠다고 혼자서 떠돌기는 했지만, 4층 내 방까지 신기하게도 내 나이와 똑 맞아떨어지는 마흔아홉 개의 아파트 계단을 밟으면서 옛날 그 산방 그 돌계단을 떠올리고는 했었다. 창문을 열면 관악산 봉우리가 우르르 내 방으로 들이닥치고 눈 감으면 천리 밖 고향산천, 그 산방 그 돌계단이 가슴 그득 밀려왔다. 그러한 이야기를 그때 「돌계단」이란 글에 담아 보았는데 이태인가 뒤(1984)에 세상에 알려지게 되었다.

이 글을 쓴 지는 20년이 넘었고 산방을 떠나 온 지는 그럭저럭 40년이 되어 가지만 누가 고무하였을까, 아들이 또한 아비가 걷던 길을 걷게 될 줄은 미처 상상이나 했겠는가. 아들이 안쓰러워서 나는 견딜 수가 없다.

여기 이 산에도 돌계단이 있다. 이른 아침에 이 돌계단을 오르내리며 나는 자꾸 지팡이를 또박거린다. 헛짚는다.

지팡이를 높이 들어 휘휘, 휘둘러 본다. 제법 바람을 가르며 지팡이가 무슨 소리를 하는 것 같다. 나는 무단히 화가 나서 지팡이를 휙, 집어던지며 입속말로 투덜거린다. "햇볕과 비와 눈과 또 바람과 우레 같은 것에 만물이 고무되는 것은 누군가의 조화더냐. 그렇다면 그 누군가는 사람을 또한 고무해 놓았을 터인데 어찌하여 사람과 더불어 근심하지 않느냐?"

지팡이가 무슨 말을 하는가? 날다람쥐 한 마리가 태풍에 반쯤 쓰러진 아카시아 나무를 타고서 빤히 사람을 바라본다. 내게 무슨 할말이라도 있는지 두 앞다리로 몇 번 수화를 보내더니 훌쩍, 다른 나무로 날아간다. 아마도, "이 나무가 생겨난 것도 저절로, 쓰러진 것도 저절로."라고 달했던 모양이다. 또 말했을 것 같다. "나무가 백 번을 쓰러져도 나무가 나고 달이 천 번을 기울어도 달이 둥글어진다오."라고.(2002. 5)

4. 은하수에 떠 있던 하얀 별 하나

춘심(春心)

봄, 봄은 우레를 타고 오는가 봐. 얼어붙었던 땅을 뚫고 불쑥 솟아나는 걸 보아라. 언제 땅으로 들어갔길래, 한겨울에 더러는 은은한 지동으로 머뭇거리더니 대지를 흔들고 분연히 솟아나는구나!

여름이 타 버리고 떠나간 가지 끝에, 털다가 남긴 빠알간 한두 개의 감. 마침내 마른 나뭇잎 같이 되지만 그 영혼만은 북풍이 휘갈기는 어느 날 무심히 떨어졌을 뿐인데, 그때 이미 그 까치밥—碩果(석과)-은 우레가 되어 묻힌 걸까.

툭, 하고 떨어지던 그 가녀린 영혼이 땅속에서 겨으내 얼마나 고생이 되었겠노? 고생으로 해서 그러나 야물어질 대로 야물어지고 모질어질 대로 모질어져 갔으리라.

싹을 트고도 꽃을 피워 보지 못한 채, 꽃은 피웠어도 열매를 맺지 못한 채 가엾게, 가엾게 스러져 간 숱한 생명들을 그는 떠올려 보았을까. 열매가 되었다는 그 사실만으로도 벌써 경이요 선택이며 은혜일 터인데, 다시 땅속으로 묻힐 수가 있었다는 걸 깨닫고는 숙연해진다. 명검이 칼집 속에서 천 년의 고독을 삼킨다 할까. 유인(幽人)이 움막 속에서 사명(俟命)의 밤을 경건히 지새운다 할까. 끊어질 듯 끊어질 듯 모질게 잔명을 이어간다. 적연부동(寂然不動)해진다.

어시호 그는, 천하만사를 통달하게 되었음일까. 드디어 반전(反轉)의 몸을 튼다. 이것을 두고 선철은 '天根(천근)'이라 했지만, 이때가 동지가 된다. 그 반전의 소리를 그대는 듣지를 못했는가? 야반(夜半)에 홀연히 솟구치는 하나의 뇌성(雷聲)에 만호천문(萬戶千門)이 차례차례 열리는 그 소리를 듣지 못했는가? 여리디여리기 때문에 차라리 더 굳세고, 아주 커서 작은 듯한 그 소리. 소옹(邵雍)의 말마따나 현주(玄酒)는 그래서 바야흐로 그 맛이 담담하고, 대음(大音)은 꼭 들리지 않고 있을 뿐인 것을.

동지에서 일어난 우레는 땅을 박차고 틈연(闖然)히 솟아올라 만뢰(萬籟)를 뿜으며 확산해 간다. 후우ー, 숨을 내쉬며 걸어간다. 내쉬는 숨결을 따라 꽃들은 웃고 나비는 춤을 춘다. 제비는 추녀를 찾고 개구리는 눈을 비빈다. 꽃샘 잎샘 날씨도 한바탕 시샘을 한다. 정경부인(貞敬夫人)이 바람이 나고 사각모자가 소동을 부리기도 한다. 나올 것은 다 나오는 모양.

훗날 바다로 군림하려는 자는 마땅히 먼저 백곡(百谷)의 물로 먼 길을 떠돌며 달려가야 하듯이, 장차 우레가 되어 천하를 떨치려는 그 작은 영혼은 얼어붙은 땅 속에서 참으로 오랫 동안 침묵을 익혀야 했었나 보다, 이 침묵, 이 온축(蘊蓄)이 없고서야 초목은 어찌 저리도 부영(敷榮)하며 곤충은 또 이리도 진분(振奮)할 수가 있으랴. 어렴풋이 듣자니, 자벌레〔尺蠖〕는 끄꾸부림으로 해서 나아갈 수가 있

고, 용사(龍蛇)의 겨울잠은 몸을 보존하기 위함이라 하건마
는, 인간은 때로 벌레며 배암에도 미치지 못하는 걸까.

두어라, 평지는 마침내 비탈이 되고 돌이켜지지 않고 갈
수만은 없는 법. 그 자체 내에 이미 모순을 내포하고 있기
때문일까. 내쉬던 숨은 드디어 들이마시는 숨으로 바뀐다.
누가 말했던가, 이것을 두고 '月窟(월굴)'이라고 —. 이 때가
하지가 된다. 초목도 곤충도 제비도 개구리도 그리고 사람
의 눈길마저도 어디론가 빨려 들어가기 비롯한다. 드디어
또 하나의 석과(碩果)는 이리하여 땅속에 묻힌다.

한 번 내쉬고 한 번 들이마시는 사이 봄이 오고 가을이
간다. 일호일흡(一呼一吸)은 오므리면 하루며 또 순간이 되
고, 펴고 보면 백세며 천추 또한 일호일흡일 뿐인데, 다만
어지럽게도 영허소식(盈虛消息)이 부질없이 갈마드는구나.

봄, 봄이 오고 있다. 눈꽃이 울고 간 황량한 그 자리에
어우러지는 저 뇌성, 저 함성, 저 웅성거림—. 인간이 만든
그 어떤 음악이 이보다 더 오묘하고 감미로울 수가 있을까.
꽃들이 미소짓고 새들이 환호하는, 개구리가 하품을 하고
번데기가 나방이 되는 그런 음악을 일찍이 인간은 창조한
적이 있었던가. 하도 교묘해서 졸렬한 듯하고, 너무나 감미
로워 차라리 담담하고, 꽉 차서 되려 없는 듯한 저 음향은,
정녕 동지의 일뢰(一雷)가 만물 속으로 확산해 가는 발자
국 소리란다. 봄만 되면 그리하여 쿵, 쿵, 가슴이 뒤지를
않던가? — 일진광풍에 잔화가 흐느끼고 배암이 개구리를
도륙하더라도, 정경부인이 염문이 파다하고 사각모자가 난
동을 부리더라도 그대여! 너무 상심 말게나. 동지의 일뢰가

되돌아오는 그 강반동(剛反動)에서 이미 그대는 하늘땅의 마음을 보았지 않았던가. 생생불궁(生生不窮), 나고 나고 또 나게 하려는 그 착한 마음을 —.

봄, 봄은 소리로 온다. 앙연(怏然)히 생존케 하려는 하늘땅의 마음 소리로 온다. 그런 마음이기에 봄은 또 가야 하나 보다. 다시 만나기 위해 떠나가야 하는, 영원토록 변하지 않기 위해 영원히 변해야 하는 이 사랑의 미어(謎語)를 되씹으며 시작도 없이 마침도 없이, 좌선우선(左旋右旋) 돌아들며 무극(無極)의 길을 오고 또 간다. 오므리면 하루며 순간에도 하나의 봄이 오고 가며, 펴고 보면 백세며 천추 또한 다만 하나의 봄이 오고 또 갈 뿐인 것을. 어허! 진퇴존망(進退存亡)이 공연히 바쁘구나.

그러나 인간의 역사에는 영원을 오고 가는 봄과 더불어 한가로이 머물러 있는 이가 어찌하여 있는 걸까?(『수필공원』 1988. 봄호)

취옹(醉翁)의 허튼소리

술주(酒)자가 삼수(氵)변에 닭유(酉)자를 한 글자이듯이, 술은 닭이 홰에 올라가는 유시(酉時)쯤 해서 마시는 게 제격일지 모른다. 그러나 나는 아침이고 저녁이고 마시고 싶을 때는 언제나 마신다.

아침부터 가슴이 부글거리는 날이면 나는 출근길에 두리번두리번 대폿집을 찾는다. 이때는 막걸리면 좋겠다. 아침을 굶었으니까.

혼자 있으면 차라리 좋겠다 싶다가도, 외출 나간 마누라가 하마하마 기다려도 돌아오지 않을 때는 좀이 쑤신다. 이럴 때 미상불 한잔이 없을 수 없다. 이때는 맥주가 좋다. 너무 취하면(독주) 청소차가 와도 모를 터이고, 너무 퀴퀴하면(막걸리) 이웃집 젊은 아주머니들의 고운 코가 찡그러질 것 같아서.

세상은 갑자 을축이 을축 갑자가 된 게 분명한 것 같다. 어찌된 영문인지 마누라가 집을 비울 때면 어찌나 애들이 활개를 치는지.

하나뿐인 만득의 아들 녀석이 골목에서 얻어맞고 엉엉 울고 대문을 들어선다. 나도 엉엉 우는 꼴이 되어 부리나케

부엌으로 들어간다. 술이 없나 하고. 이럴 때는 맥주보다는 소주, 소주보다는 백알이 좋다. 졸지에 콱 막혀 버린 가슴은 독주가 아니고서는 뚫을 수가 없기 때문.

"이 놈아, 울긴 왜 울엇. 치료비 적정은 말고 그 놈 달구락지를 붉게 봤!"

이렇게 냅다 소리치고 나면 어느새 나는 허허허, 멋쩍게 웃어 버리고 만다.

한바탕 난리를 치르고 나면 피로를 느낀다. 드러눕는다. 그러나 창 밖에 와글거리는 잡소리 때문에 낮잠이 족할 수가 없게 되면 부스스 일어앉아 항아리를 기울인다. 술이 남았으면 무엇이나 좋겠지만 항아리가 비었거든 현주(玄酒)인들 어떠리. 마음은 인경(人境)을 벗어나고 뜻은 물외(物外)에 노닐 것만 같다. '심원지자편(深遠地自偏)', 문득 오류(五柳) 선생의 시구를 읊조린다.

고인의 시문을 웅얼거리노라면 나도 글을 쓰고 싶어진다. 글을 쓸 때는 옛날 당나라 때의 왕발(王勃)이 부러워진다. 왕발은 글을 쓸 때면 먼저 먹을 잔뜩 갈아 놓고 진탕 술을 마시고는 이불을 뒤집어쓰고 푹 자고 나서 한 번 붓을 들면 단숨에 갈겨 놓고 한 자도 바꾸지 않았다 한다. 당시의 사람들은 왕발의 이런 글재주를 두고 뱃속에 원고가 들어 있는 사람일 거라고 해서 그를 '복고(腹稿)'라고 했다지만, 나는 글을 쓰기 위해서 술을 마시지는 않는다. 다만 아무리 끙끙거려도 좀체로 제대로 되지 않을 땐 종이고 뭐고 뺴기를 치고는 미친 듯 술을 들이킨다. 막걸리고 소주고 청탁을 불문. 이와 같이 술을 퍼마시고 이불을 뒤집어쓰고 자는 것까지는 왕발과 얼추 비슷할 수가 있다. 그러나 이불을 빠져 나와서는 왕발은 글을 토했지만 나는 술을 토한다. 아무래도 나는 팔자가 왕발과는 매우 다른 모양이니 글을 잘 쓰기는 틀려 버린 것 같다.

이처럼 내가 술을 마시는 까닭을 들자면 한이 없다. 까닭이라기보다는 핑계에 지나지 않는다. 술이 그냥 좋아서 마셔 놓고는 이렇게 늘 그럴싸하게 둘러댄다. 이와 같이 술을 마시고 나면 핑계 댈 말이 잘 떠오른다는 것, 이것도 술을 마시는 또 하나의 핑계가 된다.

혼자 마시는 술이 이미 이렇게 핑계가 많은데, 누구와 어울려 마시는 술이야 좀 핑계가 많겠는가. 어울려 마시는 술. 허물없는 벗과 가슴을 탁 터놓은 술이야 구태여 핑계를 찾지 못해도 좋으리라. 이럴 때, 일호(一壺)의 술자리가 삼공(三公)의 부귀보다 좋겠다는 고인의 말이 핑계라면 핑계일 터.

잔을 든 채 잔 너머로 벗의 얼굴을 지그시 바라본다. 절반쯤 마시고는 잔을 놓고 술상을 훑어본다. 안주야 집었다 놓았다 그것으로 족하다. 조는 듯 꿈꾸는 듯 도연해지고 보면 천하가 몽땅 내것이어라. 이즈음 삼공육경(三公六卿)이 내 앞을 지나간들 나는 정말이지 눈 하나 깜박이지 않을 게다.

마음이 가벼울 때는 가벼운 대로, 마음이 무거울 때는 무거운 대로 가슴 높이 잔을 들고 허공을 바라본다. 내 이미 삶의 쓴 잔을 수없이 마셨는데 번쾌(樊噲)의 말마따나 어찌 치주(巵酒)를 마다하랴. 홀로서 잔을 들 때는 홀로서가

아니더니 여럿이서 잔을 들면 문득 나는 혼자이다. 젊어서
는 잔을 들고 까닭 없이 울었는데, 이제는 잔을 들고 눈물
마저 체념한다. 세월이 오나 가나 내 알 바 아니지만 더 늙
어지면 누구와 더불어 노닐꼬? 늙어져서 외로움을 떨쳐 버
리지 못하는 까닭은 무엇일까. 죽음 때문일까. 죽음이란 무
심히 술잔이 깨어지듯 그렇게 끝나 버리고 마는 것이라면
이 현실이, 이 생명이 무슨 의미가 있는가? 문득 술잔에 부
쳐 보는 한마디.

"살아서는 나는 (우주를) 따르고 섬기다가, 죽어서는 나
는 편안하다(存吾順事沒吾寧也)."

「서명(西銘)」의 마지막 말이다. 장재(張載)는 「정완(訂
頑)」이란 글을 지어 서재의 서쪽 벽에 걸어놓았었는데, 서
쪽 벽에 걸어 놓았다고 해서 서명(西銘)이라고 불리워졌거
니와, 허무도 적멸도 들먹이지 않으면서 또 하나 유가 특유
의 우주관을 정립한 것이라 해서 뒷날의 유학자들에 의해
많이 칭송을 받았다 한다.

하지만 어찌하여 다만 기(氣)만을 생각하고 있는가? 구
체적 개물(個物)이 나타났다가 사라지는 것은 기만의 이합
집산에 지나지 않는다고 본다면, 매화의 꽃과 잎은 둘 다
기가 응집하여 생긴 것이라고 하리로되 왜 꽃은 꽃이고 잎
은 잎인가? 꽃이 잎이 되고 잎이 꽃이 되지 않는 까닭은 무
엇이란 말인가.

취중에 목소리가 높았구나. 내가 어찌 장자(張子)에 미치
랴. 어려운 생각일랑 털어 버리고 권커니 잣거니 술이나 돌
려 보자. 너와 나의 애환을 술잔 위에 띄워 놓고 어느덧 몇

순배 돌고 나면 돌고 도는 것이 어찌 다만 술이라할까. 술이라 할까.

술이 있고 지기가 있는데, 보다 더 맞가운 술 자리를 기웃거릴 마음이야 있을 리 없겠지만, 나는 정녕 잔을 높이 들고 싶을 때가 따로 있다.

긴긴 밤에, 너무도 황량한 그 밤에 첫닭이 홰를 치고 목청을 뽑는다. 밤이 기운다. 자시가 지나 축시가 되었을 게다. 스스로를 믿는다 할까, 스스로를 기른다 할까. 조금만 기다리면 날이 새려 한다. 이럴 때, 이 사명(俟命)의 순간에 나는 미소를 머금고, 그러나 경건하게 술잔을 기울여 보리라. 나는 그런 자락(自樂)의 술잔을 높이 들고 용연히 취하고 싶다.

그런데도 나는 지금 나의 밤이 몇 시냐고 묻지를 않는다. 아직 나는 좋은 술잔을 이루지 못했기 때문일가. '북고'는 이미 기할 수가 없고, 서재의 서쪽 벽에는 영영 내 깨달음을 걸어 보지 못할 것임을 내가 안다.

종주방담(縱酒放談)으로 부질없이 이 밤도 깊었는게, 어쩌자고 목은 또 컬컬해지노?(1985)

사명(俟命)의 술잔

「취옹의 허튼 소리」를 읽은 사람이라면 나를 한다한 술꾼으로 알겠지만 그래도 나는 할말이 없다. 하기야 초등학교 때부터 동무를 불러다가 도장방에 숨겨 둔 농주 단지를 축내고 어뚤어뚤 골목을 돌아다녔으니까, 이걸 술이라고 한다면 나는 어릴 때부터 술꾼이었던 셈이다.

내가 술을 좀 마셨던 시기는 서른예닐곱 살 때부터 한 십년 동안이었던 것 같다. 술을 마셨다지만 사흘돌이로 얼굴이 벌게 있었다든가, 술이 먹고 싶어 못 배겼다던가 그렇지는 않았다. 벗과 어울려, 어쩔 수 없이, 속이 상해서 등등, 핑계로 한두 잔 걸치고 기분이 좋아라 했을 뿐이다.

사실 술을 마시는 데도 핑계요, 사양하는 데도 핑계다. 아무리 바른 말을 해도 소용 없다. 술이란 그래서 묘미가 있는 모양이다. 핑계로 보기 때문에, 더러는 짐짓 핑계로 뒤집어 씌우기 때문에 마침내 잔술이 되술이 되고 되술이 말술이 된다.

말술을 마셔서야 되겠는가? 술주(酒) 자가 삼수(氵) 변에 닭유(酉) 자를 한 글자이듯이 술은 닭이 부리로 물을 쪼아 먹듯, 닭처럼 고개를 벌렁 제끼고 먹는 시늉만 해야 한다지만 그게 어디 그렇던가.

"술 마시는 데 믿음을 두면 허물이 없다. 머리를 적시면 믿음이 타당성을 잃는다. 술 마시고 머리 적시면 절(節)을 모르는 것이다."

『주역』의 마지막 말이다. 진퇴존망(進退存亡)의 이치를 남김없이 말했다는 『주역』이 이상하게도 미완성을 뜻하는 '미제(未濟)괘'로 끝내면서 그 마지막에 술을 말했다.

진퇴존망이라지만 산다는 게 별게 아님을 내가 안다. 술 마시는 것 따위에서도 사는 재미를 거두는 것이 참으로 소중함을 술을 이기지 못하게 되고서야 깨닫는다. 슈베르트의 '미완성 교향곡'처럼 어차피 미완성인 채 모두를 남겨두고 나만 홀로 떠나야 하건만, 궁통영욕(窮通榮辱)의 분기점 같은 데서 마시고 머리 적셔 분조운확(忿燥隕穫)이 되기를 몇 번이었던가. 이런 술은 마실수록 슬픔은 더욱 짙어지고 깨고나면 또 다른 아픔이 가슴을 허빈다. 차라리 술이 사약인 양 경건히 술잔을 들어 보아라. 그래도 무슨 집착이 남을까? 비로소 술은 벗이요 정인이며 스승이요 또 하늘일 것이다.

잘했든 못했든 육순의 고개마루를 오르고 나니 목이 좀 컬컬하구나. 『주역』의 마지막 말이 술로써 끝맺고 있는 까닭을 알만하다 하겠다. 인생이 미완성이듯 성인도 『주역』을 미완성이란 말로 끝내면서 목이 좀 컬컬했던 모양이다. (『대구문학』 1995. 여름호)

고서송(古書頌)

1910년 경술국치 이전에 간행된 케케묵은 책들만을 골라서 모아 왔다. 학자도 아니면서 별로 소용도 없으면서 고서 그 자체가 좋아서 모으기만 하는 지극히 비생산적인 나의 취미는, 아내의 눈에는 취미라기보다도 딱한 병으로 보일 수밖에 없었는가 보다.

너덜너덜한 책장을 조심스럽게 넘기고 있노라면 이렇게 빈정거린다.

"또 병이 도졌군요……."

곰팡내 나는 책갈피 사이로 목을 길게 빼고 있는 궁상스런 꼴이 도무지 못마땅한 모양. 이럴 때면 죄를 지은 것처럼 머쓱해져서 아무 소리도 못한다.

한편, 마음에 드는 책을 발견하고서도 여의치 않아 그 책을 놓치고 말면, 집에 들어와 괜스레 짜증을 부리거나 시무룩해진다. 낌새를 알아차린 아내는 이렇게 얼러댄다.

"당신 책 때문이죠?"

사실 나 같은 월급쟁이가 돈깨나 드는 이런 짓거리를 하다니 소가 웃을 노릇이다.

책은 마음이 너그러워 좋다. 귀한 손님을 맞으면서 우리

내외의 얼굴이 화기롭지 못해도 조금도 개의치 않아 좋다. 때로는 곧바로 집으로 들일 수가 없을 때면, 몇 달씩이나 사무실 캐비닛 속에 숨겨 뒀다가 집에 무슨 좋은 일이라도 생긴다든가, 잔소리꾼들이 집을 비울 때 슬그머니 집으로 들이기도 한다. 이럴 때도 조금도 섭섭해 한다든가 언짢아 하지 않는 걸 보면 고서의 도량은 그 연륜만큼이나 깊은 것 같다.

어쨌거나 책이 내 서실에 편안히 자리를 잡고 보면, 큰 기와집을 지어 놓은 듯 가슴 뿌듯하게 행복이 밀려온다. 무료하거나 짜증스럽거나 우울하거나 허탈해질 때면 나는 고즈너기 쌓여 있는 고서 앞에 앉는다. 종이며 글자며 판본이며 연대며 이런 서지학적인 것은 나는 잘 모른다. 알고자 하지도 않는다. 그저 이 책 저 책 뒤적거려 보기만 해도 잡념이나 근심이 씻은 듯 사라진다.

책갈피를 뒤적거리노라면, 뜻밖에도 장서인(藏書印)을 발견할 때도 있다. 눈물처럼 얼룩진 종이 위에 퇴색된 인영(印影)들, 고인(古人)을 대한 듯 가슴이 뛴다. 고매(古梅)의 성긴 가지 사이로 그윽이 일렁이는 암향(暗香)이던가. 책갈피 사이사이 은은히 묻어 나오는 그 숨결 그 수택(手澤) 뉘의 것일까. 백 년이 어제런 듯 차라리 새롭기만 하다.

그 장서인이 만약 이름깨나 있던 사람의 것이고 보면 책의 평가는 그 인발 때문에 금방 달라진다. 책의 세계에도 그 후광(後光)인가 뭔가 하는 것이 작용하게 되는 모양이지만, 그것은 타산적인 인간들의 못된 셈 버릇일 뿐, 수백 년을 고지식하게 글에만 파묻혀 늙어 버린 고서의 마음은 아니리라. 그래선가 고서엔 정가가 붙어 있질 않다. 자기를 말하지 않는다. 백 년을 하루같이 만강(滿腔)의 문장에 취해 자신을 잊었음일까.

처음 고서를 모을 때는 장서인을 지워 버리고 그 위에 후광도 배경도 못 되는 볼품없는 내 도장을 꾸욱 눌러 놓곤 했었다. 나의 아들 손자가 대를 이어 오래오래 보존해 주길 염원하면서, "이 책은 자손만대에 전해야 하느니라, 나를 대하듯 대할지니라". 이런 쪽지를 끼워 두기도 했었다.

그러던 내가 지금은 남의 장서인을 지우지 못한다. 나의 도장을 찍지도 않고 쪽지를 끼우지도 않는다. 남의 장서인을 지우지 않는 까닭은 그 후광을 탐해서가 아니다. 비록 돈을 주고 샀다고는 하지만 책이 어찌 그걸 용인하겠는가 싶어서다. 옛 주인을 사모하는 마음으로 늘 서러워하고 있지는 않을까. "이 집 주인은 내가 머물 만한 인품이 못 되는데⋯⋯." 이렇게 늘 탄식하고 있지나 않을까 부끄럽고 두렵고 죄책감마저 느껴진다. 내가 그대의 주인 될 자격이 못 되지만 양해해 달라고, 옛 주인을 사모하는 마음 고칠 수 없더라도 이렇게 왕조가 바뀌었으니 몸만은 제발 내 곁에 머물러 달라고 마음속으로 빌어 본다. 그렇지만, 설사 책이 마음이 누그러져서 나를 새 주인으로 삼아 준다 하자. 이를테면 새 왕조를 섬기려 한다 하자. 내 도장을 찍어 놓는다 하자. 언젠가는 나의 인발 곁에 또다시 누군가의 도장이 덜컥 찍혀지고 말 것인데, 여기에 굳이 내 도장을 찍어 본다는 것이 쪽지를 끼워 둔다는 것이 얼마나 부질없는 짓들인가.

　책은 몇 백년이 되어도 저렇게 의연히 남을 수가 있었건만 그것을 가졌던 이들은 적어도 장서인의 수효만큼이나 바뀌어 갔을 터이니 사람의 일생이 고작 이런 걸까. 책갈피 속에 인발 하나 묻어 두고 어디로 사라져 갔는가. 고인이 그러했듯 나 또한 죽고 나면 언젠가는 또 하나의 애서가를 따라 지향없이 떠나 버릴 저 고서를 지켜보면서 인생의 끝없는 유전(流轉)을 생각한다.

　가만히 두 눈을 감아 본다. 신선의 모습일까 호호백발의 노인들이 고서의 허물 속에서 나방인 양 떠오른다. 하나같이 담담하고 고아(古雅)한 그 자태, 오랜 풍상에 찌들어 너덜너덜 해어지고 뿔뿔이 산질되어 있으면서도 한(恨)도 탓도 모르는 것일까. 무사무위(無思無爲)의 경지에 이르렀음일까. 적연부동(寂然不動)한 그 자태…….

　감았던 눈을 떠본다. 짐짓 그 한 권을 뽑아다가 깔끔한 현대 서적들 틈에 끼워 보며는 남루한 그 모습이 오히려 귀태가 나고 돋보이기까지 한다. 고서의 은은한 체취가 되려 현대 서적을 압도해 버릴 듯이 내 앞에 다가선다. 그 까닭이 무얼까? 아마도 오랜 세월 속에 스스로를 지켜 온 어떤 지조 때문은 아닐까? 명검(名劍)이 때를 얻지 못해 칼집 속에서 천 년을 녹슬어 버리듯, 고서는 그렇게 늙어 왔을까. 낡고 헐벗은 고서의 자태, 그것은 분명 인고와 극기, 그리고 창조의 모습이리라. 씨앗이 허물어진 뒤에 새 생명이 싹을 트듯, 그렇게 허물어지며 남은 것이 고서가 아니던가. 새 책의 탄생을 위한 모체로서의 긴긴 아픔, 그것이 한갓 헛된 진통이며 기다림이었다 해도 고서는 여한이 없다. 헛되이 늙었으되 회한을 모르는 일생, 어쩌면 헛되이 늙은 게 아니리라.

늙어져서, 이를테면 스승의 가르침을 가까이 하기란 쉽잖을 터이고, 부축해 주는 이들도 하나 둘 새벽 하늘의 별처럼 사라져 간다. 부귀도 사랑도 뒤돌아보며는 모두가 부질없는 짓들이요 회한일 뿐, 끝내는 자신의 몸뚱어리마저 버려야 하는 인생이기에 그런 걸까.

고서(古書), 이제 스승이나 부축해 주는 사람마저 없어져 가지만 내게로 와서 임하는 품이 어버이와도 같은 고서. 고서를 바라보며 우러르며 그렇게 늙어 가리라. 미어지며 찢기어지며 책의 생명을 잃어버리게 되는 날, 그 고서는 마침내 종이 조각으로 낙엽처럼 뒹굴다가 어디론가 종적을 감춘다. 미련도 없이 회한도 없이 나 또한 그렇게 사라져 가리라. (『수필공원』 1986. 봄호. 완료추천작)

반란 또 반정

누가 『주역』을 『논어』나 『맹자』를 읽듯이 읽으려 하는가? 그렇게 하는 사람들은 『논어』나 『맹자』만큼 『주역』의 문장들이 분명하지 못하다고 투덜대거나 마침내 점치는 책에 지나지 않는다고 개똥 나무라듯 타박을 주기도 한다.

『주역』은 본디 『논어』나 『맹자』처럼 이루어진 책이 아니다. 『주역』은 괘라고 하는 막대 모양의 부호들이 먼저 생겨났고, 뒷날 이 부호를 풀어낸 것이 『주역』의 문장들이기 때문이다. 다시 말하자면, 성인이 처음에 우주의 원리를 괘로만 나타냈을 뿐인데, 세상 사람들이 괘만으로는 잘 이해할 수가 없게 되자 후세의 성인이 이를 민망하게 여겨, 이 괘를 언어로 풀어낸 것에 지나지 않는다. 말하자면 현재의 『주역』 경문은 가장 잘 된, 괘의 하나의 해석서일 뿐 괘의 전부의 해석서일 수는 없다. 전부의 해석서가 아니라고 하는 말은 하나의 보기일 뿐이라는 뜻이 된다.

작역자가, 우주의 원리를 괘라고 하는 간단한 부호로 나타냈다고 하는 말은, 괘가 우주의 원리를 1:1로 나타내기는 성인으로서도 불가능한 노릇이기 때문에, 1:무한 즉, 괘로써 무한한 만사만물을 추상하여 형용하려고 했다는 말이다. 탈질료화(脫質料化)라고나 할까. 따라서 『주역』을 제대로 읽으려면, 괘라고 하는 이 부호의 보편적인 원리부터 탐구해야 할 것임은 너무도 당연하다. 예로부터 『주역』을 문자 그대로 읽으려 한 많은 선비들이 대개 신경쇠약에 걸리고 만 것은 충분한 까닭이 있다. "『주역』을 잘못 읽으면 미친다."는 말이 있지 않은가.

각 괘의 개별적인 원리라고나 할 『주역』의 경문을 규명하기 위해서는 그 개별원리를 포괄하는 보편원리의 탐구가 선행되어야 한다는 것은, 이를테면, "사람을 죽인 자는 사형, 무기징역, 또는 5년 이상의 징역에 처한다"라는 형법 조문을 해석하고 적용하기 위해서는 형법의 보편원리(총칙)를 먼저 터득하고 난 다음, 그 원리에 입각해서 이 조문을 해석, 적용해야 하는 것과 전혀 같은 이치이다. 일찍이 주자가 『주역본의』를 짓고 난 다음 다시 『역학계몽』을 지은 까닭도 이런 맥락에서 이해되어야 한다고 생각된다. 주자의 『계몽』과 『본의』와 『어류』가 서로 상충되는 부분이 있는 것은 『주역』총론이라 할 『계몽』이, 각론이라 할 『본의』보다 뒤에 저술되었기 때문인데, 주자는 『본의』를 『계몽』이나 『어류』에 맞게 미처 수정치 못했던 것 같다. 아무튼 그가 『계몽』을 쓴 까닭은 이로써 『주역』총론을 확립하려 한 것으로 생각되거니와, 주자의 『계몽』이란 무엇인가? 그 이론의 타당성 여부는 논외로 하고 그 내용은 모두가 괘의 획성·존재·생성·변화에 관한 이론들이다. 나의 『周易反正』이라는 이 책은, 주자의 『계몽』과는 이론은 판이하지만 괘의 보편원리를 탐구한다고 하는 점에서는 서로 닮아 있다.

  이처럼 『주역』에도 총론이 있고 각론이 있다. 하지만, 시중에 유포되고 있는 수많은 『주역』 해설서들은 하나같이 총론부재의 해설서에 지나지 않아서, 기껏 용어 풀이에 그치는 해제의 수준에 머물고 있다. 하기야 이 총론을 확립하려고 한 노력은 자고로 다양하게 시도되기는 했었지만, 주자의 『역학계몽』이 그러하듯, 『주역』의 경문을 전편을 일관하여 꿸 수 있는 벼리를 이룬 학자는, 정다산을 빼고서는 아무도 없었다. 바로 여기에서 다산의 역학은 참으로 경이롭고 빛난다. 추이·물상·호체·효변(爻變)이라는 이른바 역유사의(易有四義)에 의해, 그는 『주역』 전편의 해석을 『주역사전』에서 완성하고 있기 때문이다. 이 네 가지 원리들은 모두가 괘에 관한 보편원리임은 말할 것도 없다.

  『周易反正』이라는 나의 이 책은, 다산의 괘론을 중심으로 하여 『주역』의 총론을 정립하려 했지만, 다산의 괘론도 밝지 못한 부분이 없는 것은 아니어서 예컨대, 그는 괘의 획성원리와 존재원리를 구분하고 있는 것 같으면서도 그 이론의 적용에 임해서는 어두운 부분이 있다. 따라서 이천(伊川)의 괘에 관한 이론에 대한 주자의 논변에서, 다산은 생각이 궁하게 되고 말았다. 이런 부분들을 이 책에서는 잘 타개하고 있다고 말할 수 있겠다.

  아무튼 『주역』의 경문을 어떤 원리 원칙에 의하여 일관되게 해석한 예는, 다산의 『주역사전』을 빼고서는 다시 말할 수가 없을 것이다. 그렇지만 『주역사전』의 앞 부분에 나와 있는 각종 표와 보편이론들을 이해하지 않고서는, 그의 『주역사전』은 한 줄도 읽을 수가 없을 것인 바, 각종 표로

나타낸 괘의 보편원리들은『주역』경문을 푸는 원리들이라
고 그는 믿고 있기 때문이다.

다산의 추이·물상·호체·효변이라는 그의 사법(四法)
에서, 물상이란 괘에 포섭되는 사물의 상(象)이다. 따라서
물상이란『주역』을 푸는 관건이 되고, 추이·호체·효변은
결국 다양한 물상을 나타내는 괘의 변화양상일 뿐이다. 그
러므로『주역』은 상이요, 또 변화라고「역전」은 말한 것이
리라.

나는 추이를 괘의 존재형식으로 파악하고 여기에 앞서,
'괘를 그은 원리'를 따로 표장하여 다루었다. 따라서『周易
反正』이라는 나의 이 책은 괘의 획성·존재·생성·효변으
로 구분되고 있지만 모두가 괘의 변화요 그 상(형용)이다.
어차피 괘를 풀이한『주역』의 경문도 상일 뿐이요, 통상적
인 언어가 아니기 때문에,『주역』을『논어』나『맹자』처럼
읽어서는 안된다는 것은 자명한 이치라 하겠다.

『주역』을 두고 언필칭 상(象)이라고 하니, 도대체 상이
란 무엇인가? 다산의 말을 듣기로 하자.

象이란 본뜨는 것이니, 우맹(優孟)이 손숙오(孫叔敖)를 象한
다고 함은 손숙오를 본뜰 따름이다.

우맹이 손숙오를 어떻게 본떴다는 건가.『사기(史記』의「
골계열전(滑稽列傳)」에 나오는 이 고사를 요약해 본다.

초나라 재상 손숙오는 (한낱 樂官에 불과한) 우맹이 현인이

란 걸 알고 후하게 대했다. 병들어 죽게 되자 아들을 불러 이렇게 말했다. "내가 죽으면 너는 반드시 가난해질 것이다. 그렇게 되면 우맹을 찾아가서 네가 손숙오의 아들이라고 해라'. 몇 해 지나자 과연 그의 아들은 곤궁해져서 땔나무를 해서 파는 처지가 되었다. 우맹을 찾아가서 말했다. "저는 손숙오의 아들입니다. 아버지가 세상을 뜨실 때 가난해지거든 당신을 찾아가라 했습니다." ……. 그날부터 우맹은 손숙오의 의관을 만들어 착용하고 동작과 말씨를 연습했다. 1년이 되니 손숙오를 본뜰 〔像〕 수가 있게 되었고 초왕의 좌우에서도 그를 손숙오와 분간할 수 없게 되었다. 장왕이 술자리를 베풀었을 때 우맹이 손숙오로 분장하고 나아가서 장수의 축하를 드렸다. 장왕은 크게 놀라 손숙오가 다시 살아서 돌아온 것으로 알았다. 그를 재상으로 삼으려 했다. 그러자 우맹은 이렇게 말했다. "집에 돌아가 아내와 의논하게 해 주십시오.…" 다시 돌아온 우맹의 답은 이러했다. "아내는 이렇게 말합니다. ― 초나라의 재상 같은 것은 해서는 안됩니다. 손숙오 같은 분은 충성을 다하고 청렴하게 나라를 다스렸습니다. 이제 죽으니 그 아들은 입추의 여지도 없이 가난해져서 땔나무를 팔아서 겨우 생계를 이어 갑니다. 진정 손숙오처럼 될 바엔 자살함만 못합니다"…. 여기서, 장왕은 우맹에게 사과하고 바로 손숙오의 아들을 불러 침구(寢丘)에 4백 호의 영지를 주어 제사를 받들게 했는데, 뒤에 10세(世)에 걸쳐 끊어지지 않았다.

이 고사에서 말하자면, 손숙오가 만사만물 곧 우주이며 세계라면, 우맹은 『주역』 곧 괘이며 그 경문이다. 우맹의 외양과 동작은 괘가 되겠고, 그의 말은 『주역』의 경문이 되겠다. 우맹의 외양과 동작이 우맹의 말보다 앞서듯, 『주역』의 괘는 『주역』의 경문보다 앞선다. 우맹의 외양과 몸짓이

『주역』의 총론(괘론)이라면 우맹의 말은 『주역』의 각론이 겠다.

누가 『주역』을 어렵다고만 하는가. 우주를 본뜬 『주역』의 총론(괘론)을 터득하고, 그 안경을 쓰고서도 『주역』의 경문 이 침침하다고 하겠는가?

어쩌자고 내가 변변치도 못한 칼을 뽑아 이리도 휘둘렀 던가! 난마처럼 얽힌 기존의 괘론들을 갈래를 지워서 재단 하고 정리하여 괘의 보편원리를 창신하려고 한 것은 말하 자면, '인조반정'처럼 진작 하나의 반란이었다. 그러나 이 '반란'은, 마침내 '반정'이 되리라고 조심스럽게 기대해 본 다. 학문이란 어차피 어떤 반란에서 이룩되는 것이 아닐까.

이 책은 저자의 박사학위 논문을 수정하고 보완한 것이 지만 이 논문이 책으로 단장이 되어 세상에 선보이게 된 것 은 전혀 서문당의 崔錫老 사장님의 각별한 배려에 말미암 은 것임을 밝혀 둔다. 하지만 이분은 일찍이 박종홍, 이상 은 같은 당대의 석학을 삼고초려하다시피 하여 그들의 학 술을 책으로 펴냈던 높은 안목의 소유자시기에, 내가 졸고 로써 이분의 시야를 어지럽히지 않았는가싶어 조금은 두렵 기도 하다.

한편, 얼굴도 모르는 사람에게 귀중한 자료를 선뜻 보내 주신 정해왕, 심경호, 나성 등 여러 교수님들, 또 논문과 격려의 말씀을 주신 차주환 교수님, 학역의 동인이라고나 할 황정원 교수님, 전창열 변호사님, 명호근 사장님, 김문 환 교수님 등과의 오랜 인연, 그 가교(架橋)……. 이분들을 나는 잊지 못할 것이다.

그 옛날 산속 외딴 곳에 서실을 지어 주신 아버지 어머니, 군불을 지펴 주고 밥을 날라 주느라 가파른 산길에 숨을 헐떡이던 그 얼굴, 얼굴들을 생각하면 아직도 나는 가슴이 저려 온다. 덧없도다. 서창(書窓)은 불이 꺼지고 건곤은 무너진 지 오래이니 누구의 죄인가. 동정호반(洞庭湖畔)에 기러기마저 뿔뿔이 흩어지고 말았는데, 나는 여기 거친 들녘을 서성거리며 송뢰에 섞여 오는 학생들의 훤화(喧譁)에 괜히 나 홀로 눈물겹다.

훤화라니, 나의 강의시간이 대학원 수업 가운데서 가장 재미있고 유익하다고, 어쩌자고 거침없이 말하던 영남대학교 대학원 박사과정의 황영례, '음양오행'까지 듣고 싶다던 박사과정의 박정련, 동료 학생들에게까지 시초(蓍草)를 만들어 주던 석사과정의 박현규, 이들과 어울려 때로는 낙엽을 밟으며 여기에 음양을 부쳐 보고, 더러는 식당에서 건곤을 비벼 먹던 추억, 추억……. 어찌 잊힐 것인가. 애틋한 사랑처럼 오래오래 찡하게 내 가슴을 허빌 것이다.

나의 강의에 대한 학생들의 환호는, 『周易反正』이라는 나의 책이 그러하듯 어쩌면 그 무언가에 대한 하나의 반란이며 또 반정인지도 모를 일이다. 내가 강의를 잘해서 그럴 거라고는 도무지 믿고 싶지 않다. 그러나 우스워라. (『대구펜문학』2002. 제2호)

야광주가 침몰하면

-丁若鏞(1762-1836)의 말 1

다산(茶山)의 현손인 정규영(丁奎英)이 1921년에 편찬했다는 『사암선생년보(俟菴先生年譜)』[1]가 있다. 이 책에 의하면, 1801년 (순조 원년, 신유) 茶山이 40세가 되던 해에 이른바 신유옥사(辛酉獄事)를 만나게 되는데, 다산은 그의 두 형들과 함께 여기에 연루되어, 그 해 음력 2월 27일 (이하 모두 음력으로 표기함)에 경상도의 장기로 귀양을 가게 된다. 몇 달 뒤에 체포되어 조정으로 올라가지만 다시 그 해 11월에 강진(康津)으로 이배(移配)된다. 무슨 죄가 그토록 무거웠던가. 「상례사전서(喪禮四箋序)」에서 그는 이렇게 말하고 있다.

강진은 옛날 백제의 남쪽 변방으로 땅이 낮고 비열한 풍속이 특이했다. 이때에 이곳 백성들이 유배된 사람 보기를 마치 큰 독(毒)과 같이 해서, 이르는 곳마다 모두 문을 부수고 담장을 허물고 달아났다. 한 노파가 나를 가련하게 여겨 머무르게 해 주었다. 이후에 나는 창문을 막아 버리고 밤낮 혼자 외로이 처해서 더불어 이야기할 사람이 없었다. 이에 흔연히 스스로 경하하기를, "내가 여가를 얻었도다(余得暇矣)."라고 하고……

---

1) '俟菴'은 丁若鏞의 자호이다.

고독을 기꺼이 여가로 전환시킨 茶山. 이리하여 그는 문을 닫아걸고 예서(禮書)를 읽게 되지만, 이내 오직 『주역(周易)』연구에만 몰두하게 된다.

유배된 지 7년이 되기까지, 네 번을 고쳐 다섯 번을 써서 드디어 『주역사전(周易四箋)』2)이라는 茶山의 일생일대의 회심작을 완성하게 된다. 이때가 47세(무진, 1808)였지만, 그는 마침내 풍비(風痺)라는 병을 얻어 폐인이 되다시피 되어 버리고 만다. 사리상 자신의 죽음이 멀지 않았다고 생각한 그는, 그래서 이 책을 얼른 세상에 펴게 되기를 조바심하면서 경상도 사람 윤영희(尹永僖, 字는 畏心)라는 벗에게 서찰을 띄운다. 이 서찰에서 문왕(文王)이 유리(羑里)의 7년 감옥살이에서 『周易』을 부연한 것에 빗댄 것은 아니라고 말하고 있지만, 그 또한 귀양살이 7년 만에 『周易四箋』을 완성하게 된 내력을 이렇게 말한다.

옛날의 성현들은 우환(憂患)이 있을 적마다 『周易』으로 처리하였습니다. 내가 오늘의 처지를 감히 옛날 성현들께서 조우하셨던 바에 비기는 것은 아니지만, 그 고생스러움과 궁액을 만난 사정은 현불초(賢不肖)가 같은가 합니다. 7년 동안 유락하여 문을 닫고 홀로 칩거하니, 낮에 보는 것이라고는 오직 구름의 그림자와 하늘의 빛뿐이고, 밤에 듣는 것이라곤 벌레 소리와 바람결에 불리는 대나무 소리뿐입니다. 정적이 오래 되니 정신과 생각이 모여서 옛 성인의 글에 전심치지(專心致志)할 수가 있어, 자연히 울타리 밖으로 새어 나오는 불빛을 엿볼 수가 있게 되었을 따름입니다.

---

2) 처음에는 『周易心箋』이라 했다.

그러나 그에게도 『周易』은 진정 난해한 경전이었던 모양이다. 『周易』 연구에 몰입하게 된 경위를 이 서간문에서 그는 이렇게 말하고 있다.

무릇 천하에, 사고(四庫)의 많은 책과 이유(二酉)의 비문(祕文)〔二酉之祕〕3) 등, 책이라고 이름한 것은 어느 것이나 실망하여 책을 덮은 적이 없었는데, 홀로 『周易』만은, 바라보면 기가 꺾여 탐구하고자 하여도 감히 손을 못 댄 적이 여러 번이었습니다. 신유년(순조1, 1801) 봄에 장기로 귀양가서, 가을에 나의 운명을 점쳐서 준지복괘(屯之復卦)를 만난 꿈을 꾸고 깨어나서는 기뻐하여, 처음에는 준(屯)했으나 그 준이 변하여 양(陽)이 돌이켜진다라는 것이니, 아마도 종국에는 경사가 있지 않겠는가라고 생각했었는데, 그 점은 맞지 않았고, 또 서울로 체포되어 왔다가 다시 강진으로 귀양갔습니다. 그 이듬해 봄에 「사상례(士喪禮)」4)를 읽고, 이어서 상례에 관한 여러 책을 읽어 보니, 주(周)나라의 고례(古禮)는 대부분 『春秋』에서 증거를 취하였다는 걸 알게 되어서, 『春秋左氏傳』을 읽기로 하였습니다. 기왕 『左傳』을 읽기로 한 것이니, 상례에 마땅치 않는 것이라 해도 널리 읽지 않을 수가 없어, 드디어 『春秋』에 실려 있는 관점(官占)의 법에 대해 때때로 완색하여, 「진경중적제지서(陳敬仲適齊之筮, 莊公22년)」와 「진백희가진지서(晉伯姬嫁秦之筮, 僖公15년)」와 같은 곳의 상하(上下)를, 실마리를 뽑아 내어 찾아, 한눈 팔지 않고 깨닫는 듯하다가 도리어 황홀하고 어렴풋하여, 도저히 그 문(門)을 얻을 수가 없었습니다. 의

---

3) 중국 호남성에 있는 대유산(大酉山), 소유산(小酉山)의 동굴에서 1천 권의 고서가 발견되었다. 전하여 많은 장서를 이르는 말이 되었다.
4) 『의례(儀禮)』의 편명. 사(士)가 부모의 상을 당하여, 죽는 순간부터 빈소 차리는 때에 이르기까지의 예를 기록한 것.

심과 울분이 심중에 교차되어 거의 먹는 것을 폐하려고 했습니다. 이에서 모든 예서를 다 거두어 갈무리하고, 오로지 『周易』 한 벌만을 책상 위에 놓고 밤낮을 이어 깊이 잠심하고 완색했으니, 대개 계해년(42세, 1803) 늦은 봄부터는 눈으로 보는 것, 손으로 만지는 것, 입으로 읊는 것, 마음으로 생각하는 것, 필묵으로 쓰는 것에서부터, 밥상을 대하고, 변소에 가고, 손가락을 퉁기고, 배를 문지르는 것까지 어느 것도 『周易』이 아닌 것이 없었습니다.

그의 공부는 『禮書』에서 『春秋』로 『春秋』에서 『周易』으로 성난 불길처럼 옮아가게 되고, 이렇게 하여 그는 마침내 『周易』의 이치를 꿰뚫어 알고 나서 『周易四箋』의 집필에 들어갔다고 적고 있는데, 우주적 번민을 앓고 있던 이 무렵에 그는 「우래십이장(憂來十二章)」이라는 시를 남겼다. 12장 가운데 제3장을 옮겨 본다.

一 顆 夜 光 珠
偶 載 賈 胡 船
中 洋 遇 風 波
萬 古 光 不 白

한 알의 야광주가
우연히 호지 장삿배에 실렸다가,
바다 한가운데서 풍파를 만나니
만고에 그 빛을 다시는 볼 수 없네.

『周易四箋』을 쓰고 있는 자신과 그 연구의 성과를 두고

夜光珠에 비기고, 그러나 자신이 이대로 침몰하고 말면, 만고에 『周易』의 빛은 다시는 볼 수가 없을 것이라고 탄식하고, 체념하고, 또 자부하고 있다.

그는 「두 아들에게 보여 주는 가계(家誡)」라는 글에서 다음과 같이 학연(學淵), 학유(學游) 두 아들을 꾸짖어 가르치고 있다.

『周易四箋』은 내가 하늘이 도운 문자를 얻은 것이며, 절대로 인력으로 통할 수가 있다거나 지려의 다다를 바가 아니다. 능히 이 책에 잠심하여 오묘를 두루 통하는 자가 있다면, 곧 자손이며 벗이니, 천재일우이더라도 애지중지하여 보통의 인정을 배로 하여 대하여라.…… 이 『周易四箋』과 『喪禮四箋』만 전습할 수가 있다면 다른 것들은 폐기한다 하더라도 괜찮겠다. 나는 가경(嘉慶) 임술년(순조 2, 1802) 봄부터 곧장 저서하는 것을 업으로 삼아, 붓과 벼루를 울타리와 담장으로 하고, 이른 아침부터 밤늦게까지 쉬지 않았다. 왼쪽 어깨가 마비되어 마침내 폐인이 되고, 시력이 아주 어두워져서 오직 안경에만 의지하게 되었다. 이렇게 하는 것은 어째서냐? 너희들(두 아들)과 학초(學樵, 若銓의 長子)가 있기에 전술(傳述)하여 떨어뜨리지 않을 것으로 여겼는데, 지금 학초는 불행히 단명하였고, 너희들은 영락(零落)하여 사람이 적은 데다, 성미마저 경전을 좋아하지 않고 오직 후세의 시률(詩律)만을, 얕은 맛을 조악하게 알고 있으니, 『周易四箋』과 『喪禮四箋』 두 책이 결국 멸하고 어두워져서 빛나지 못하는 지경에 이를까 참으로 두렵구나.

이 글은 "가경 무진년(47세, 1808) 중하(中夏)에 여유병옹(與猶病翁)이 다산정사(茶山精舍)에서 쓰노라."라고 되어 있으니 『周易四箋』을 완성하던 해가 된다.

　이리하여 茶山은 두 책 가운데 특히 『周易四箋』만이라도 세상에 펴주길, 무력한 그의 아들들에게 보다 그의 친구 윤외심에게 기대를 걸게 되었던 것이다. 「윤외심에게 주는 글」은 그것을 위하여 쓰게 되었고, 이 서신의 마지막은 이렇게 끝맺고 있다.

　…중풍으로 마비되고 뼈가 아파 죽을 날이 멀지 않았는데, 드디어 입다물어 펴지 않고 머금은 채 땅으로 들어가면, 성인을 저버리는 것이 심하다고 스스로 생각하였습니다. 온 세상을 두루 살펴보아도, 오직 족하만이 비루하다 하지 않고 버리지도 않을 것 같아, 작은 종이에 침울한 심정을 대략 밝혔사오니, 족하는 잘 살펴 동정해 주십시오.

　茶山은 자신의 『周易四箋』을 두고 하늘이 도운 문자이며 사람의 지혜로는 다다를 수 없는 것이라고 했다. 夜光珠에 비기기도 했다. 그러나 茶山의 이런 말들이 차라리 놀라울지언정 조금도 귀에 거슬리지 않는 까닭을 여태껏 나는 모른다. (『수필춘추』 2000. 여름호)

허물을 씻으려고

—丁若鏞(1762~1836)의 말 2

　말과 글에도 어머니가 있을 것 같다는 뚱딴지같은 생각을 할 때가 더러 있다. '말에도'는 '어머니가'의 어머니가 되고, '어머니가'는 '있다'의 어머니가 되고, 따라서 '말에도'는 '있다'의 외할머니가 되겠다는 생각을 해보는 것이다. 뿐만 아니라, "가난하여 공부를 포기했다"에서 가난은 공부를 포기한 것의 어머니가 되고, "역(易)을 지은이는 아마도 우환이 있었을 것이다"에서, 우환은 역을 지은 것의 어머니가 되겠다는 생각도 하게 되는 것이다.

　어쨌든 빈곤·병고·좌절·별리·박해, 이런 것들은 사람을 퍽 우울하게 하고 외롭게 만든다. 이런 것들을 통틀어서 옛날 사람들처럼 우환이라 할 수도 있겠고, 신식 말투로 고독이라 할 수도 있겠지만, 이 우환이며 고독의 아들은 누구인가? 여기에서 잠시 우환이랄까 고독이랄까, 아무튼 십팔 년 귀양살이라는 통한의 세월을 살았던 조선조 제일의 학자, 정약용(丁若鏞)을 떠올려 보기로 한다.

　정약용이라 하면, 누구나 먼저 오랜 귀양살이와 그의 방대한 저술이 생각날 것이다. 그는 귀양을 가기 전에도, 또 귀양살이에서 풀려 난 뒤에도 숱한 저술을 남겼지만, 강진에 유배되고부터는 스스로 두 아들에게 이르기를, 저술하는 것으로 업을 삼는다 했다. 그는 마침내 그의 나이 사십칠 세(1808년) 겨울에 이르러, 그러니까 적거한 지 칠 년 만에 스스로 야광주에 비겼던, 『주역사전』이라는 참으로 기이한 주역해설서를 완성하게 된다. 그러나 이때 이미 풍비(風痺)라는 병으로 폐인이 되어 버렸다고, 윤영희라는 친구에게 보내는 서찰에서 그는 말하고 있다. 이러한 증세는 『주역』 연구에 착수하기 이전부터 나타나고 있었다. 강진에 유배되던 마흔 살 때, 두 아들에게 보내는 서신에서 "왼팔은 아직도 예전과 같지 않다"느니, "팔이 절여서 이만 줄인다"느니 했고, 이보다 몇 달 앞서 장기에서 지은 「장기잡시」에서는, "봄을 나자 습증이 중풍으로 변했는데 / 북녘 티생이 남쪽 음식에 적응을 못해서다"라고 했다. 이러구러 『주역사전』이 완성될 무렵에는 폐인이 다 된 모양이다.

사십구 세 중춘(仲春)에 茶山의 동암(東庵)에서 장자 학연(學淵)에게 주는 「시학연가계(示學淵家誡)」라는 글에서 "나는 지금 풍병으로 사지가 불인하니 이치로 보아 오래 살 것 같지 않다(吾今風痺癱瘓理不能久)"라고 했는가 하면 이 듬해 오십 세 때 어느 겨울날, 그의 중씨 정약전에게 보내는 글에서 그는 이런 말을 한다.

중풍은 이미 뿌리가 깊어졌습니다. 입가에는 늘 침이 흐르고, 왼쪽 다리는 늘 마비 증세를 느끼고, 머리 위에는 언제나 두미협(斗尾峽)[1] 얼음 위에서 잉어를 낚는 늙은이의 손털 모

---

1) 한강 상류의 강 이름.

자를 쓰고 있습니다. 근래에는 또 혀가 굳어져 말이 어긋나, 스스로 목숨이 길지 않을 것을 알면서도 한결같이 밖으로만 치달리니, 이는 주자가 만년에 뉘우친 바입니다. 어찌 두렵지 않으리까? 그러나 정좌하여 마음을 맑히고자 하면, 세간 잡념이 천 가닥 만 가닥으로 분분하고 어지러워 파악할 수 없습니다. 차라리 치심(治心) 공부가 저술하는 것만 못하니, 이 때문에 곧바로 그만두지 못합니다.

아직 오십 세의 초로인데도 혀가 굳어 말이 어긋나고, 입가엔 침을 질질 흘리며, 솜털 모자를 쓰고 뒤뚱거리는 풍병 환자의 모습이 눈에 잡힐 듯 선하다. 이때, 병을 앓은 지가 십 년이 넘어서고 있었고, 따라서 곧 죽을지도 모른다는 강박관념이 늘 그를 엄습했던 것 같다. 오십칠 세에 해배되어 고향에 돌아온 뒤 환갑을 넘기고도 주고받은 서찰에서 그의 중풍증은 가끔 이야기되고 있지만, 그럼에도 불구하고 저술은 계속되었다. 그는 저술에 전념하는 까닭을 그의 형에게 한 말과는 달리, 이미 이보다 십 년 전 두 아들에게 보낸 한 서신에서 이렇게 말하고 있다.

내가 저술에 전념하는 것은 단지 눈앞의 근심만을 잊으려는 것뿐이 아니다. 아비가 되어서 이토록 누를 남긴 것에 대해, 이로써 허물을 씻으려고 해서이니….

그러나 어찌 허물을 씻는 데 그치겠는가. 시대를 앞서간 선각자가 가슴 깊이 간직한 말이 따로 있었을 것 같다는 생각을 하게 된다. 정약용이 보낸 『주역심전』2)에 서문을 쓰면서 그의 형은 이렇게 말한다.

미용(美庸)3)이 편안히 부귀를 누리며 존귀한 자리에 올라 영화롭게 되었다면, 필경 이런 책을 이룩하지 못했을 것이다…. 미용이 불운한 것은 그 자신을 위해서도 다행한 일이요, 우리 유학계를 위해서도 다행한 일이다.

불운이 행운이라는 슬픈 역설을 어쩌자고 형은 아우에게 부쳐 본 것이지만, 뉘라서 정작 자신을 두고서도 진작 그런 줄을 깨친다고 하겠는가.

젊어서 조정에 벼슬할 때, 어느 날 정약용은 한 대장간을 두고 이런 시를 지었다.

대장장이야 / 풀무질하여 / 쇠토막 달구지 마라. // 붉은 불똥 튀기어 / 머리털 타버린다(鍛人爾莫吹輔鍛鐵條, 紅爐黏髮髮盡焦).

살점이 뜯기어 불똥으로 날리지만 쇠망치는 사정을 두지 않고, 쓰윽 싸악 쓰윽 싸악, 풀무는 짓궂게 바람문을 흔들어 장단을 맞춘다. 드디어 쇠토막은 물 속에 처박히어서 뿌글뿌글, 신음을 토하며 푸르죽죽하게 죽어 간다. 한낱 쇠붙이가 이리하여 천년의 살기를 내뿜는, 간장막야(干將莫邪)와 같은 명검으로 태어나게 되는 줄을 모르는 사람은 없다. 그러나 자손에 대한 허물을 씻기 위해 저술에 전념한다는, 소박하고 왜소하다고나 할 그 마음이, 뒷날 사람을 그토록

---

2) 『주역사전』을 뜻함.
3) 정약용의 字.

위대하게 만드는 까닭을 여태껏 나는 모른다. 다산초당, 그 서실의 문중방에 눈빛처럼 어리는 봄 바다 위로 그리움을 띄워 보고, 숨죽여 흐느끼는 문풍지 소리에 겨울 밤의 긴 시름을 얹어 보던 그 마음이 가만히 천 길의 변화를 헤아렸던가.

　말에도 글에도 어머니와 아들은 있다고 하자. 우환이며 고독의 아들은 누구인가. 그것은 하늘이 짓는가. 바둑을 두듯, 다만 사람이 스스로 그것을 두는가?(『에세이문학』 2000. 가을호)

들어감과 기다림

—丁若鏞(1762~1836)의 말 4

한 시대를 앞서가는 것도 죄가 되었던 모양이다. 이른바 '책롱사건'에 엮이어 정약용의 형제들은 풍비박산이 된다. 그의 셋째 형인 약종은 서대문 형장에서 순교하고, 둘째인 약전은 신지도로, 막내인 그는 장기로 유배되었는데, 그 해 다시 황사영의 '백서사건'이 터지자 죄가 덮씌워져 약전, 양용 두 형제는 다시 투옥되었다가 같이 옥에서 나와 또다시 귀양 길에 오르게 된다. 나주의 율정점(栗亭店)에 이르러 동짓달 찬바람에 시린 손을 맞잡고 서로 헤어져 형은 서쪽 흑산도로 동생은 남쪽 강진으로 속절없이 장사(長沙)의 길을 떠나야 했다.

형제는 유배지에서 각각 새로운 호를 갖게 되는데, 약용은 '다산동암'을 지었던 강진의 '다산'이란 지명이 호가 되었고, 약전은 '손암(巽菴)'이란 호를 쓰게 되었다. 훗날 다산이 지은 손암의 묘지명에서 '손암'의 손(巽)은 '입(入)'의 뜻이라 했다(『周易』「설괘전」에서 '巽爲入'이라 했다.). 흑산도로 들어갔다는 뜻일까. 순명(順命)의 뜻이기도 하겠지.

아무튼 두 선각자가 서로 헤어져 귀양살이를 하게 되지만, 다산은 중풍에 걸려 버리고 손암은 술을 더 많이 마시게 된다. 침을 질질 흘리며 왼쪽 다리가 마비된 폐인의 몸

으로 밤낮없이 저술에 몰두하는 동생을 만나야겠다고 손암
은 애를 태운다. 그렇게 13년이 흐른 뒤 손암은 어렵게 내
흑산 우이보(牛耳堡)까지 나오지만 강준흠이란 자가 상소
하여 형제의 상봉을 끝내 저지했다. 거기서 3년을 기다리
다 손암은 한을 품고 죽고 만다. 서로 나뉘어 귀양살이한
지 16년, 그러니까 손암의 나이 59세가 된다. 다산은 곧바
로 두 아들에게 이런 서찰을 띄운다.

　　외로운 천지 사이에 다만 우리 손암선생만이 나의 지기였는
데, 이제는 잃어 버렸으니, 앞으로 터득하는 바가 있더라도 어
느 곳에 입을 열어 함께 할 사람이 있겠느냐. 나를 알아주는
이가 없다면 진작 죽는 것만 못하다. 아내도 나를 알지 못하
고, 자식도 나를 알지 못하고…… 율정의 이별이 마침내 천고
에 견디기 어려운 절절한 슬픔이 될 줄이야. …… 요즘 세상에
는, 고을 수령이 서울로 올라갔다가 다시 그 고을에 올 때면
백성들이 모두 길을 막고서 항거한다는 말이 있는데, 귀양살이
하는 사람이 다른 섬으로 옮겨가려 해도 본도(本島)의 백성들
이 길을 막고 더 머물게 하였다는 말은 아직 듣지 못했다. 집
안에 대덕(大德)이 계셔도 그 자식이나 조카들조차 알지 못하
니 원통하지 않느냐! 선대왕(정조)께서 신하를 아심이 밝아서,
늘 "형이 동생보다 낫다."라고 하셨다. 아! 성명께서는 아마도
형님을 아셨다.

정약전이 처음 신지도에 유배되었다가 서울로 압송되어
갈 때 신지도의 백성들이 그의 덕을 흠모한 나머지 길을 막
고 더 머물게 하려고 했었는데, 다시 흑산도로 이배될 때
서울의 백성들은 아무도 그렇게 하려고 했다는 말을 들은

적이 없다고 다산은 조금 빈정거린 것이다.

형의 죽음이 참으로 애통한 까닭을 이렇게 말한다.

그처럼 큰 덕과 큰 그릇, 깊은 학문과 정치한 지식을 너희들은 다 알지 못하고 …… 조금도 흠모하지 않았다. 자식이며 조카들이 이와 같은데 다른 사람들이야 일러 무엇 하랴! 이것이 지극히 애통하고 다른 것이야 애통할 게 없다.

다산은 다시 형의 묘지명에서 이렇게 쓰고 있다.

악서가 완성되자 형님은, "2천 년 긴 밤의 긴 꿈에서 지금에서야 큰 악(樂)이 정신이 들었다. 그렇지만 악률과 음려는 각각 짝을 맞추되 천(天)을 3, 지(地)를 2로 해야 마땅하니, 이를테면 황종의 길이 8촌 1푼의 3분의 1을 빼고 난 나머지 5촌 4푼이 대여이고, 대주의 길이 7촌 8푼의 3분의 1을 빼고 난 나머지 5촌 2푼이 협종이고, 나머지도 모두 이와 같은 것이니, 십이률로 하여금 형세에 따라 차례를 매겨서는 안된다."라고 하셨다. 내가 형님의 말씀을 조용히 생각해 보니 참으로 바꾸지 못할 것임이 확실했다. 이에 전의 원고를 모두 파기하고 형님의 말씀대로 따랐다.

다산의 저서 가운데 『주역사전』과 더불어 긴 밤에 외로이 빛나는 또 하나의 별이라고나 할 『樂書孤存』의 탄생에 손암의 가르침이 이토록 컸던 것을 아는 사람이 드물다.

손암이라는 호로써 약전은 진작 모든 걸 체념했을가. 지기는 이렇게 영영 섬으로 들어가고 말았는데 다시 또 누구를 위한 기다림이었던가. 정약용은 스스로 지은 자신의 묘

지명에서 자신의 호를 '사암(俟菴)'이라고 하나만 적고 있
다. "백세(百世)로써 성인을 기다려도 미혹되지 않는다."라
는 『중용』의 한 구절에 부친 것이라고 담원(薝園)은 말한
다. 그러나 기다림도 기다림의 나름이지 백세라면 삼천 년
이 아닌가. 삼천 년은 아득하고 성인은 아직 나오지 않았
다. 다만 오늘의 많은 후학들이 그를 사숙하는 까닭을 그는
미리 알고 갔을까.

　손암이 세상을 버린 지 184년, 사암이 떠난 지는 164
년, 여기 한 학인이 두 형제의 저서를 안두에 두고서 백발
에 얼굴을 묻고 부질없이 많은 밤을 뜬눈으로 지새운다.(
『월간 문학공간』, 2000. 11월호)

「애절양(哀絶陽)」

-丁若鏞(1762~1836)의 말 5

"가혹한 정치는 호랑이보다 사납다."는 말이 있지만, 정약용이 살았던 시대가 정말 그러했던 모양이다. 그가 살았던 18세기 후반과 19세기 초는, 나라의 기강이 흔들리고 사회는 극도로 피폐하여 백성은 도탄에 빠졌다.

『목민심서』의 「웅변」편에서 그는 이렇게 말한다. "근년 이래로 조세와 부역이 번거롭고 무거우며, 관리는 멋대로 잔학한 짓을 하여 백성은 편히 살 수 없어 대개 난리를 생각하게 되었다. 요사한 말과 망령된 말들이 동에서 부르면 서에서 화답한다. 법에 비추어 처단한다면, 백성은 하나도 살아남지 못할 것이다."

그의 시문의 도처에서, 기우는 나라를 근심하고 암울한 현실을 개탄하고 있지만, 특히 당시의 세금 수탈이 얼마나 가혹했던가는 그의 시 「애절양」이 단적으로 이를 말해 준다 할 것이다.

이 시를 쓰게 된 동기를 다산은 『목민심서』의 「첨정」편에서 다음과 같이 말한다. "이것은 가경 계해년(1803) 가을 내가 강진에서 지었다. 갈밭마을에 사는 한 백성이 아이를 낳은 지 사흘만에 군보(軍保)에 편입되고 이정(里正)이

(못 바친 군포(軍布) 대신에) 소를 빼앗아 가자 그 백성이 칼을 뽑아 자기의 양경을 스스로 베면서 말하기를, '내가 이 물건 때문에 이 곤액을 당한다.'라고 했다. 그 아내가 그 양경을 가지고 관문에 나아가니 피는 아직 뚝뚝 떨어졌다. 울며 호소했으나 문지기가 막았다. 내가 듣고 이 시를 지었다."

계해년이면 다산의 나이 마흔둘이니, 귀양온 지 만 2년이 다 되어갈 때이다.

이 시를 번역하여 옮겨 본다.

갈밭마을 젊은 여인 울음소리 길어/
곡소리 현문을 향해 울부짖는다//
지아비 출정하여 못 돌아오는 것은 오히려 있을 수 있지만/
예로부터 남절양(男絶陽)은 아직 듣지 못했네//
시아버지 세상 뜨셔 상복 이미 입었었고 갓난아기는 배냇물도 안 말랐는데/
3대의 이름이 군적에 실렸다//
호소하러 가니 호랑이 같은 문지기 지켜 섰고/
이정(里正)이 포효하며 외양간 소마저 끌고 갔네//
칼 갈아 방안으로 뛰어들어 자리엔 피 가득 한데/
스스로 한탄하네, "아이 낳아 이 고생과 재액 당했구나!"//
잠실궁형(蠶室宮刑)1)이 어찌 죄가 있어서며/
민(閩) 땅의 자식2) 거세함도 가여운 일이라//

---

1) 이른바 宮刑은 五刑(시대에 따라 일정하지 않음.)의 하나로써, 宮刑·宮罪·宮罰·腐刑·淫刑·蠶刑이라고도 하거니와, 남자는 거세하고 여자는 감방에 유폐하는 것이지만, 여자의 경우 일설은, 그의 筋(근)을 척출하는 것이라고도 한다.

생생지리(生生之理)는 하늘이 내린 이치여서/
건도성남(乾道成男)하고 곤도성녀(坤道成女)3)인 것을//
말 돼지 거세함도 차라리 슬프다 하겠거늘/
하물며 뒤 이을 자식 생각함에 있어서야//
부호들은 1년 내내 풍악을 즐기면서도/
쌀 한 톨 베 한 치도 바치는 일 없다//
다 같은 백성인데 어찌하여 후하고 박하단 말인가/
객창에서 거듭 '시구편(鳲鳩篇)'4)을 외우노라//

나라가 기울면 삼정(三政)이 문란해지는 법이라지만 다

---

2) 閔圉 : 민은 지금의 중국 복건성의 땅에 살던 미개 민족을 이르기도 하고,
  또는 민족(閔族)이 살던 지금의 복건성의 땅을 이르기도 하며, 五代十國의
  하나인 閔나라를 뜻하기도 하고, 복건성의 옛이름이기도 하다. 또 姓이기도
  하다. 閔人은 자식을 圉이라 부르고 아비를 郎罷라고 불렀다. 唐은 閔子를
  취해서 환관으로 만들었다는 기록이 보이고, 顧況이 撰한 '哀圉' 一篇을 보
  면 "圉이 閔에서 나면 곧 그 陽을 잘라서 臧(사내종)으로 만들고 獲(계집
  종)으로 만들어서 金石이 집안에 가득했다."라고 하고 있다. 즉 당나라에서
  閔땅의 자식을 환관으로 썼기 때문에(자식을 팔아서) 閔人은 부유하게 되
  었다는 내용이다.
3) 乾道成男乾道成女 : 『주역』「繫辭傳」에 나오는 말로서, 다산은 『周易四箋』
  에서 다음과 같이 해석한다. "道는 하나일 따름이다(道一而已). 그러므로
  乾의 一畫을 얻은 것은 男卦가 되고, 坤의 一畫을 얻은 것은 女卦가 된다
  (즉 이른바 陽卦多陰하고 陰卦多陽이다) 蓍卦에 이르러서도 또한 그러하니,
  세 번 세어서 一陽을 얻은 것은 陽畫이 되고, 세 번 세어서 一陰을 얻은 것
  은 陰畫이 된다." 이 시에서는, 쉽게 말하자면 1남 1녀가 만나 有子生女하
  는 生生之理는 天地(乾坤)의 정한 이치라는 뜻이겠다.
4) '시구'란 '詩傳'의 편명으로써, 군자의 언행을 경모하는 내용을 뻐꾸기에 부
  쳐 노래한 것이라는 것이 통설인 것같다. 鳲鳩는 布穀이라고도 하는 뻐꾸기
  를 뜻하며, 다산은 이 시를 두고 그의 '詩經講義'에서, '此詩一篇 乃聖賢之極
  工 帝王之要道 果使曹國而有此人 曹其興乎……'라고 했다.

산의 「애절양」에서, 극도로 문란한 당시의 군정을 짐작하게 한다. 이른바 '황구첨정(黃口簽丁)' '백골징포(白骨徵布)'의 실상이 이 시를 통해 역력하게 드러나고 있기 때문이다. 『목민심서』의 「첨정」 편에서 다산은, 군포라는 것은 그 이름부터가 바르지 못하다고 하면서 다음과 같이 말하고 있다.

혹 무법자라고 하더라도 천하의 재물을 다 써서 양병할지언정 군포를 거두었다는 것은 아직 듣지 못했다. 병역을 면제받은 자는 재물을 바치고, 입대한 자는 목숨을 바치는 것이 옛 도리였다. 장차 목숨을 바칠 것을 요구할 것인데 먼저 재물 바치기를 요구하니 옳겠는가?…… 심하게는 (불룩한) 배를 보고서 이름을 짓고, 여자를 바꾸어 남자로 만들고 또 더 심하게는 강아지 이름을 군적에 실으니 이는 사람의 이름이 아니며 가리키는 바는 정말 개다. 절구의 이름이 더러는 관리의 장부에 나타나니 이것은 사람의 이름이 아니라 가리키는 바는 진정 절구다.

남자가 양경을 잘리는 것이나 여자가 음부의 힘줄을 척출 당하는 것이나 모두가 더할 수 없는 치욕이라 하겠거늘, 하물며 죄도 없이 자신의 양경을 자신으로 손으로 자르다니……. 3년상을 치른 작고한 부모에도, 낳은 지 사흘밖에 안된 갓난아기에도 군포세[軍保布]를 부과하고 그 세를 못낸다고 외양간 소마저 끌고 가던 암울했던 그 시절. "이것 때문에 이 곤액을 당한다."는 사나이의 울부짖음은 지금 들어도 섬뜩하다.

겨울날, 싸리나무 회초리로 손바닥을 맞는 '단체 기합'에서도 유독 내 손바닥만 피가 터졌고, 정수리를 땅바닥에 박고 두 팔을 등에 얹은 채 두 다리를 펴서 침상에 얹고서 배가 땅에 닿지 않게 엎드려야 했던 이른바 '원산 폭격'이라는 기합에서도, 유독 나 하나만 틀렸다고 발길로 걷어차며 몇 번이고 다시 시키던 박 병장. 부모를 잘 만나서 대학에 다니는 너 같은 놈들은 이런 분풀이는 당해야 한다고 드러내 놓고 뇌까리며 독사처럼 냉소 짓던 선임 하사. 그러나 이러한 것들은 그래도 견딜 수가 있었지만, 참으로 참지 못할 것은 따로 있었다. 밥 한 번 실컷 먹어 보고 잠 한 번 실컷 자 보는 것이 소원일 뿐 딴생각은 아무것도 나지 않았다. 갈밭마을의 이 사나이와 가여운 그의 아내에게도 먹고 자는 것밖에 다시 무슨 소원이 있었겠는가. 남편이 양경을 잘랐으니 그 아내는 음부의 힘줄을 끊어 버린 것이겠다.

다산의 「애절양」을 들으면 더러는 사마천을 떠올리게 될 것이다. 허나 사마천은 그 아버지의 유업을 받들어 『사기』를 써야 할 사명감 때문에, 스스로 잠실에 버려지기를 자청함으로써 극형에 갈음할 수 있었다지만 갈밭마을 이 사나이에겐 목숨을 내어놓을 만한 죄를 짓지도 않았고 사마천처럼 어떤 이상의 세계에 살려고 한 위인도 못된다. 그저 등 따습고 배부르면 마냥 행복했을 사람들이다.

언제부턴가 단순한 숙박의 목적을 넘어서서 남녀의 불륜이 자행되는 곳이란 뜻으로 '러브 호텔'이란 말이 생겨나게 되었지만, '러브 호텔'이란 간판은 없고 보면 어떤 호텔이 일반 호텔이고 어떤 호텔이 '러브 호텔'인가는 겉만 보고는 분간할 수가 없다.

 '러브 호텔'이 주택가에 들어선다고 주민들이 데모를 벌이는 모습이 심심찮게 텔레비전에 나온다. 하기야 '러브 호텔'이란 것이 '러브'라는 이 아름다운 말을 능욕하는 것으로 주민들이 치부하지 않는다면야 그들이 왜 들고 일어날까.

 '러브 호텔'의 주역들의 눈에는, 먹고 살길이 없어 철모르는 어린 것들을 목 졸라 죽이는 그 부모가 못난 사람으로만 보일 것이고, 열세 살 소년 가장이 13층 아파트에서 뛰어내릴 때 고 또래 소녀가, 파는 건지 사는 건지는 모르지만 몇 푼 안되는 용돈을 마련하려고 아빠 같은 남자 앞에서 옷을 벗기도 했다. 입에 담기조차 싫은, 오늘날의 이러한 이야기나 옛날 갈밭마을 이야기나 세상은 왜 늘 이 모양인가. 가혹한 정치는 호랑이보다 무섭다지만 가혹한 정치보다 더 무서운 호랑이는 없는가. 어흥! 인왕산 호랑이는 다 어디로 갔노?(『월간문학』 2003. 7월호)

대나무 난간

정약용(丁若鏞 : 1762~1836)이 만든 문학단체에 '죽란시사(竹欄詩社)'라는 시동인회가 있었다. '죽란시사첩서(竹欄詩社帖序)'라는 그의 글에 나타나 있다.

젊은 날 정약용이 주축이 되어 이 '죽란시사'라는 시인들의 모임을 만들 당시에 그의 집은 명례방(明禮坊: 지금의 명동)에 있었는데 이곳은 고관대작들의 집이 많아서 수레바퀴 소리 말발굽 소리가 날마다 시끄러웠고 아침저녁으로 완상할 만한 연못이나 정원도 없었던 모양이다. 만약 도연명(陶淵明) 같으면 "마음이 머니 땅이 저절로 외지구나(心遠地自偏)"라고 읊조렸을 테지만 이때의 젊은 정약용은 아직 마음이 그냥은 멀어질 수가 없었던 것 같다.

마침내 집 마당의 절반 가량을 할애하여 화단을 만들었는데 「죽란화목기(竹欄花木記)」라는 그의 글을 보면 석류(石榴), 매화(梅花), 치자(梔子)나무, 산다(山茶), 금잔화(金盞花), 은대화(銀臺花), 파초(芭蕉), 벽오동(碧梧桐), 만향(蔓香), 부용(芙蓉) 등인데 품종과 수효까지 적어 놓고 있다.

여기를 다니는 비복(婢僕)들이 꽃을 스칠까 걱정이 되어

난간을 만들었다. 서까래만한 굵기의 대나무로 화단의 동북
방을 가로질러 난간을 세운 것이다. 이 난간을 그는 '죽란
(竹欄)'이라 했다.1)

'죽란'을 만들 이때는 그가 귀양가기 전으로 호강스러운
시절이었다. 재주와 학문이 발군한 데다가 정조 임금의 총
애를 받고 눈썹을 치키며 활개를 치던 무렵이었다.

언제나 조회(朝會)에서 물러나서는 건(巾)을 젖혀 쓰고
이 '죽란'을 거닐기도 하고 달 아래 술 마시고 시를 짓기도
했다. 고요한 산림과 원포(園圃)의 정취가 돌고 수레바퀴
소리며 말발굽 소리를 잊을 수가 있었다. 마음이 멀기는 도
잠(陶潛)과 다르지 않게 되었던 모양이나 '죽란'의 꽃과 나
무가 있고 그 벗들이 있어서 비로소 마음이 멀어지고 땅이

---

1) 鄭木日은 「섬진강 매화」(『에세이문학』 2002 여름호)에서 "정약용이 귀양
   지에서 만든 시 동인회가 '죽란시사'다. 집 뜰에 대나무 난간을 둘러 사람들
   이 다닐 적에 옷에 댓잎이 스친다 하여 죽란이라 불렀다."라고 했다. 나는
   이 말을 이해하지 못한다. 또 『月刊文學』(2003.12. pp.688~692) '수필
   월평'에서, 지식과 지혜를 준별하여 지식은 간접체험에서, 지혜는 직접체험
   에서 나온다고 단언하면서 수필은 지식과 정보를 걸어내고 지혜에서만 나
   와야 한다고 주장하는 것 같다. 만약 그의 주장에 대한 나의 이러한 이해가
   틀리지 않았다면 나는 여기서, 지혜는 과연 지식과는 무관한 것인지, 수필
   이 오로지 지혜만의 소산이어야 하는지 또 그러한 수필이 있기나 하는 것인
   지, 이러한 것을 잘 모르겠거니와 다만 한 가지 분명한 것은 鄭木日의 수필
   이 과연 그의 지론대로 지식과 정보를 걸어낸 지혜에서만 나온 것으로 믿는
   다면 우리는 그의 수필을 하나의 경이로운 전범으로 삼아도 좋을 걸 같다.
   하지만 수필이 지혜에서 나오기만 하면 '죽란시사'를 정약용이 유배지에서
   만들었다고 해도 괜찮은 건지, 또 '죽란'을 죽은 대나무가 아니라 살아 있는
   대나무 난간으로 설명해도 되는 것인지, 나는 이것을 여전히 이해할 수가
   없다는 것이다.

저절로 외지게 된 것이다.

'죽란시사'라는 명칭은 그 시인들의 모임이 흔히 '죽란'이 있는 정약용의 집에서 이루어졌기 때문에 그렇게 한 것이다.

살구꽃이 처음 피면 한 번 모이고, 복숭아꽃이 처음 피면 한 번 모이고, 외가 익으면 한 번 모이고, 초가을 서늘할 때 서지(西池)에서 연꽃 구경을 하기 위해 한 번 모이고, 국화가 피면 한 번 모이고, 큰 눈이 내리면 한 번 모이고, 세모에 분에 심은 매화가 피면 한 번 모인다. 모일 때마다 술, 안주, 붓, 벼루 등을 갖추어 술 마시며 시를 읊는다. 나이가 적은 사람부터 먼저 모임을 마련하여 나이 많은 사람에 이르고 한 차례 돌고 나면 다시 그렇게 한다. 또 아들을 낳은 사람이 있으면 모임을 마련하고, 수령으로 나가는 사람이 있으면 마련하고, 품계가 승진하는 사람이 있으면 마련하고, 자제(子弟) 중에 급제하는 사람이 있으면 마련한다.

특별한 경우에 마련하는 모임이든 정례적인 모임이든 이 '죽란시사'는 시인의 모임이기 전에 젊은 문신들의 모임이었다. 열다섯 사람 동인 가운데 정약용을 비롯한 여섯 사람이 정조 임금이 뽑은 초계문신(抄啓文臣)[2]이었다고 하니 이

---

2) 조선 정조 때 인재 양성을 목적으로 37세 이하의 당하문신(堂下文臣) 중에서 뽑아 규장각에 소속시키고 공부하게 하던 문신. 학제에 따라 매달 강경과 제술로 시험을 보이었고, 40세가 되면 자동으로 초계문신에서 제외되었다. 정조 이후에는 헌종 연간에 잠시 시행된 적이 있었다. 『大典通編』 3, 「禮典」 「奬勸」 참조.

모임의 성격이 얼마나 귀족적이었던가를 짐작케 한다.

그러나 누가 알았으랴! 일진광풍에 '죽란'의 아리따운 꽃들이 덧없이 흩어지고 그들의 언약은 사랑처럼 허망했다. 정약용 형제가 귀양을 떠나던 날 '죽란시사'의 남은 사람들은 약조에는 없지만 황급히 사발통문(沙鉢通文)이라도 돌려서 은밀하게 모이기라도 했는지, 떠나는 길목 어디에서 바라보기나 했는지, 그때를 생각하자니 공연히 우울하다.

이제 나는 젊기를 하나, 벗이 있기를 하나, 글을 알기나 하나, 더구나 세상을 근심하는 마음 같은 걸 '죽란'의 사람들처럼 헤아려 볼 줄이나 아나, 그나마 먹던 술도 못 먹으니…. '죽란시사'라, 별것이 다 부러워지는구나!

부러워서였을까마는 나의 집이, 꽃과 나무가 뜰을 채운 것은 얼추 '죽란'을 닮았다. 바람소리 들으려고 대나무를 심었던가. 까치를 부르려고 감나무를 심었던가. 한사(寒士)를 사모하여 매화를 심었던가. 그 따위 담장 밖 수레바퀴 소리 때문에 꽃과 나무를 심었으랴마는 마음이 떠나려하지 않아 땅이 외지지도 못하고 마음이 '죽란'에 빠지지도 않아 수레바퀴 소리를 막지 못한다.

못 막은들 어떤가. 매화꽃 그늘 아래 우두커니 서 있기도 하고 댓잎을 스치며 거닐어도 본다. 동녘에 달 떠오를 적에 마당의 나뭇가지 그리메가 슬며시 서쪽 담장에 걸리는 것을 물끄러미 바라보기도 하고 가만히 벌레 소리를 듣다가 아득히 지난날을 떠올린다.

꽃다운 시절, 꺾어진 꿈, 애틋한 인연, 어느 것 하나 뉘우쳐지지 않는 것이 없고, 앞을 내다보면 남은 일들은 대체로 번하다. 구차하구나, "경학선생도 늙어지면 모두 좌선을 한다〔經師晚年皆作禪〕"라는 말이 왜 이리도 생각날까. 깨달음을 이루어 마음이 편안해지면 더없이 좋겠지만 그런 것은 나의 분복이 아닌 줄을 내가 안다.

어디로 도망을 치겠는가.

바람 따라 피었다가 바람 따라 지고 마는 한 송이 꽃처럼 나 또한 그렇게 한 번은 열렸다가 한 번은 닫혔다가 하는 조화에 맡겨 마침내 돌아가면 되는 것인데….

어쩌자고 무심한 나무들마저 이 밤따라 저리도 잠을 이루지 못하는가. 바람에 흔들리는 대나무 그림자가 창문에 어른거린다. 저 대를 베어다가 내 마음의 정원에 난간을 만들면 백화(百花)의 청향(淸香)이 저절로 복욱(馥郁)해질까. (2003. 12)

은하수에 떠 있던 하얀 별 하나

고희의 문턱에 다다른 탓일까. 요즘 들어, "인생의 비태(否泰)에 정명(定命)이 없다고 할 수 있겠는가?(人生否泰可日無定命乎)"라는 정다산(丁茶山)의 말을 자주 뇌게 된다. 학연 또한 그러해서 『주역(周易)』은 내게로 정명처럼 다가왔나 보다.

열네댓 살 무렵(1947~1948)인 것 같으니 꺾어진 백년에 서너 해를 더한다. 해방이 되었다지만 남북은 갈라지고 세상은 뒤숭숭하여 앞을 내다볼 수 없는 불안의 그 시절에, 우리 아버지는 역학 대가 이야산(李也山) [諱:達, 號:也山, 1889(己丑)~1958(戊戌), 延安人] 선생의 문하로 들어가시게 되었고, 나 또한 자연스럽게 『周易』을 접하게 된 것이다. 농한기면 아버지와 작은아버지는 也山 선생을 찾아 부여로, 안면도로, 그리고 광천 등지로 가셔서 『周易』을 공부하시고 돌아오시곤 했었다. 지금 와서 생각해 보니, 왜정 때부터 난리를 피하려고 '십승지지(十勝之地)'를 찾아 이사를 다니셨던 아버지셨기에 공부도 공부려니와 난세에 처하여 也山 선생을 정신적 지주로 삼으셨던 것 같다. 『周易』을 학문으로 공부한다기보다는 종교로 삼았다고나 할까.

『周易』을 주문으로 여기고, 也山 선생을 교주처럼 섬기고, '해인(海印)'이란 인영을 부적이려니 하고 남몰래 옷깃 속에 갈무리하고, '여의단(如意丹)'이란 환약을 선약인 양 몸에 지니고 다녔던 (이른바 '해인'이며 '여의단' 같은 것은 아마도 也山의 제자의 소행이었던 것 같다) 也山의 제자들은, 이리하여 병화며 무명악질을 피할 수 있으리라고 하나같이 믿었던 모양이니 지금 생각해 보면 웃음이 절로 나온다.

아마도 也山 선생은 앞이 조금은 보였던 모양이다. 많은 제자들을 이끌고 안면도(安眠島)로 들어가자 드디어 6·25가 터졌다. 也山 선생과는 달리 아버지께서는 많든 식솔들을 거느리고 피난길에 오를 수가 없었던지, 십리허에서 아홉 식구가 하룻밤 모기 밥이 되다가 이튿날 가족들은 굴비처럼 엮여서 집으로 돌아왔다. 돼지는 우리를 벗어나면 안된다고 하셨다. 돼지라니, 낮에는 툭하면 방공호로 정말 돼지처럼 기어들고, 밤이 이슥하면 아버지는 천문도(天文圖)를 손에 들고 별들을 살피셨다. 아버지 곁에서 나는, 장대를 휘두르면 금방이라도 우수수 떨어질 것 같은 총총한 별들을 덩달아 쳐다보면서 정말이지 나는 장대로 초롱초롱한 별 하나를 따고 싶었고, 은하수에 떠 있는 하얀 별들과 오작교와 견우직녀 이야기는 어린 나에게 왜 그리도 슬프던지.

아버지 곁에서 별을 헤아리는 아이는 마침내 학교(중학교 1학년)를 그만두고 차라리 也山 선생 밑으로 들어가 『周易』 공부나 하는 것이 좋을 듯하다는 아버지의 말씀에 어쩌자고 귀가 솔깃해져 있었다. 『周易』 공부를 시킨다지만

속내는 아들을 也山 선생 밑으로 보내는 것이 난리를 피하
는 길이라고 아버지는 생각하셨던 모양인데, 어시호 이런
낭패가 있나 하고 어머니는 무작정 단식투쟁으로 들어가시
고……

　이러구러 나의 소년 시절은 아이답지 않게 『周易』을 읽
고, 시초(蓍草)를 헤아리고, 「홍범(洪範)」이며 「법성게(法
性偈)」며 也山 선생의 「부문(敷文)」같은 걸 염불하듯 달달
외우고 그리고 가끔 참선을 흉내내는 것에 신이 나 있었다.
지금 생각해 보면 학교 공부에 지장이 되었을 것은 뻔한 노
릇이었다.

　당시는 책이 퍽 귀할 때여서 아버지는 한 아름이 넘을 듯
한 『周易』을 빌려다가 붓으로 두 벌씩이나 닥종이〔楮紙〕에
베끼셨고, 몇 해 뒤에 나는 원문뿐만 아니라 주자(朱子)의
『본의(本義)』를 철필로 한 벌 베꼈다. 꼬박 한 달 가량 방
안에 틀어박혀 있어야 했는데, 끝마친 날이 스물한 살 정월
보름(음력)이었으니 이 무렵 나는 비로소 『周易』의 주(注)
에 눈을 뜨기 시작한 셈이지만 원문은 뜻도 모르고 염불하
듯 외우게 되었던 모양이다.

　이듬해 섣달(1956년 1월)에 也山 선생의 한 제자인 이
용성(李龍成) 목사를 따라 부여로 也山 선생을 뵈러 갔다.
밤에도 불을 켜지 않고 신문을 읽으신다는 也山 선생을 만
난다고 생각하니 잔뜩 가슴이 부풀어 있었다. 선생은 예순
일곱 연세에도 노인 티가 없었다. 조금 깡마르고 꼬장꼬장
해 보였으며 강렬한 눈빛이 사람을 압도하기에 충분했다.
그러나 밤이 되자 불을 밝혔다. 불을 끄고 신문을 보실 수

있느냐고 차마 물어 볼 수도 없는 노릇이었다. 뜻밖에도, 선생께서는 피우시던 담배〔卷煙〕 개비를 가리키시며 어느 쪽이 처음이고 어느 쪽이 끝이냐고 내게 물으셨다. 내 입이 붙어 있자 선생은, 피우는 것으로 보면 입에 닿는 부분이 처음이고 타는 것으로 보면 타는 쪽이 처음이라고 하셨다. 다시 또 담배를 쌌던 은박지를 펴고서는 어느 쪽이 겉이고 어느 쪽이 속이냐고 물으셨다. 또 답이 없자 선생께서는 이번에는 설명은 않고 혼자 생각해 보라고만 하셨던 것 같다. 까마득한 옛일을 어찌하여 나는 이토록 소상히도 기억하고 있는지 모를 일이다.

식소사번, 직장 따라 객지로 떠돌고 세월은 거짓말처럼 흘러갔다. 也山 선생을 뵈온 지도 20년이 넘어서고 있었다. 어느 날 지금 국민대학교 교수인 김문환(金文煥) 박사가 대구를 지나는 길에 내게 들르셨다. '약전골목'에 也山의 제자가 『周易』 강의를 한다는데 만나 보지 않겠느냐고 했다. 也山의 제자라는 말에 귀가 쫑긋해져서 저녁 시간에 같이 갔다. 김병호라는 분이 아들과 같이 2층에서 자취를 하고 있었다. 초면이지만 也山의 직제자라는 인연 때문일까, 이내 친숙해졌던지, 수요일에 서울에도 『周易』 강좌를 개설했다면서 대구의 수요일 강의를 대강해 줄 수 없겠느냐고 했다. 나는 공직을 핑계로 거절했지만 사실은 내가 아는 것이 없어서였다. 아마도 이때가 야산역(也山易)이 세상에 빛을 보기 시작할 때였던 것 같다. 也山 선생은 입버릇처럼, 코쟁이가 가마 가지고 모시러 온다고 했다. 가마를 타고 미국으로 가서 『周易』을 강의할 날이 오기 전에 우리가 먼저 가마를 가지고 그들을 모시러 가야한다고 이죽거리는 사람도 있을지 모르지만, 아무튼 아산(亞山) 김병호씨는 이미 고인이 되었고 지금은 그의 제자들, 그러니까 也山의 손제자들이 더러 『周易』으로 활개를 치는 모양이니, 부디 가마를 탈 수 있게 되었으면 좋겠다. 지금 서울에서 『周易』 강좌를 개설중이라는 대산(大山) 김석진이라는 분을 나는 모르지만 아마 김병호씨와 더불어 也山 선생 생존시 비교적 젊은 제자였던 모양이니, 세상에 드러난 也山의 직제자를 찾기란 이 사람을 빼고서는 어려울 듯싶다. 그들이 아산(亞山)이라 하고 대산(大山)이라 하지만 내가 也山 선생으로부터 「단강(丹岡)」(미성년자에겐 「山」자 대신에 「岡」자를 썼다.)이란 호를 받았듯이, 그들의 호가 그때 그 호인지 괜히 궁금해진다.

　1950년대, 그러니까 내가 대학에 다닐 무렵에는 만년필이 제구실을 할 때여서 교수는 부르고 학생은 받아쓰다 보면 강의가 끝나는 과목도 더러 있었다. 이런 시절에 케케묵은 『周易』 책을 구하기란 쉽지 않았다. 조선조에 간행된 『주역전의대전(周易傳義大全)』(內閣藏板)을 어렵게 만나볼 수 있었는데 그게 전부인 줄로만 알았었다. 1960년대 중반 그러니까 내 나이 30대 초반에 이르러서야 나는 겨우 대만판 왕필(王弼)의 『주역주(周易注)』, 이정조(李鼎祚)의 『주역집해(周易集解)』 등을 구득할 수 있었지만, 이처럼 책을 늦게야 구하게 된 것은 살기에 바빴던 탓도 있었다. 아무튼 이런 책들을 접하자 『易』의 세계가 참으로 광대무변함을 새삼 깨닫게 된 것이다. 이때부터 나의 서가에는 『周

易』뿐만 아니라 풍수지리(風水地理), 명리(命理) 등 술수에 관한 책들도 하나의 코너를 이루게 되었다. 이 무렵 나는 주제넘게도 돈깨나 드는 고서 수집에 조금 미쳐 있어서 마누라의 속을 꽤나 썩힐 때였는데, 이용성(李龍成) 목사로부터 『황극경세서(皇極經世書)』에 대한 이야기를 가끔 들었고, 또 也山 선생이 그의 「부문(敷文)」에서 '강절지경세(康節之經世)'를 강조한 바도 있고 해서 어떡하든 이 책을 구하려고 애를 태우다가 서울의 인사동 골목에서 상해판 『황극경세서언(皇極經世緒言)』을 비싼 값에 구할 수가 있었다. 어렵게 느껴지는 「원회운세(元會運世)」의 수를 한 달 가량 불출호정(不出戶庭) 끝에 풀 수가 있었는데, 그때 나는 도통을 한 것으로 착각했던지 버럭, 소리를 지르기도 하고 혼자 껄껄 웃기도 하여 마치 미친 사람 같았으니 참으로 가소롭지 않는가. 비록 역외별전(易外別傳)이라지만 『황극경세서(皇極經世書)』를 통하여 나는 소옹(邵雍)이라는 두 번째 스승을 만난 셈이다. 이때부터 황극책수(皇極策數)며 매화역수(梅花易數)에 매료되기도 하였다.

몇 해를 그러다가 어느 날 사흘돌이로 들락거리던 대구의 남구서림(南邱書林)이란 고서점에서 왜정 때 신조선사(新朝鮮社)에서 발행한 『여유당전서(與猶堂全書)』 가운데 『주역사전(周易四箋)』 두 책(4 책이 完帙)을 발견하고는, 세상에 茶山이 쓴 역전(易箋)도 있었구나 하고 덤덤히 책장을 넘기다가 나는 그만 헉, 하고 숨이 막혔다. 심마니가 산삼을 만났다 할까. 심마니가 그런다지만 나는 온 몸을 부르르 떨었다. 달라는 대로 얼른 주고 책을 낚듯이 하고는 허둥지둥 책방을 빠져 나왔다. 그러고는 한동안 아무 일도 없었노라 하고 그 책방에 발길을 뚝 끊어 버렸다. 이리하여 나는 사암(俟菴) 정약용(丁若鏞)이라는 세 번째 스승을 해후하게 되었고, 『주역사전(周易四箋)』 두 책은 비록 산질본이긴 하지만 내 서실의 가장 내밀한 곳에 신주처럼 모셔지게 되었다.

날이 갈수록 茶山을 사숙하는 마음은 차라리 병이 되어 깊어져 갔고 다른 책은 통 읽을 수가 없어졌다. 누가 내 앞에서 『周易』을 말할 때 나는 마음속으로 다산역(茶山易)을 말했다. 첫 유배지인 경상도 장기 땅을 나는 소요하고 이배지(移配地)인 전라도 강진 땅을 찾아가길 여러 차례. 호미등(虎尾燈)이며 구만리(九萬里)바다에서 나는 문득문득 말을 잊었고, 백련사 〔白蓮社(寺)〕 며 다산초당(茶山草堂)을 서성거릴 때에는 나는 공연히 화가 나 있었다. 茶山草堂! 그 서실의 문중방에 눈빛처럼 어리는 봄 바다 위로 그리움을 띄워 보고, 숨죽여 흐느끼는 문풍지 소리에 겨울 밤의 긴 시름을 얹어 보던 그 마음이, 가만히 천 길의 변화를 헤아렸던가. 열여덟 해 귀양살이가 훗날 이토록 사람을 위대하게 만드는 까닭은 뭘까.

미꾸라지 양어장에는 미꾸라지의 천적인 메기를 조금 넣어 함께 기르고, 어장에서 잡은 활어를 내륙으로 운송할 때 조그만 상어나 문어 한 마리를 고기 통 속에 같이 넣어 두는 모양이다. 메기에 쫓기는 미꾸리는 더 잘 자라게 되고 상어나 문어한테 겁을 먹는 고기들은 이 때문에 활기차고 맛도 더 좋아진다고 했다. 아아, 홍균(洪鈞)은 짓궂게도 사

람을 두고서도 이같이 했나 보다. 그러나 정작 자신을 두고
서는 진작 그런 줄을 뉘라서 깨친다던가. 茶山의 위대성을
나는 여기에서 찾지만, 그러나 메기에 쫓겨 깜깜한 진흙 속
에서 숨죽이는 미꾸라지며 좁은 통 속에서 문어나 상어 때
문에 움츠리는 고기들을 생각하자면, 불운이 행운이라는 역
설을 말하기란 참으로 고통스러운 일이다. 미꾸리처럼 깜깜
한 진흙 속에서, 18년 귀양살이라는 악당들의 그물 속에서
도 되려 茶山은, 그들의 패악으로 하여 흔들리는 나라와 도
탄에 빠진 백성을 걱정하고 연민했다.

　진정 미꾸리처럼 깜깜한 진흙 속에서, 茶山이 제일 먼저
생각한 것이 『周易』이었다. "『易』을 지은 사람은 아마도 우
환이 있었을진져(作易者其有憂患乎)"라는 『周易』 「계사전
(繫辭傳)」의 말에 부쳐 茶山 또한 자신의 우환(憂患)을 『周
易』으로 처리했다고 스스로 말한다. 문왕(文王)이 우리(羑
里)의 7년 감옥살이에서 『周易』을 연역한 것에 감히 비기
는 것은 아니지만 그 또한 유락(流落) 7년 만에 『주역사전
(周易四箋)』을 완성한 것이라고 그는 조심스럽게 말한다.
이른바 일표이서(一表二書)로 대표되는 茶山의 국가 개혁
사상의 뿌리는 그의 역학사상에 있다고 나는 생각하거니와,
감히 나는 그의 고뇌와 슬픔을 헤아리면서 백발에 이르러
서야 겨우 학위논문 하나를 작성할 수가 있었다. 이 논문에
서 다산역(茶山易)이 근간을 이루기는 하지만 소옹(邵雍)
이며 也山의 가지들이 조금은 부영(敷榮)하는지도 모르겠
다. 그러나 자부하지도 부끄러워하지도 않는다.

　문득 그 옛날, 별이 총총한 고향의 밤하늘이 그리워진다.

누가 장대를 휘둘렀는지 도시의 밤하늘엔 별들이 다 빠져
버린 모양이다. 고향에 갈 것이다. 丁茶山이 그리던 예천
(醴泉)으로 갈 것이다. 군수로 고을살이를 하는 그의 아버
지 정재원(丁載遠)의 임소(任所)(가족은 고향에 남겨 두었
던 것 같음)를 찾아 열아홉 살 茶山이 예천(醴泉)에 와서
반학정(伴鶴亭)에서 한동안 글을 읽고 「반학정기(伴鶴亭
記)」를 쓰고, 경치 좋은 선몽대(仙夢臺)에 노닐고 「선몽대
기(仙夢臺記)」를 남겼더니, 뒷날 강진 유배지에서 이때를
회상하며 예천(醴泉) 땅을 아득히 그리워했었다.

이 논문이 세상에 선보이기 전에 부모님 산소를 찾아 고
향에 가서, 그 옛날 아버지처럼 이슥한 밤 마당을 서성이며
총총한 별들을 쳐다보기도 하고, 그리고 어머니처럼 굶기도
하련다. 제수씨는, 반찬이 부실했나 싶어 어쩔 줄을 모를
것이고 아우는, 형님께서 무슨 시름이 계시냐고 묻겠지만
나는 대답을 못할 것이다. 아버지를 따라 별자리를 살피고,
달이 차고 이지러지는 과정을 관찰하여 그 방위를 나침반
으로 파악하면서 「납갑(納甲)」의 이치를 터득했던 옛 추억
이며, 아버지의 말씀을 좇아 학교를 그만두려는 이 아들을
두고 단식투쟁을 하시던 어머니 이야기를 나는 차마 하지
못할 것이다. 쓸쓸히 웃고는 내친김에 표연히 길을 떠나 우
선 茶山의 묘소만이라도 찾아가려 한다. 마재〔馬峴〕의 소내
〔牛川〕 곧 초천(苕川)(경기도 남양주시 鳥安面 陵內里)을
찾으면 되겠지. 묘소에 잔 올리고 잠시 서성거리다가 총총
히 강진으로 내려갈 작정이다. 도중에, 동짓달 찬바람에 시
린 손을 맞잡고 형은 서쪽 섬 가운데로 동생은 남쪽 바닷가

로 귀양길에 형제가 이별하던 나주의 율정점(栗亭店)이 어
딘가를 꼭 찾아봐야겠고, 차창에 기대어 나 또한 애끓는「
율정별(栗亭別)」을 읊조리다 강진 땅에 다다르면 제일 먼
저 할 일이 있다. 茶山이 시름에 겨워 술에 취했던 주막거
리는 어디쯤이고, 죄인이라고 박해하고 남의 종들조차도 같
이 서서 말도 건네려 하지 않던 그때, 이 처지를 가련히 여
겨 그를 거두어 주었던 동문 밖 한 노파의 주막집은 집터라
도 남았는지 찾아볼 것이다. 못 찾으면 어떤가? 아무데서
나 나 또한 몇 잔 들이키고서 茶山이 밟았던 보은산방(寶恩
山房)(高聲寺)으로 백련사(白蓮社)(萬德寺)로 그리고 대둔
사(大芚寺)(大興寺)로 거닐고, 다산초당(茶山草堂)을 서성
거리고, 차나무 그늘 아래 시를 읊으면, 茶山은 한숨짓고
아암(兒菴)(兒菴은 惠藏禪師의 自號)은 흐느낄까. 『周易』
을 두고 백련사(白蓮社)에서 茶山과 더불어 하룻밤 논변을
벌이다가 마침내 벌떡 일어나 옷깃을 바로 잡고, "산승(山
僧)이 20년 동안『易』을 배운 것은 모두가 헛 거품이었습
니다(山僧二十年學易皆虛泡)"라고 호소하며 茶山에게 가르
침을 청했던 아암(兒菴) 스님! 이날 밤의 만남이 차라리 병
이 되었더이까? "몸을 그르친 걸 스스로 후회하며 실의에
빠져 즐거워 할 줄 모르다(自悔誤身忽忽不樂)"가, 술에 취
해 "무단혜(無端兮)〔무단히〕, 무단혜(無端兮), ……"를 입
버릇처럼 뇌다가, 끝내 술병으로 법랍 40세에 요절하고 말
다니…… 아, 스님의 고혼이 여태도 비틀거리고 눈감으면
아득히 자산(玆山)(黑山島)이 떠오를까.
　중풍에 걸려 왼쪽 다리는 늘 마비증세를 느끼고 입가엔

침을 질질 흘리며 혀가 굳어져서 말조차 어긋나는 폐인이
된 몸으로 밤낮없이 저술에만 몰두하는 동생 茶山이 안쓰럽
고 보고파서, 일구월심 만나야겠다고 茶山의 형 손암(巽菴)
은 애를 태운다. 그렇게 13년이 흐른 뒤 손암(巽菴)은 어렵
게 내흑산(內黑山) 우이보(牛耳堡)까지 나오지만 강준흠(姜
浚欽)이란 자가 상소하여 형제의 상봉을 끝내 저지한다. 거
기서 3년을 기다리다 손암(巽菴)은 한을 품고 죽고 만다(丙
子, 1816). 율정점(栗亭店)에서 서로 나뉘어 귀양살이한
지 16년, 그러니까 손암(巽菴)의 나이 59세가 된다.

아암(兒菴)이 입적하자 茶山은 「아암장공탑명(兒菴藏公
塔銘)」을 짓고, 손암(巽菴)이 작고하자 茶山은 또 「선중씨
묘지명(先仲氏墓誌銘)」을 지었다. 이 두 글이 하나같이 사
람의 심사를 추연하게 하지만, 茶山의 많은 저서며 시문들
은 도처에서 창맹(蒼氓)과 더불어 한숨짓는다. 제갈량(諸
葛亮)의 「출사표(出師表)」를 읽고 충신은 운다지만 茶山의
「우래십이장(憂來十二章)」이며 「애절양(哀絶陽)」에 충신은
못 되어도 우는 사람은 있으리라. 별을 헤아리던 아이, 그
옛날 아버지 곁에서 밤하늘을 쳐다보며 장대로 별을 따려
던 열다섯 살 그 아이는 손암(巽菴)과 茶山, 두 형제의 저
서를 안두에 두고서 백발에 얼굴을 묻고 한갓되이 많은 밤
을 뜬눈으로 지새운다.

누가 간밤에 내 집 문을 두들겼던가. 은하수에 떠 있던
하얀 별 하나가 내 집 창가에 떨어졌구나! 진눈깨비 어지러
이 흩날리는데, 흰 매화 한 송이가 늙은 가지에 피었다오.(
『월간문학』 2001. 5월호)

5. 의고(擬古)와 창신(創新)

윤오영의 저서『수필문학입문』

우리는 지금 수필의 시대에 살고 있는지도 모른다. 웬 수 필집들이 그렇게도 쏟아져 나오는지. 수필가들의 수필은 그 렇다 치고 시인, 소설가, 학자가 여기(餘技)로 써 내는 수 필이 있는가 하면 기업인, 종교인, 정치인 들이 쓴 수필도 심심찮게 발견된다. 이러다 보니 속된 글 몇 편을 발표하고 서는 수필가 행세를 하는 세상이 되어 버렸다.

이런 현상을 두고, 수필의 내일을 위해서 있을 수 있는 일이라고 좋게 볼 수도 있는가 하면, 수필의 순수성이랄까, 진정한 문학으로서의 수필의 향상에는 아무런 도움이 되지 못할 것이라는 개탄도 가능하다.

수필을 순수하게 문학수필에 한정하여야 한다는 의견 가 운데 가장 편협하리만큼, 괴팍하리만큼 뚜렷한 선을 그어 보인 사람이 있다. 그가 바로 윤오영(1907~1976) 씨다.

수필을 전문적으로 하지 않는 사람들은 그를 잘 도른다. 글을 발표하는 데 지나치게 신중한 나머지 50을 훨씬 넘기 고서야 비로소 글을 발표하여 낙양의 지가를 올리다가 홀 연히 세상을 떠난 비교적 짧은 문학 경력을 가진 사람이었 기 때문이다.

　그러나 그의 수필과 『수필문학입문』에서 세워 놓은 수필론은 오래 기억에서 지워지지 않을 것이다. 차주환 박사가 적절히 평했듯이 그는 한국의 수필문학 이정표를 세운 이로 꼽힌다.

　이 책을 대하면 그의 정확한 포폄(褒貶)에 우선 놀란다. 붓가는 대로 씌어지는 글이 수필이라는 종래의 생각이 부끄러워지고, 김진섭, 최남선, 양주동, 박종화 등의 수필들이 볼품없이 전락해 버리는가 하면, 흔히 명수필로 꼽히는 정비석의 「산정무한」마저도 어이없이 무너지고 있지만, 우리는 그것에 동의하고 만다.

　'치옹(癡翁)이 5년 전에 죽었더라면 큰일날 뻔했소.' 이 말은 말년에 접어든 윤오영 씨에게 던진 피천득 씨의 농담이었다고 한다. 우리들에겐 그러나 이 말이 결코 농담일 수가 없다. 개화기 이래 아직까지 이 책을 능가할 만한 수필이론서를 우리는 갖고 있지 못하기 때문이다.(영남일보. 1989. 11. 13)

김동리의 수필 「'또한'에 대하여」

　한 번 읽고나면 아무것도 남는 것이 없는 글이란 무의미
하듯이 이런 수필을 읽느니 차라리 이런 방면의 학술서적
을 읽는 편이 좋겠다고 느껴지는 글 또한 수필이라고 보기
엔 피로하다.

　현재 우리나라에서 발표되고 있는 수필은 이른바 몽테뉴
형(型)이 베이컨형(型)보다 압도적으로 많은 것 같지만, 뭐
소녀취향적 감상에 젖어 있는 글을 몽테뉴형이라 할지도
의문이고, 부처님 앞에서 염불 자랑하는 글을 두고 베이컨
형의 수필이랄지도 알 수 없는 노릇이다.

　수필에 서정성을 강조하는 사람치고 서정적인 글을 제대
로 쓰는 이가 드물고, 수필에 철학 타령을 하는 사람치고
자기철학을 가진 이를 만나보기 어려운 건 어인 까닭일까?

　이를테면 신변잡사를 사진찍어 놓듯 하면서 독자의 감성
에 호소하려는 글을 대할 때, 그런 사랑 타령 신세 타령 같
은 글을 대할 때 나는 늘 대중가요를 듣는 편이 낫다는 생
각을 하게 되고, 불교철학 용어를 인용하여 돋보이려고 애
쓰는 글을 보면 멀건 국물에 소뼈다귀처럼 씹히는 게 있게
하려고 안간힘을 쓴 것 같아, 참 딱도 하구나! 비승비속(非

僧非俗)이구나! 이런 느낌을 떨쳐 버릴 수가 없게 되고, 승방을 찾든지 불교서적을 펼치는 편이 좋겠다는 생각을 하게 된다.

글이란 반드시 자기 목소리여야 한다. 아는 것을 두고 말하자면야 학자를 당할 수가 없을 것이지만 학자의 논문이 수필이랄 수가 없는데, 그걸 개작하거나 모방한 글이 수필이 될 수는 더욱 없지 않은가?

몽테뉴형과 베이컨형이 한 편의 수필 속에 시원적으로 융합된 글, 단순한 종합이 아닌 새로운 종자에서 발아한 그런 수필을 쓰기란 말하자면 득도의 경지에 이르러야 한다고 본다. 그 득도란 판소리에서 득음의 경지이다. 새로운 관찰, 새로운 발견, 새로운 사상, 새로운 바람이 아니면 남의 가슴을 흔들 수 없다. 이를테면『莊子』와 같은 글이라야 감동적일 수가 있다는 얘기다.『莊子』를 흔히 베이컨형의 수필로만 보지만 나는 그렇게 생각하지 않는다. 몽테뉴형의 서정성도 장자답게 고도로 도회잠장(韜晦潛藏)하고 있을 뿐.

작가 김동리 선생의 수필에서 나는 새 수필 종자의 수필을 만나게 된다. 동서고금을 섭렵한 지성, 소설로 다져진 화술과 문체, 젊은 날의 울굴했던 정서와 사랑, 오랜 인생 경륜, 그리고 탁월한 재능이 이런 것을 가능하게 했으리라 본다. 그의 수필「'또한'에 대하여」를 읽어보면 그런 걸 대번에 느끼게 한다.

유학의 바이블이라 할『論語』, 그『論語』의 벽두에 나오는 「학이장(學而章)」에서 '또역(亦)'자의 행간의 뜻을 역대의 어느 누구도 점필(佔畢)에 그쳤을 뿐 찾아내지 못했었는데, 東里 선생이 발견한 것이다. 東里 선생의 그런 발견이 옳고 틀림을 어떻게 알 수 있느냐고 할지 모르겠으나 산삼과 호랑이는 처음 봐도 누구나 안다 하듯이, 이 수필을 읽어 보면 누구나 내 말에 점두하리라 본다. 진실은 하나뿐이기 때문이다. 신유학이 절정을 이루었던 송대(宋代)의 정자(程子) 주자(朱子)도 몰랐던 급소를 한문의 시대가 아닌 오늘날에 와서 일개 문인의 눈이 그걸 찾아낸 것이다. 이것은 큰 사건이다.

우선 이 글을 일별해 보면, 전반부는 베이컨형에 가깝고 후반부는 몽테뉴형에 가까운 것처럼 보이지만 자세히 관찰해 보면 몽테뉴형과 베이컨형의 유전인자가 포태(胞胎) 당시에 새롭게 육종(育種)되어 나온 새로운 '수필 씨'였음을 알게 된다.

같은 말을 해도 교수가 하면 철학이 되고 나 같은 사람이 하면 현학이라고 비웃는 것이 현재의 수필문단의 수준이다. 이 수필을 東里 선생이 아니고 나 같은 사람이 썼다 해도 현학이라고는 트집잡지 못하리라. 거듭 말하거니와 진실은 하나뿐이기 때문이다. 그 진실을 말하는 목소리는 둘이 아니기 때문이다.

글은 곧 사람이라는 말을 자주 들어 왔지만, 東里 선생의 「'또한'에 대하여」라는 글이 그것을 잘 말해 주고 있는 것 같다. 점필재(佔畢齋)의 후손이어서 그렇게도 文才가 뛰어났더란 말인가?(『수필문학』 1994. 11월호)

차주환의 수필 「까치소리를 듣고」

오십이 다 되어갈 무렵 성균관대학교 부근에서 하숙을 한 적이 있었다. 대학생들이 판을 치는 하숙집에서 아침 저녁을 보내기란 어색한 노릇이었다. 그러나 어색한 것은 가까운 곳에 또 하나 있었다. 이웃집 느티나무였다. 서울 한복판에 큰 느티나무라니, 일견 어색해 보였지만 목조인 듯싶은 2층 고가와는 잘 어울려 보여서 내가 자식 같은 대학생들 틈에 끼여 있는 것과는 또 다른 운치가 있었다.

이 집이 뉘 집인지는 하숙생들은 아무도 아는 사람이 없었다. 주인마저도 서울대 교수의 집인 줄로만 안다고 했다. 참 괜찮은 집이구나, 복이 많은 분이구나 그랬을 뿐이었다.

그 후 수필 몇 편을 들고 문단에 나온 후 차주환 박사를 알게 되었고, 「까치 소리를 듣고」라는 수필을 접할 수가 있었다. 틀림없다는 예감이 들어서 어느 세미나 때였던가, 차박사께 확인해 보았다. 대답은 않으시고 "세상이 참 좁군요"라고만 하시며 미소를 지으셨다.

차주환 박사의 글은 거의가 물에 물 탄 것 같다. 오미(五

味)의 어느 한 가지도 드러내 보이지 않고 그저 담담할 뿐이다. 너무 수수하여 그저 그런 글로만 보여질 수도 있다. 주제가 없어 보인다. 「까치 소리를 듣고」라는 수필 역시 잔잔하게 그려져 있을 뿐 짜다든가, 쓰다든가, 시다든가, 맵다든가, 달다든가 그런 맛이라곤 찾아볼 수 없다. 본디 그런 걸 모두 떠나서 조용히 나직이 두런두런 내리는 봄비처럼 이야기하고 있지만, 차라리 그 문장은 사이은(肆而隱)하고 그 말은 곡이중(曲而中)하고 그 뜻은 가까운 듯 멀다고나 할까.

느티나무와 까치가 벌써 작가의 식솔 같은데 여기에 고양이가 어쩌자고 끼어든다. 그래서 각기 개성이 다르고 생태가 틀려서 더러는 찌그럭거리고 있지만, 화음 밖의 음이 끼어들어 마침내 아름다운 화음을 이룬다. 천하의 이치가 이 까치와 고양이 속에 다 들어 있을 것 같지만, 작가 자신도 하릴없는 까치와 고양이일 것 같지만, 문득 할 말을 잊었는가 그것을 말하지 않은 채 그는 침묵한다.

차주환 씨의 「까치 소리」를 읽을 때면 나는 언제나 『중용(中庸)』의 한 구절을 떠올리게 된다.

萬物並育而不相害(만물병육이불상해)
道並行而不相悖(도병행이불상패)

「까치 소리를 듣고」라는 이 글이야말로 한국수필의 백미라고 나는 말하고 싶다.(1994)

나의 처녀작

내가 지상에 처음으로 발표한 글은 1971년 1월 15일자 『대구일보』에 게재된 「어느 歸路」이다. 말하자면 이것이 나의 처녀작인 셈이다. 추천이나 당선의 과정을 거치지 않고 지상에 발표하는 것을 등단으로 치는 예에 따른다면 이것이 나의 등단작이라고도 하겠으나, 그 후 나는 10여 년 간 거의 침묵을 지켰으니까, 등단작이라고 하기보다는 처녀작일 뿐이라고 봐야 할 것 같다.

이 글을 쓸 무렵 나는 고등고시에 실패하고 아내가 있는 몸이 더 이상 부모님께 의지할 수도 없고 해서 생계의 방도로 공무원을 한 지 한 4년쯤 될 때였다.

처음 취직을 할 때는 직장을 가지면서 공부를 더 할 생각이었지만, 어디 바람이 머물고자 하는 나무를 그냥 두던가. 좌절과 병고, 불운과 가난 속에서 화려했던 젊은 날의 꿈은 저녁놀처럼 서럽게도 스러져 가고 있었다. 그때 술과 문학이 조금은 구원이 되었다.

"퇴근길이 너무 짧아 이따금 산길을 걸었었다. 비봉산이라는 나지막한 산이었다……."

이렇게 시작되는 이 글은 200자 원고지 7매 정도의 하찮은 글이었다.

타향땅인 선산에서 퇴근길에 이따금 비봉산에 올라 이 생각 저 생각 하면서 시름을 달래다가 어느 날 귀로에 우연히 발견한 사육신의 한 분, 하위지(河緯地) 선생의 비각 앞에 멈춰 서서 그날의 충절을 가을 바람에 흐느끼는 마른 잡초에 부쳐 서러워하고 있다.

이 글이 발표되었다고 해서 나에게 달라진 것이라고는 없었다. 원고료가 생활에 보탬이 될 턱도 없긴 지금이나 그때나 마찬가지. 다만 신문을 오려가지고 나를 찾아오는 문학청년이 있어 슬픈 나의 침묵이 깨뜨려질 땐 조금 좋았고, 축사나 조사 같은 걸 써달라는 분이 단칸 셋방을 찾아올 땐 아내 앞에 또 한 번 초라해졌다. 사경을 헤매는 딸아이 병원비가 없어 차라리 비봉산 어딘가를 바라보며 삽을 구해야겠다고 맘먹던 이 지아비가 고작 할 수 있는 것이라곤 남의 글이나 대신 써주는 그런 재주뿐이란 걸 아내는 어떻게 받아들였을까?

이즈음 고향에서 선배 한 분이 선산으로 나를 찾아왔다. 12년 연장이지만 우린 말하자면 지기였다. 고향에 살 때 그분과 같이 겨드랑이에 날개가 돋기를 염원하면서 '방구모리' 절벽 아래, 목욕하고 밤 늦도록 주문을 웅얼거리겨 춤을 추던 그때, 그때가 아직도 나에겐 차라리 애틋한 사랑으로 남아 있다. 그분이 이제 선산으로 나를 찾아온 것이다. 그러나 그때의 내 주제에 그분을 이끌고 어디로 가겠는가? 나는 또 비봉산에 올라갔다. 이 산이 비봉산이냐고 묻는 걸로 봐서 신문에 난 내 글을 읽어 본 것 같았다. 그때 그 비봉산에서 그가 읊던 시 한 수가 있다.

    鳳飛千仞飢不啄粟(봉비천인기불탁속)
    鶴鳴九皐飛必含蘆(학명구고비필함로)

    봉황이 천 길을 날아
    주려도 좁쌀은 쪼지 않고,
    학이 깊은 못에 울지만
    날면 반드시 갈을 머금는다.

그로부터 10년이 넘어 침묵을 지키다가 50세가 넘어서 글을 세상에 내놓게 된 것은 그분이 읊던 이 시 한 수가 늘 마음에 떠오르고 있었기 때문인지도 모른다.

그러나 아직도 부질없이 좁쌀을 쪼을 뿐 나는 이미 닭으로 늙었는데, 뜰 앞의 청대 숲이 공연히 서걱인다.(1993)

솔연(率然)

　수필 같은 짤막한 글에도 뱀처럼 대가리가 있고 몸통이 있고 꼬리가 있는 모양이다. 어떤 사람들은 말하기를, 대가리를 잘 내밀어야 한다고 하고, 어떤 사람들은 꼬리를 잘 사려야 한다고 하는가 하면, 또 어떤 사람들은 대가리와 꼬리가 잘 어우러져야 한다고 말한다. 이들의 하는 말이 얼마나 교묘한지 듣고 있노라면 넋을 잃을 지경이지만, 말이 그렇지 그게 어디 입맛대로 되던가.

　그러나 아직, 몸통부터 들고 나오는 사람은 없는 것 같다. 이런 사람들까지 나온다면 수필 쓰기가 점점 더 어려워질 것 같다는 생각이 든다.

　대가리를 말하는 사람들은 떡잎만 보아도 장차 줄기며 가지며 꽃이며 열매까지도 어떠할까를 대번에 알 수 있다고 눈썹을 치킨다. 신기한 재주이다. 도미(掉尾)를 찬양하는 사람들은 이를테면, 꼬리만 보면 대가리며 몸통이 담비인가 개인가를 당장 알아차릴 수가 있다는 사람들이겠다. 신기한 재주이다. 대가리와 꼬리를 아울러 살피겠다는 사람들은 수미(首尾)가 조응하는 목목한 기운을 본다는 사람들이다. 신기한 재주이다. 그들은 모두가 남의 글은 대가리며 꼬리만 읽을 사람들이다.

예부터 사나이는, "머리가 크면 장수요, 발이 크면 도적이다(頭大曰將 足大曰賊)"라고 했는가 하면, 동서양을 막론하고 옛날의 미인도에 나오는 여체는 대체로 육체가 풍만하고 허리는 드럼통이 아니던가.

요즘 젊은이들 얘기로는 머리가 크면 외계인이요, 다리가 짧으면 F학점, 배가 나오면 파면감이라고 한다.

중년 이후가 되면 조금 달라진다. 머리는 치매만 안 걸리면 족하고, 다리는 관절염이나 골다공증 같은 것만 안 걸리면 되는 모양이지만, 배가 나오면 파면감이 아니라 송장감으로 여긴다. 산으로 들로 수영이다, 기계체조다, 에오러빅 댄스다, 뭐다 뭐다…. 선불 맞은 멧돼지가 되어 간다. 배가 나오지 않을 것, 남녀노소를 막론하고 현대인의 화두다.

미래에는 머리가 좋기보다는 가슴이 따뜻하고, 다리가 미끈하기보다는 심성이 넉넉한 사람이 세상을 지배하게 될 것이란 얘기가 심심잖게 나온다. 가슴이 따뜻한 사람, 듣기만 하여도 가슴이 따스해진다. 미래가 아니라 현재도 가슴부터 보자는 사람들이 있긴 있다, 의사들이다. 병원에 가면 머리와 팔다리에 청진기를 들이대는 의사는 없지만, 병원이 아닌 곳에서는 대뜸 머리와 팔다리에 청진기를 들이대는 또 다른 이름의 의사가 있다. 말하자면 수필의 의사들이다.

옛날 중국 회계(會稽)의 상산(常山)에 이상한 뱀이 있었는데, 대가리를 건드리면 꼬리가 이르고, 꼬리를 건드리면 대가리가 오고, 허리를 찌르면 대가리와 꼬리가 함께 이르렀다.

　손무(孫武)는 말하기를, 용병을 잘하는 사람은 이 뱀과 같다고 했다. '상산진(常山陣)'이니 '상산사세(常山蛇勢)'니 하는 말들은 아마도 여기에서 말미암은 모양이다.

　서두를 떡잎에 비기는 사람들이나, 결미를 짐승의 꼬리에 견주는 사람들, 그리고 대가리와 꼬리를 동시에 저울질하는 사람들, 모두가 너무 일찍 대가가 되어 버린 듯한 이러한 사람들의 떠드는 소리에 귀가 먹먹해질 때면 나는 차라리 허리를 건드리면 대가리와 꼬리가 한꺼번에 이른다는 '솔연(率然)'이라는 이름을 가진 상산의 이 뱀을 좀 만나 보아야겠다는 생각을 해 보게 되는 것이다.

　솔연, 솔연, 솔연 같은 글 한 편을 남긴다 한들, 등신같이 탕진해 버린 세월을 달랠 수 있을까. 황야에 눈 널리니 솔연도 속절없이 잠을 자야 하겠구나. (『계간수필』 2000. 겨울호)

의고(擬古)와 창신(創新)을 아우르는
간장막야(干將莫邪)

간장막야(干將莫邪)와 같은 명검으로 태어났든, 하찮은 찬칼로 태어났든 나름대로는 혹독한 시련을 겪어야 했다. 남들이 보기엔 한낱 찬칼일지라도, 시우쇠로 달궈지고 수없이 쇠망치에 두들겨 맞는 고통을 견디어야 했다. 글 또한 그러하다. 글의 이 슬픈 시련을 모독하기는 쉽지만 작가가 그 모독을 참아내기란 쓰윽 싸악, 쓰윽 싸악, 바람문이 열리고 닫히는 풀무〔槖籥〕소리를 들어야 하는 쇠붙이처럼 고통스러운 법이다. 대장장이 곁으로 너무 다가갔다간 불똥이 튀기어 머리털 태울세라 조심스럽고. 풀무질을 거들자니 핀잔 들을가 걱정이다. 이제 나는 대장간의 이 슬픈 내력을 어떻게 얘기할지 난감하다.

글을 말할 때, 기승전결이니, 서두니, 결미니, 문장이니, 소재니, 제목이니, 주제니 하지만 그것들은 글의 구성과 체제에 관한 이론일 터이나, 글은 여기에 머무르지 않는다. 글에서 마땅히 글의 정신을 말해야 한다. 이것은 주제와는 또 다른 얘기다. 글의 발전이요 이상이다. 나는 글에 있어서의 이 두 가지 관점에 대한 어느 한쪽도 아는 것이 없는 사람일 뿐만 아니라 또 여기서 장황하게 떠들 계제도 아니어서, 작품에 임해서 한두 마디씩 어눌한 혀를 놀려 볼 작정이다.

우선 글이란 읽혀져야 할 터이다. 그러나 독자의 입맛에 다가서는 것은 기생들이나 할 짓이지 나는 나일 뿐이듯 나의 글은 나의 글일 뿐이어야 한다. 그러면서도 읽혀질 때 그 글은 성공하고 있지만 글이 여기에 머물면 대중가요가 되기 쉽다.

예술의 세계에는 다수라고 해서 소수를 능멸하지 못한다. 열 사람이 찬성하고 열한 사람이 반대할 때, 서로 부딪게 되면 1:1로 머리가 깨어진다는 폭력의 논리를 전제로 하고서, 반대쪽이 하나가 남으니 그 반대를 따른다는 것이 다수결원리(principle of majority)다. 양의 논리이지 질의 논리가 아니다. 힘의 논리이지 가치의 논리가 아니다. 정치란 난장판이거나 아니면 타협이니까 그럴 수가 있겠지만. 예술은 난장판도 아니요 타협도 아니잖는가. 내 글을 알아주지 않을 때 백락(伯樂)을 만날 수가 없다고 투덜대지 말고 천리마를 마구간에 들일 일이다. 본디 천리마와 백락은 흔하지가 않다. 천리마는 독자의 환호성에 갈기를 세우지 않는다고 했다.

글의 정신이라는 주제넘은 말을 했지만, 그 정신이란 모름지기 의고(擬古)와 창신(創新), 신식 말로 하자면 전통의 계승과 변화의 추구라고 할 수 있겠다. 전통의 계승과 변화의 추구를 다른 말로 하자면 『논어』의 '溫故而知新'이 될 것이다. 여기서 溫이란 "식은 밥을 데우다."라는 뜻이다. 식은 밥도 버리지 않고 먹긴 먹되 그냥 먹지 말고 따뜻하게 데워서 먹듯이, 전통의 계승이 그와 같이 이루어질 때 변화의 길은 당연히 열린다. 만약 전통의 계승에만 머물고 변화를 추구하는 글이 아니라면 그런 글은 개성이 없다. 그런 글은 식은 밥을 데워서, 시원에 육박해서 먹지 않았기 때문에 전통의 계승이랄 수도 없다. 개성이 없는 이러한 글의 운명을 여기서 굳이 말할 것까지는 없다. 그러나 수필이 수필일 수 있는 까닭은, 글이 전통의 계승과 변화를 추구한다는 그 정신이 감성이란 안개에 가려진 기암괴석이 되어야 한다는 데 있다. 이것이 논문과 수필과의 분기점이 되어야 한다. 감성이 지나치게 표출된 글을 흔히 소녀 취향적이라 하듯, 이른바 미문이란 미문이 아닌 것이다. 예술의 구경이 미의 추구라고 할 때, 그 미는 작가의 내면에서 우러나와 작품의 이면에 후광처럼 어리는 것이거늘, 코를 높이고, 관골을 깎고 분칠을 하고, 지지고 볶고 하는 것이 아름답지 않거든 '아름다운'이라는 용어를 쓰지 말아야지 '아름다운'이라는 용어를 쓰고서는 이런 글은 안된다고 한다면 모순이다. 아름다움은 어떤 경우에도 아름다움이다. 문학이론에서 美文이란 개념은 반드시 재정립되어야 한다. 美文이란 구성의 문제가 아니라 정신의 영역이다.

美文은 때로 雜文인 수가 많다. 雜이란 참착(參錯)이다. 이것 저것 섞였다는 뜻이다. 이 雜이란, 수필에서는 소재를 두고 하는 말이어야 하는데도, 신변잡사를 다룬 글이 이른바 문학성이 없을 때 늘 잡문이란 이름으로 매돈된다. 잡이란 사실을 말하는 것이지 가치를 평하는 것일 수가 없다. 따라서 잡문이란, 소재가 잡동사니란 의미로 쓰는 데 그쳐

야지, 문학성까지 결부시키는 것은 옳지 않다. 다시 말하자면, 미문이란 가치평가적이지만 잡문이란 가치중립적이다. 신변잡기가 아닌 수필이 몇 편이나 되겠는가. 우리의 삶이 진작에 신변잡사다. 잡기에 그치는 잡문이 차지하는 그 자리에 다른 말을 바꿔 넣어야 한다. 윤오영의 말을 빌면 俗文이 되겠다. 俗이란 소재를 말하는 것이 아니라 글의 품격을 말하는 것이니, 사실이 아니라 가치의 영역이기 때문이다.

수필은 잡문일 수밖에 없고 그 잡문은 美文으로 승화될 때 그것이 전통과 변화를 아우르는 수필의 행보가 될 것이다.

『대구문학』 2000년, 여름호(통권 43호)에 발표된 수필은 신입회원의 글까지 합치면 열여덟 편이 된다. 이 많은 작품에 대한 개별적인 평을 제한된 지면에 담기란 나의 재주가 감당하지 못한다. 그래서 이번 작품들이 대체로 나타내고 있는 성향에 따라 문제점을 추출하고, 역으로 그 문제점을 관점으로 삼아 작품을 평하는 방식을 취하기로 한다. 말하자면 작품들을 포섭할 만한 하나의 그물을 던진다는 뜻이 되겠다. 따라서 이 그물에서 빠진 작품 중에는 그래도 있고 상어도 있고 또 하찮은 치어도 있을는지는 모를 일이다. 그 관점이란 첫째 서두와 결미, 둘째 영감, 셋째 재치, 넷째는 묘사이다.

첫째, 서두와 결미를 보기로 한다. 맨 앞에 있는 공진영의 「어메방우」에서 서두는, "나는 첫아기로 태어났다."로 시작된다. 나자마자 병치레로 휩싸이는 아기를 두고, 어머니의 사주에 첫아기와는 인연이 없다는 어느 술객의 말을 좇아 어머니는 아기를 바위에 판다. 흔히 있는 옛날 풍속이다. 명이 길어지라고 바위라는 또 다른 어머니를 정한 것이다. 서두는 마땅히 열차의 기관실이 되어야 한다. 첫아기로 태어났다는 이 말이 이 글의 서두가 되기보다는 하나의 고려사항이면 족하다는 것이 내 생각이다. 이 글의 서두는 마땅히 병에 관한 이야기가 되었으면 더 좋겠다. 따라서 몇 자만 고치고 순서만 바꾸어서, '나는 태어나자마자 십리 밖 돌림병도 남 먼저 끌어 와 앓았다.……'로 서두를 삼는다면 첫마디부터가 역동적이고 청신하고 독자를 긴장시킨다. 글은 우선 지루하지 않아야 한다. 문체는 간결하고, 문세는 약동하고, 문정은 은은하고, 행보는 빠르되 함의는 드러난 듯 숨은 듯하면 좋다. 첫아기로 태어났다는 내용은 다음 문단 어디쯤에 슬쩍 깔아 놓으면 된다.

　아기를 판 이 바위는 식구들에겐 어메방우로 불리어지고, 열아홉 살 어머니는 자주 이 어메방우를 찾아가서 아기의 장수를 손이 닳도록 빌고, 작가는 어렸지만 차차 이 '방우'에 정을 느끼게 된다.

　… 해가 가고 찾아가 비는 날이 거듭될수록 그 바위는 내게 이상한 느낌으로 다가오는 것이었다. (중략) 공연히 바위 곁에 가서 기대어 보고 싶기도 하고 쓰다듬어 보게도 되었다.

　그러나 다섯 살 때 이사를 가게 된 후 참으로 오랜 만에, 60세가 넘어서야 어느 날 작가는 이 바위 곁에 서게 된다.

… 옛날엔 그렇게도 크고 우람했던 풍모가 너무도 볼품이 없이 왜소해져 있었다. (중략) 마치 어머님이 돌아가시기 전 여위고 쪼그라들어 방 한쪽 구석에 누워 계시던 그 모습이라고나 할까.

'아, 바위도 늙는구나.'

<u>우글쭈글한</u> 바위 위에 어머니의 얼굴이 포개져 나타났다.

이 글은 여기서 끊어야 글이 산다. 나머지는 적당한 위치에 풀어 넣든지 하면 좋겠다. 애석하게도 긴 사족은 함축을 깨고 말았다. 글은 특히 결미에서 함축이 있어야 한다. 그래야 여운이 있다. 옛날엔 커 보이던 바위가 작아 보인다는 이 한마디는 비약이다. 수필은 반드시 논리의 비약이 있어야 한다. 비약과 생략은 다르다. 생략은 생략한 자리가 그냥 비어 있지만, 비약은 비약한 자리가 남지 않는다. 비약은 이리하여 함축의 어머니가 된다.

"아, 바위도 늙는구나." 이 한마디가 독자로 하여금 돌림병을 앓게 한다. 임종시의 어머니 모습, 왜소해 보이는 어메방우, 그리고 늙어서 돌아온 작가, 이 삼자 간의 각각의 시공들을 이 한마디가 아우르고 있다. 여기서 더 쓰면 설명이 되고 시들게 된다. 결미는 독자를 돌림병처럼 병들게 하면 썩 좋겠지만 적어도 괴롭혀야 한다. 괴로워야 독자는 좋아한다. 괴롭힌다는 말은 생각하게 만든다는 뜻이다. 그래서 수필은 역설이라는 말들을 한다. 독자가 생각할 여분도 없이 다 설명하면 논문이 된다. '우글쭈글한 바위'와 같은 조금 어색한 표현들이 여기저기 보이긴 해도, 이 글은 소재와 주제의 연결이 자연스러워, 서두와 결미만 조금 고친다면 성공한 작품이다. 그러나 이 글을 읽는 독자 가운데 '나 같으면 달리 쓰겠는데'라고 생각할 사람들은 있을 것이다. 그만큼 관심을 갖게 할 작품이란 뜻이다. 좀더 격조를 살리고 문장을 다듬었더라면 더욱 좋은 글이 될 뻔했다.

  결미가 글을 살린 경우는 김두희의 「40주년 밀월 서곡」을 들 수 있다. 40년 전 혼사말이 오가는 규수 댁의 사정을 몰래 알아보려고 수백 리 떨어진 규수 댁의 동네 근처까지 작가가 암행어사처럼 나타나는 데서 글이 시작되고, 정년을 앞둔 지금, 결혼 40주년 기념으로 부인의 목에 예고도 없이 녹옥 한 알을 걸어 주는 대목에서 이 글은 몸을 튼다.

> … 몹시도 기뻐하였으나 (중략) 놀란 모양이다. 전에는 꽃 한 송이도 선사할 줄 몰랐던 무심한 사람이었기에 더욱 그런 모양이다. (중략) 이 예쁜 에머랄드를 영원히 간직하고 싶다며 만약 먼저 가게 되면 자기 몸에 지니게 해 달란다. <u>글쎄 자식들에게 당부하지……!</u>

글쎄 자식들에게 당부하지……! 이 한마디의 결미가 전편의 지루함을 떨쳤다. 가히 촌철살인이라고 할 만하다. 아내가 남편보다 더 오래 남아 주기를 염원하는 남편의 큰 사랑에 가슴이 찡하지 않을 아내는 없을 것이다.

  둘째, 영감이 뛰어난 작품을 보기로 한다. 박명희의 「죽은 지렁이를 보고」이다.

그렇다. 습기와 어둠을 견디어 내는 것이다. 습기와 어둠은 집집마다 고여 있을 것이다. 나의 집 우리의 집 둘레에만 있지는 않을 것이다. 너의 집과 나의 집 어느 모퉁이에 조금씩 스며 있을 것이다. <u>탈출하여 있으면 건조하여진다.</u>

작가는 일상의 습기와 어둠을, 죽은 지렁이 세 마리를 보고 다시 이 지렁이를 환생시켜 지렁이로 하여금 말하게 한다. 무미한 비유를 꺾고 흥을 일으켰다. 글은 비유어서 시들고 흥에서 산다. 이 흥, 이 정서가 독자에게 지렁이를 다시 살렸다. 서두의 상당부분을 줄이든지 지렁이로 하여금 말하게 했더라면 더 좋을 뻔했다. 작가의 이 흥은 영감에서 왔다. 예술에서, 영감이란 책을 펴는 제일원리, 즉 개권제일의(開卷第一義)라고 해야 한다. 영감이 없는 창신(創新)이란 없는 법이다. 모짜르뜨 베토벤이 그렇고 피카소가 그렇고 김동리(金東里)가 그러했고 이상(李箱)이 그러했다. 영감의 능력을 타고났다고 하는 것이야말로 작가의 행운이다. 일상의 어둠과 습기가 뭔가를 구체적으로 밝히지 아니했듯, 지렁이가 왜 죽게 되었는가도 말하지 않을 걸 그랬다. 밑줄 친 부분은 작가의 갈등을 말해 준다.

셋째, 재치가 번득이는 글로서는 허창옥의 「길 2」이다.

조용히 있고 싶을 때 나는 서재를 찾는다. (중략) 그림이 눈에 들어온 것이다. 동자승은 어떤 인연으로 저 좁은 길 위에 서 있는 것일까. <u>동자승과 큰스님 사이에 놓여 있을 보이지 않는 길을 생각해 본다.</u>

밑줄 친 부분은 재치가 번득인다. 머리가 좋은 사람이 아니면 어림도 없다. 재치가 글의 품격을 떨어뜨리기도 하지만 이 글은 재치로 해서 문세가 이어졌다. 재주가 밖으로 드러나면 경박해 보일 수도 있지만 이 글은 알 만큼 알지만 겸손할 대로 겸손한 인품을 엿보게 한다. 길을 찾는 작가의 모습이 일찍부터 진지했던 걸 생각할 일이다.

넷째, 묘사가 탁월한 글로는 이주희의 「제비」와 백정혜의 「국화 피듯이」를 꼽을 수 있다. 후자부터 보기로 한다.

… 항상 거기 가까이 계실 것 같았던 선생님도 <u>가을 국화 옆에 서서야 떠나가셨다는 서운함</u>을 다시 절감하게 됩니다. (중략) <u>애초에 만남이 없었던 그리움이</u> 존재할 수 있을까요. 천명을 알기는커녕 종작없는 여자로 만들어 버리고 마는 그리움은 미처 지우지 못한 만남의 잔영일지도 모릅니다.

문장이 개성이 뚜렷하고 함의가 사이은(肆而隱)하다. '만남이 없었던 그리움' 등 밑줄 친 부분은 이 글의 추뉴(樞紐)라 할 만하다. 서간체로 된 이런 유의 글이 독자의 눈에 자칫 넋두리로 보일 수도 있지만 이 글은 그것을 뛰어넘은 길목에서 이미 시어가 되고 있다.

이주희의 「제비」를 보기로 한다.

<u>'지지지지'는 말일 것 같고, '쮸르르르'는 노래일 것 같은데, '쫏쫏'은 또 무슨 뜻인가.</u> (중략) 이 놈들의 입놀림만으로 보면, 꼭 우리 동네에서 식모살이하다가 벙어리 총각한테 시집가서 사는 또숙이를 닮았다.

이 작가의 작품은 일찍부터 눈여겨봤었지만, 이번의 작품에서 위의 줄친 구절은 청신하다. 이 글의 전편에서 유머랄까, 새로운 그 무엇을 바라보면서 그러면 그렇지, 하고 건방지게도 잔잔한 미소를 머금는다.

두 작가의 글이 다 같이 묘사가 탁월하지만 색깔은 서로 다르다. 백정혜의 「국화 피듯이」는 국화꽃이 박혀 있는 화문석을 갈아 놓은 듯 야무지고 정치하지만, 이주희의 「제비」는 제비꽃처럼 여릴 대로 여리고 필 대로 피었다. 전자는 도저한 철학이 응축하여 시가 된 모양이고, 후자는 탁월한 사상이 펼쳐져서 그림이 된 모양이다.

벌써 제한된 분량을 넘어서고 말았다.

이복자의 「해원떡」과 강찬중의 「하얀 바다의 명상」 등 많은 글들은 또 다른 통발로 포섭할 수가 있겠지만 다음으로 미룬다.

간장(干將)이며 막야(鏌鋣)가 천고에 명성을 누릴 수가 있었던 것은, 수많은 명검이 이름을 빼앗겼기 때문이요, 수많은 명검이 죽어 간 데는 죽음조차 잊어버린 도장(刀匠)의 혼이 있었기 때문이다. 의고와 창신은 모름지기 여기서 배워야 한다.

대장간에서, 나는 풀무소리에 실없이 장단이나 맞추고 있었는지는 모르겠다. 벌겋게 달궈진 쇠붙이가, 물 속에 쳐박혀 푸르죽죽하게 죽어 가는 뜻을, 내가 어찌 다 말할 수 있었겠는가. (『대구문학』 2000. 가을호)

6. 한강사초(漢江史草)

아양교(峨洋橋) 위에서

　금호강(琴湖江)을 가로지르는 아양교 부근에서 나는 아
침 저녁 버스를 내리고 탄다. 귓가에 손을 대어 보면 강물
소리가 들릴 듯 말 듯 이상한 충동 때문에 퇴근길 더러는
이 다리를 걸어서 건너 보는 것이다.

　이 다리 위에 서면 강물은 고름 같아 보기에 딱하지만,
낙조가 비끼는 먼 강줄기를 바라보노라면 그런 것은 이내
잊어버린다. 쓸쓸하다 할가 애잔하다 할가 그 허허한 분위
기가 조금은 서럽다고 할까.

　다리의 난간에 손을 얹어 보며 천천히 걸음을 옮긴다. 연
신 오가는 차량에 밟혀 은은히 다리는 울건만, 꼬리를 물고
넘나드는 그 행렬은 아랑곳없다. 앞차가 달리면 뒷차가 좇
고, 앞차가 서면 뒷차도 선다. 승용차도 화물차도, 작은 차
도 큰 차도 한데 어우러져 흐름을 이룬다. 따른다. 물이 그
러하듯, 순리(順理)가 그러하듯.

　걷던 걸음을 멈추고 스쳐가는 버스 안을 기웃거려 본다.
퇴근 때가 되어서 그런지 차마다 만원이다. 저마다의 하늘
을 나름대로 날다가 고달픈 나래를 접고 잠시 둥지로 돌아
가는 날새들. 그러나 내일 아침이면 다시 이 강을 건너야

할 사람들.

사위가 점점 어두워져 간다. 저만치 강을 가로지르는 몇 개의 케이블카 선에서는 성급하게 전깃불이 반짝이는데, 멀리 팔공산 연봉엔 잔설이 차갑다. 유원지라지만 동촌(東村)의 밤은 아직은 외롭고, 퀴퀴한 물내음만 해빙이 되어 더할 뿐 황량하기 그지없는 금호강.

어느 이름 모를 산골짜기에서 수줍게 발원하여 이 고을 저 고을을 철없이 떠돌며 헤매다가, 때로는 부딪쳐 깨어지고, 가끔은 여울져 흐느끼며, 더러는 맴돌며 삭이다가 노쇠한 듯 체념한 듯 그리고 달관한 듯 대구를 감돌아 낙동강 본류에 무심히 몸을 맡기는 이 강. 웃음도 눈물도 사랑도 미움도 속절없이 흘렀구나! 맑아지는 일도 흐려지는 일도 차라리 조차(造次)며 전패(顛沛)이런가. 그 허망한 유전(流轉)을 아는 듯 모르는 듯 만고에 유유한 강. 백곡(百谷)을 마다 않고 청탁(淸濁)을 두루 삼키며 아래로 아래로 몸을 낮추며 왔다. 몸을 낮춤으로써 되려 더 커지게 되었노라고 노자(老子)는 이죽거렸지만, 강은 그런 걸 의도하지 않았다. 높고 낮음도, 맑아지고 흐려짐도 이미 잊었는데, 무심히 잊었는데 새삼 크고 작음을 헤아렸겠는가.

문득 대학 시절의 Y군이 생각난다. 그러니까 입학으로 치면 30년이 넘은 셈이다. 좁다란 자취방에서 서리 쌓인 벽을 멀뚱멀뚱 바라보며 '연탄 구멍이 몇 개더라'하고 내기를 걸던 새벽. 새벽이 되기까지 오한을 이겨 내려고 밤새 둘이서 꼭 껴안아 보기도 하며 킬킬거리던, 그때는 슬펐던 추억. 문득 '차압쌀떠어억' 하고 길게 떨리던 소년의 목소리에 곧장 눈시울을 적시며 어젯밤 골목 어귀에서 두 손을 호호 불며 군밤을 팔던 헐벗은 노파까지 안쓰러워하던, 다정다감한 그리고 우수에 어린 그 얼굴. 교복 한 벌로 4년을 배겨 냈던 사람. 가정교사 하기가 대학교수 되기만큼이나 어려웠던 그 시절, 아이 어머니로부터 선물로 받았다는 서지 즈봉(요즈음의 청바지만큼이나 인기가 있었음)을 팔아서는 청계천 삼류 극장에 가자던 그. 통술집 다락방에서 요강을 두들기며 일호탁주(一壺濁酒)에 세계를 타서 마시던 사나이. 통금이 넘은 종로거리를 어쩌자고 교가를 부르며 안암골까지 보무당당 기염을 토하며 기고만장했던 촌놈, 그와 나. 부잣집 딸에게 장가들어 공부하랜다는 아버지를 발광하듯 질타하고 상경하던 날 밤, 성동역전 어느 여인숙에서 어처구니없게도 스물세 살 동정(童貞)을 차라리 창녀에게 바쳤노라고 뚝뚝 굵은 눈물을 술잔에 떨어뜨리며 하염없이 흐느끼던 그 밤. 이런 하찮은 추억들이 30년이 흘러간 지금, 오늘따라 왜 이리도 애연(哀然)한 향수가 되어 내 가슴을 아리게도 허비는 걸까.

　나는 그와 함께 일요일이면 흔히 뚝섬으로 갔었다. 강에 목욕도 하고 강변을 거닐기도 했었다. 그는 늘 법과를 택한 걸 후회하고 있었고, 고시 공부는 왜소하다고 경멸하고 있었다. 한 번 뿐인 인생, 한 번 뿐인 젊음을 걸기엔 너무 억울하고 좀스럽다 했다.

　"나는 한강에 황금 다리를 놓겠다."

　"내가 감옥에 가거든 너는 법관이 되어 날 구해 다오."

　어느 날 고시 이야기가 또 나왔을 때, 그날따라 불쑥 내뱉던 이 한마디를 나는 아직도 전율처럼 느낀다. 패기에 찬 Y군의 이 말에서, '황금교'와 '감옥' 사이에 무심코 흘려 놓은 불길한 행간의 음모를 깨닫기엔 그다지 어렵지가 않았지만, 그러나 그의 운명이 그의 말대로 되어 버릴 줄이야!

'큰물을 건너는 것이 마땅하다(利涉大川)'느니, '큰물을 건너는 것이 마땅하지 않다(不利涉大川)'느니 하는 말들이 『주역(周易)』에 자주 나온다. 예언적이며 잠언적인 이 말이 뜻하는 건 뭘까. 선철의 주석(注釋)마저도 도무지 모호한 『주역』. 그 『주역』을 두고 '인류 최고의 지혜'라고 격찬했다는 헤르만 헷세의 경지를 생각해 보지만, 이 말이 머금은 지혜란 과연 어떤 것인지 나는 잘 모른다. 어쩌면 애환도 영욕도 무심히 풀어져 내려가는 것이 강이요 자연이라면, 이 강을 가로지르는 의지며 비원 같은 것이 다리요 문명이라고 『주역』의 이 「단사(彖辭)」는 가르치고 있는 걸까? 그러나 강은 강일 뿐이듯이 다리는 다리(과정, 수단)일 따름인데 왜들 자꾸 목적이 되는지.

목적이 되어 버린 다리. 그 다리가 드디어는 무너지고 말던 낙탁(落魄)한 종말을 우리는 안다.

밤이 깊었는가. 차량의 내왕도 훨씬 뜸해진다. 강도 다리도 그리고 나 자신마저도 필경 어둠에 휘말려 버릴 터이다. 어둠에 휘말려 버리고만 말겠는가? 원시요종(原始要終)이랄까, 그 처음을 미루어 보고 마침을 살펴보면, 마침내 형체를 가진 그 모두가 오유(烏有)로 돌아간다고밖에 할말이 없지 않는가. 사랑도 명리도, 문학도 예술도, 철학도 종교도 인생의 허무를 넘어서려는 그 어떠한 몸부림도, 절대다

수의 인간을 번뇌의 늪이며 허무의 나락에서 구할 수는 없었지 않았던가. 영원을 꿈꾸고 성자를 기하기엔 우리의 젊은 피가 하릴없이 뜨거웠고, 길어서 고작 백 년이 돗되는 이 형체를 쓰고서는 육신의 심부름에서 벗어나기에는, 영원을 내다보기에는 도대체가 걸맞지가 못했다.

이 나이에 새삼스럽게 인생이 허망하다느니 어떻다느니 한다면 설익은 삶이라 할지 모르지만, 예순의 고개를 추연히 바라보며 나는 고작 이런 길목을 지나고 있다.

그렇다고는 하더라도, 강도 다리도 형체를 가진 그 무엇도 종당에는 모두가 허무에 돌아간다고는 하더라도, 강은 강대로 다리는 다리대로 그것을 그렇게 있게 하는 어떤 이치랄까, 섭리랄까 그런 것만은 영원할 것 같은 느낌이다. 말이 좀 주제넘게 되어가지만, 그 이치란 신(神)의 다른 이름인지도 모른다.

Y군의 소식을 들은 지도 10년이 넘었구나. 지금쯤 그는 어떤 다리를 놓으려 하는 걸까. 드디어 그는 이승에서 저승으로, 저승에서 이승으로 편안히 건너다니는 어떤 다리를 놓으려 하는 걸까.

아직은 초봄이라 밤기운이 차갑다. 추위를 이기려그 서리 쌓인 방에서 Y군과 꼭 껴안아 보기도 했던 그 밤은 그래도 우리의 가슴이 따스했는데, 외곬으로 육신만을 데워 온 지 30년이 지난 오늘, 문득 나는 왜 거위털 외투 속에서도 이리도 한기를 느끼는 걸가. 야망도 열정도, 그리움도 사랑도, 그 미련마저도 다 떠나 버린 가슴이기 때문일까. 금호강은 말이 없는데 한 줄기 찬바람만 휘익 몰려온다. 다리의

난간을 빠져 저만치 사라져 간다. 어디로 가는 걸까.(『문예사
조』1996. 5월호)

영도다리

오선 위의 음표를 읽다가 도돌이표를 만날 때처럼, 나는 지금 부산의 영도다리 위에서 그렇게 서성거리고 있다. 다리의 북쪽 방향으로 하늘을 바라보면 높고 낮은 산들이 밤낮으로 보채는 남해 바다를 어르며 주춤주춤 다가서다가 냅다 주먹을 내지른 듯 용두산을 놓았고, 두 날개는 파도에 부딪쳐 멈칫거리다가는 갑자기 뭘 잡으려는지 벌어진 손아귀가 되었다. 벌어진 그 모습은 용의 입이라고나 할까. 금방이라도 우레가 치고 어디선가 반룡이 구름을 타고 하늘로 오를 것만 같은데, 그 사이를 메우다시피 들어찬 영도섬은 여의주가 분명하렷다. '반룡득주'의 형국이라고나 할까. 사람 또한 젊어서는 누군들 그만한 기상이야 없었으랴만 오늘따라 봉래산은 저 홀로 아득한데 구름은 못 오르고 하릴없이 처졌는가.

봉래산이 너무 높아 영도는, 보기에는 섬이 아니요 육지일 뿐 호호탕탕한 강줄기가 봉래산을 휘감고 희롱하듯 굽이돌아 흐르는 것 같은데, 저만치 물 위에 날아갈 듯 사뿐히 앉은 부산대교는 반쯤 무지개가 되었건만 여기 있는 듯 없는 듯 나직이 엎드린 영도다리… 늙어빠진 등때기에 잔뜩 짐을 지고 끙끙거리는 꼬락서니라니 누구의 모습인가.
큰 배가 드나들 수 있도록 하루에도 몇 번씩 정해진 시간마
다 다리의 한 끝이 들리면서 열렸다던 도개교(跳開橋)의
구실도 세월 따라 쓸모없이 되었던지. 야멸차게도 고정시켜
버린 그 헌데 같은 자국들만 겨우 한때의 성세(聲勢)와 낭
만을 일어 준다.

  굳이 연륜을 헤아려 보랴마는 구닥다라 영도다리는 환갑·
진갑을 다 지낸 이 늙은이와 동갑내기인 모양이니 광복을
맞고 6·25를 겪었으며 숱한 역사의 소용돌이 속애서 울굴
했던 세월을 더불어 살아갔으리라

  나이 탓일까. 절후야 춘분을 지났다지만 다리 위에 서고
보니 바람 끝이 차갑고 거세다. 윗도리를 다독이고 팔짱을
끼고서 가만히 두 눈을 감아 본다. 이상하게도 무슨 흐느낌
이랄까 함성이랄까 난간을 스치는 바람 소리에 섞여서, 슬
프게 울부짖는 파도 소리에 묻혀서 오련히 울려오는 소리
하나가 있다. 악보를 읽을 때 엉뚱하게도, 읽지 않은 '붙임
줄(tie)'의 둘째 음이 울리는 것 같은 환청이라고나 할까.
죄 짓고 쫓겨가는 왜놈들의 허우적거리는 소리 같고, 만세
소리 드높은 광복의 메아리 같기도 하고, 6·25 때 피난민의
와글거리는 소리 같기도 하고, "영도다리 난간 위에 초승달
만 외로이 떴다." 그 구성진 노랫가락 소리 같기도 하고, 곱
다시 늙어 간 무수한 전쟁 미망인의 긴 한숨소리 같기도 하
고, 그리고 또 어떤 사랑과 별리의 애틋한 사연이 아련히
들리는 것 같기도 하다. 눈을 감았건만 하 많은 얼굴과 얼
굴들이 파도처럼 밀려오고 포말처럼 명멸해져 간다.

　괜히 내 마음은 자꾸 흐트러지고 스산해지는데, 이 영도 다리는 어쩌면 순한 한 마리 나귀가 되어 묵묵히 엎디어 있는 것 같다. 세상 번뇌가 등을 눌러도 저렇게 엎디어 딴청을 부리는 걸까. 환갑·진갑을 지나도록 변하는 세상에 대해서 한 번도 자신을 바꾸려 하지 않았고, 이름을 향해서 스스로 이루려고도 하지 않았겠지. 그 큰 귀가 멍해져서 귀를 버리게 되고, 귀를 버리고는 마음으로 듣게 되고, 마음으로 듣다가는 마침내 기(氣)로만 듣게 되었으리라. 소리만을 들을 수 있는 귀를 버리고, 겨우 사물을 상대할 수 있을 뿐인 마음도 비좁아서, 텅 비었으되 만뢰(萬籟)를 담는 기로써만 듣다니, 이 일체를 잊어버린 후의 침잠은 자기만이 있고 대립자가 없어진 것이니 도리어 무아가 아니던가. 저 아래 작은 배를 타고 뱃전을 두드리며 껄, 껄 웃는 사람은 누구일까. 아마도 장주(莊周) 같은 현인인지도 모른다. "누구의 말을 흉내내느냐!" 장주의 일갈이 들릴 듯하다.

　퇴근 때가 다 된 모양이다. 다리를 울리며 오가는 차량의 소음이 갑자기 더해진다. 휘어진 내 등허리처럼 꺼벙하게 늙어 버린 이 다리가 문득 딱하다는 생각이 다시 든다. 말하자면 장자 곁을 떠나서 데카르트에게로 회귀한 모양이다. 난간을 새삼 살펴본다. 풍상을 겪은 얼굴이 어찌하여 이러할까. 군데군데 페인트 칠이 벗겨지고 낙서로 얼룩져 있다. 아이들 장난 같기도 하지만 어떤 글귀는, 손가락 하나로 짧게 스타카토를 치면 금방 한 소절 아름다운 피아노의 선율이 되어 흐를 것 같기도 하고, 참으로 애잔한 한 구절이, 뜻을 잃은 한 사나이의 뜨거운 눈물을 새겨 보게도 한다.

나 또한 뭐라고 낙서를 하려다가 그만둔다. 하지만 마음속으로는 한낱 부스러기 같은 말들을 어쩌자고 여기 난간에 비문으로 새겨 놓는다.

직장 따라 나는 부산에 왔다. 오자마자 환갑을 맞았고 다시 진갑을 지냈다. 이해가 저물면 정년이 되고 돌아보면 꼭 30년이 되겠지. 이른바 부도 권력도 거리가 먼 공직 30년, 내가 이런 것에 미련이 있다고 한다면 부끄러운 노릇이지만, 어쩌면 허전하다고 하는 것이 정직한 말일 게다.

휙, 휙, 난간을 스치는 바람이 스산하다. 아까부터 잔뜩 찌푸린 날씨가 미심쩍더라니, 교룡이 울부짖는가 갑자기 풍랑이 사나워지나 보다. 승천을 빌며빌며 천 년을 기다리던 구렁이 한 마리가, 정녕 천 년을 못 채우고 이무기가 되고 만 채 하늘을 향해 저다지도 울부짖는 모양이다. 멀리 부두며 선창가를 바라보니 내려앉은 구름덩이가 기우는 햇살을 어지럽히고, 나는 문득 갈 길이 궁한 한 늙은이를 멍하니 떠올리는데, 성난 파도가 "보이소, 오이소, 사이소." 자갈치 아지메의 쉰 목소리를 막는구나.

'이제는 돌아가야지.' 천천히 걸음을 옮겨 본다. 문득 허공을 내딛듯 허무감을 느낀다. 한쪽 팔로 아픈 등허리를 툭, 툭, 쳐보는데, 어쩐지 웃음이 나온다. 주인의 눈치를 살피며 큰 귀를 쫑긋거리는 한 마리 늙은 당나귀가 생각나는 것이다.

나와 동갑내기인 이 영도다리가 헐리게 된다는 소문이 돌고 있다. 그러나 나보다 먼저 갈지는 모르지만 나보다 영원하리라. 길을 막고 물어 보아도 다들 그렇다고 할 것인데 굳이 그 까닭을 묻겠는가. 우스워라, 사람으로 태어나서 한 날 다리만도 못하다니….(『에세이문학』 2002. 여름호)

보현암 여승

갈림길에 들어서서 망설여질 때면 괴상하게도 나는 코흘리개 적 버릇이 된다. 왼손바닥에 다짜고짜 퉤, 침을 뱉고는 바른손으로 탁 쳐 보는 것이다. 여느 때처럼 그날도 기로의 선택을 나는 침의 향방에 맡기고 있었다. 침이야 멋대로 튀어 갔을 테지만 나는 '보현암'이라는 푯말이 서 있는 쪽으로 튀어 가는 침만 본 것 같다. 보이지 않은 침에게는 섭섭한 일이지만 선뜻 보현암 가는 길로 접어들었다. 세상사는 이치가 뭐 다 그런 게 아니던가.

계곡을 뻐개고 저만치 줄달음쳐 가는 물줄기, 멍청한 바위들, 은은히 풍기는 녹향, 소소히 일렁이는 송운, 조잘대는 새소리, 천공을 나르는 흰 구름———. 가야산 깊숙이 사람의 종적이 끊어졌는데, 빠끔히 뚫린 오솔길 따라 얼마를 걸었을까. 산모롱이를 돌아드니 기와집 서너 채가 한 줄로 늘어앉아 조는 듯 대낮인데도 괴괴하기 짝이 없었다. 집도 집이려니와 오밀조밀하게 꾸며진 연못엔 연분홍 물고기가 또 하나의 세계를 이루고 있었다.

보아하니 이 암자엔 여승들뿐인 듯했다. 물고기와는 달리 나를 보자마자 하나같이 방문부터 닫아 버린다. 나 같은 추남도 경계의 대상이 될 때가 있는가 싶어 외려 마음이 달뜨고 있었지만 기웃거리는 나그네의 행상이 그들로서는 조금은 못 마땅했으리라.

나그네가 기웃거리는 까닭은 따로 있었다. 법당 기둥 같은 데에 씌어 있는 글귀들은 뭐 그렇고 그런 내용들이지만 그날따라 보현암 기둥에 걸려 있는 시구는 전에 없이 마음에 들었다 할까. 그 시를 베끼고 싶었으나 필기구가 없어 빌릴가 하고 주위를 살펴보았지만 속인은 보이지 않고 저만치 스님 한 분이 서성거리고 있었다. 조금 망설이다가 조용조용 다가가는데 스님은 기척을 느꼈음인지 그만 저쪽으로 휘적휘적 가버리는 게 아닌가. 뒤를 자꾸 좇기도 믹해서 마주칠 요량으로 나 또한 방향을 바꾸었다. 힐끔 돌아보는가 했더니 스님은 또다시 길을 꺾고는 아예 방으로 들어가버리고 말았다. 이번엔 가슴이 달뜨기는커녕 얼굴만 화끈거렸다. 그 시를 베끼는 대신 염불하듯 중얼거려 보았다. 이내 외울 수가 있었지만 여길 떠나면 금방 잊어버릴 걸 내가 알기에 괜한 짓이다싶어 연못 가로 슬그머니 물러났다. 아까는 사람이 접근해도 유유하기만 하던 금붕어가 이번엔 인기척이 있자 이리저리 피해 다니는 듯 했다. 흡사 여승처럼.

얼마간 연못을 응시하고 있었을 뿐인데 스물두셋쯤 되었을까, 스님 한 분이 다소곳한 자태로 내 곁을 막 스치고 있질 않는가. 이상한 일. 내가 물고기에 관심을 두었더니 물고기는 달아나고, 여승으로부터 나는 떠났건만 여승은 내 곁을 스치다니. "스님 !"하고 급히 불러 세우다시피 했다.

대뜸 용건을 털어놨다. 시가 하도 아름다워 베끼려 하나 필기구가 없다는 내 말이 뜻밖이었다는 듯, 스님의 눈이 조금은 빛나고 있었다. 이내 펜을 가져다 준다.

山堂靜夜坐無言　산당정야좌무언
寂寂寥寥本自然　적적요요본자연
何事西風動林野　하사서풍동림야
一聲寒雁淚長天　일성한안루장천

　이 시를 베긴 후 펜을 돌려주면서 이 시를 우리말로 읊어주기를 그녀에게 간청해 보았다. 수줍은 듯 망설이더니 이윽고 나직이 읊어 주었다.

산사 고요한 밤 앉아서 말없으니/
적적하고 요요함은 본디 저절로 그러 하다네//
어인 일로 서풍은 수풀을 흔들고/
외마디소리 추운 기러기 먼 하늘에 눈물짓누나//

　스님의 낭송을 듣자니 너무 애틋해서 슬퍼진다 했더니, 그녀는 못 들은 척 입술 한 귀퉁이에 쓸쓸히 미소를 머금었지만 이내 표정마저 황망히 고치고는 아무 일도 없었다는 듯 장삼 자락을 펄럭이며 표연히 사라져 갔다.

　며칠 뒤면 그녀는 이 암자를 떠나간다고 했다. 구름인 양 물인 양 이 암자 저 암자로 떠돌며 공부한다고 했다. 그녀가 말하는 공부란 뭘까. 구름 따라 물 따라 하염없이 펄럭이는 장삼 자락에 사바의 번뇌를 털고 또 털면서 무심히 할머니가 되어가겠지. 드디어는 다비(茶毘)의 조각 구름으로 하늘 저 멀리 사라지겠지. 아득할 뿐, 그 밖의 그녀의 세계를 나는 모른다.

멀어져 가는 그녀의 뒷모습을 멍하니 바라보다가 나 또한 귀로에 발길을 돌렸다.

차창에 기댄 채 눈을 감고 마음속으로 그녀의 흉내라도 내듯 나는 또 가만히 그 시를 몇 번이고 읊어 보면서 차가 어디쯤 가고 있는지조차도 모르고 있었는데 이상하게도 보현암 어느 여승이, 추운 기러기 눈물 뿌린다는 그 주련(柱聯)의 시구처럼 까닭 모르게 눈물짓는 환상이 자꾸 떠오르곤 했다.

어차피 인생은 덧없고 한스러운 것——. 남자로 태어났든 여자로 태어났든, 속세에 뒹굴든 승려가 되든, 잘 살든 못 살든, 이런들 저런들 궁통영욕(窮通榮辱)이 모두가 한바탕 황량몽(黃粱夢)이 아니던가. 만나고 사랑하고 언약하고 헤어지고 원망하는 일들은 얼마나 허망하던가. 그 허망한 사연들이 억새가 흐느끼는 초로(初老)의 들녘을 지날 무렵이면 텅 빈 가슴에 아득한 그리움이 되어 다시 일고, 한 번 뿐인 이 목숨이 서러워지지는 않던가. 한 번 뿐인 이 생명, 우연일까 필연일까 나는 모른다. 다만 짐승이나 벌러로 태어나지 않은 걸 떠올려 보며는, 주판을 잡았던 손바닥에 퉤, 침을 뱉고 탁 쳐 보며 살아갈 일이다. 침 따라 길 따라, 여승을 좇다가 물고기와 노닐다가 혹시나 또 다른 세계가, 머언 세계가 열려질지 누가 아는가. (『수필공원』1991. 가을호)

금오산(金烏山)을 바라보며

금오산은 그리 큰 산은 못되지만 단아하고 엄숙하다. 선비의 자태랄까, 도인의 풍모랄까, 검은 바위로 된 묏부리가 흰 구름을 거느리고 드높이 창공을 찌른 모습은 자못 경이롭고 유한(幽閒)하다.

오랜 장마 끝에 활짝 개어서 그런지, 벌써 계절이 바뀌어 가고 있었기 때문인지, 갈매빛 산봉우리 너머로 그 빛보다 더 선연한 아청빛 하늘이 향수처럼 멀어 있다. 산이 없이도 하늘은 저리도 높고 푸르고 또 유정해 보일 수가 있을까?

『주역』에 이르기를, 하늘 땅이 삼남삼녀(三男三女) 육남매를 두었는데 그 셋째 아들이 산(山)이라 했다. 산은 건곤(乾坤)의 귀염둥이다. 그래서 산 또한 하늘을 따라 솟았는지도 모른다.

물은 누진 데로 흐르고 불은 메마른 데로 타오른다. 구름은 용을 좇고 바람은 범을 좇는다 했다. 같은 소리는 서로 어울리고 같은 기(氣)는 서로 구하기 때문일까. 북 소리는 징 소리를 기다리고 가재는 게 편이 된다. 종자기(種子期)가 죽자 지음(知音)을 잃어버린 백아(伯牙)는 다시는 거문고를 타지 않았다 하지 않는가. 하늘과 산도 어쩌면 이러한 교감이 아닐까.

마음이 가벼울 때는 가벼운 대로, 마음이 무거울 때는 무거운 대로 나는 곧장 이 산을 찾게 되었다. 하지만 산은 본래 말이 없지 않는가. 물소리, 바람소리, 새소리가 공연히 소연(騷然)할 뿐, 내가 즐거워하거나 서러워하거나 울거나 웃거나 누굴 사랑하거나 누굴 원망하거나 산은 늘 말이 없는 것이다. 그렇건만 산에 오르고 나면 이상하게도 마음이 가라앉고 맑아지고 너그러워지기까지 하는 건 왜일까? 한마디 위로가 없어도 타이르거나 꾸짖거나 가르침이 없어도 산은 늘 벗이며 정인이며 스승이며 또 현인의 목소리로 다가서는 까닭이 무얼까?

서로 면식이 없는 카알라일과 에머슨이 어느 날 처음으로 만난 자리에서 인사를 나눈 뒤 한마디 말없이 오랫동안 서로 묵묵히 앉았다가, 오늘 저녁은 퍽 재미있게 놀았다라고 하면서 헤어졌다는 이야기가 전해 온다. 그렇다면 나 또한 산과 더불어 무언의 대화라도 나눈 걸까. 산이 하늘을 좇아 만고에 의연하듯, 사람 또한 산과 더불어 하늘을 좇음일까. 득상망언(得象忘言)이라 한 왕필(王弼:226~249)의 말마따나 무심히 마주하여 형상(形象)을 얻고 보면 다시 언어가 무슨 소용이리. 침묵이 언어일 수 있는 사이, 우리의 만남이 모두가 이와 같았으면 좋으련만……

금오산에는 여말 야은(冶隱) 선생의 충절을 기리는 채미정(採薇亭)이 대수풀에 싸여 있고, 풍수도참의 대가 도선(道詵)이 도를 닦았다는 도선굴(道詵窟)이 태고의 공허를 머금었는가 하면, 아득히 산꼭대기엔 신라시대에 의상대사

(義湘大師)가 득도했다는 전설을 간직한 약사암(藥師庵)이 바위를 지고 구름 속에 졸고 있다. 야은의 유학이, 도선의 선풍이, 그리고 의상의 불법이 유불선(儒佛仙) 삼도가 되어 고금(古今)을 같이했다 할까.

그러나 금오산을 대할 때면 나에게 언제나 먼저, 그리고 애틋하게 떠오르는 건 다만 길야은(吉冶隱) 선생 그분일 뿐.

야은의 고혼이 흐느끼는 듯 아련히 떠오르는 선생의 목소리를 잠시 여기에 적어 본다.

다만 힘써 밭 갈고 경학에 매진하여 아래로 어버이를 봉양하고 위로 임금을 섬기기만 기약했었다……. 지금은 불행히도 망국의 한을 당하여 십년공부가 허사가 되었다. 슬프다! 하늘의 일을 탓하여 무엇하리! 이에 슬픔 속에 방황하다가 뜻을 바꾸었으니, 나월(蘿月)에 갓을 걸고 청풍(淸風)을 읊조리며, 천지 간에 부앙(俯仰)하고 세상 밖에 소요하며…….

이처럼 야은 선생은 고려가 망하자 불사이군(不事二君)의 신절(臣節)만을 되새기며 이 산속에 푸른 나래를 접고 말았다지만, 세상이 달라진 지금에 와서는 두 나라를 섬기지 않겠다는 그 고절(苦節)이 도대체 무슨 의미가 있느냐고 물을 만하게 되어 버렸다. 그러나 '불사이군' 이 네 글자가 아직도 영악한 우리의 가슴속에 한 가닥 아린 여운을 남기는 건 어째서일까? 비석은 말이 없는데 채미정 대수풀만 무심히 서걱인다.

차고 기울고 나아가고 물러남이 하늘의 뜻이라 했던가.

돌연 안갠지 구름인지 한바탕 요기로운 선회를 벌이는가
했더니 금오산 묏부리를 운해(雲海)는 삼켜 버린다. 망망한
바다에 떠 있는 외로운 섬이 되어 금오산 봉우리는 하염없
이 가라앉지만 하늘은 말이 없다.

하늘이 옳은가 그른가(天道是邪非邪).

한갓 구름에 휘말리는 산을 대하고 있을 따름인데, 나는
왜 느닷없이 사마천(司馬遷)의 이 탄식을 떠올려 보는 걸
까. "주(周)나라를 섬기다니 수치로다. 의(義)로서 주나라
의 좁쌀을 먹을 수는 없노라." 이렇게 결심하고 수양산 고
사리를 캐다가 굶어 죽은 백이숙제(伯夷叔齊) 두 형제를
두고 사마천은 길게 탄식해 말하기를, "천도는 공평무사하
여 항상 선인의 편이다(天道無親常與善人)"라고 한다면 백
이숙제는 선인인가 악인인가. 이토록 인(仁)을 쌓고 행(行)
을 삼가고서도 굶어 죽고 말았으니—라고 했다.
시간을 벌기 위해, 『사기(史記)』를 쓰기 위해 스스로 남
근을 잘리고 잠실(蠶室)에 버려져야 했던 사마천이. 인간의
역사를 쓰면서 이렇게 울분을 터뜨리는 건 당연하다 할지
모르지만, 사마천이 백이숙제를 두고 가슴 아파했듯, 천도
가 옳으냐 그르냐고 흐느끼는 사마천의 가슴속을 생각하자
면 나는 괴로워서 견딜 수가 없다.
사마천과 길야은, 그들은 하늘을 원망하고 하늘을 사랑한
차이는 있었지만 모두가 그 하늘로 해서 어쩌면 또 하나의
다른 하늘을 연 사람이었는지도 모른다. 산이 또한 그러할

까? 그러나 산은 본디 하늘을 따랐기에 이미 인욕(人欲)을 넘어섰고, 인욕을 넘어섰기에 천도의 옳고 그름을 묻지 않는가 보다. 사마천은 멀어 있고 길야은은 못 미친다 할까. 옛글에, '인욕을 쫓아내고 천리를 있게 한다(去人欲存天理)'라든가, '사기(邪氣)를 막아 그 참됨을 있게 한다(閑邪存其誠)'라는 구절들은 어쩌면 모두가 이 같은 산의 신수(神髓)를 미득(昧得)한 데서 나온 말인지도 모른다.

　망망한 구름 바다 위로 아련히 떠 있는 저 산봉우리. 금오산 꼭대기가 오늘따라 더욱 아득해 보이는구나.(『수필공원』 1989. 가을호)

오산한운(烏山閒雲)

산이 좋아 그런지 물이 좋아 그런지, 금오산(金烏山)을 찾는 이는 끊어질 줄 모른다. 바다 같은 호수며, 수죽(脩竹)이 의의(猗猗)한 채미정(採薇亭)이며, 천길 벼랑 아래 숨을 죽인 해운사(海雲寺)며, 지령(地靈)이 울부짖는 명금폭포(鳴金瀑布), 그리고 도선(道詵)이 도를 닦았다는 도선굴(道詵窟)이 사철을 두고 보아도 모두가 볼 만하고, 천신만고 빙판길을 기어 올라 백설 애애(皚皚)한 정상의 약사암(藥師庵) 앞에 지팡이를 짚고 서면 잿빛 옷을 입진 않았어도 가히 속세를 떠났다 함직하다.

그러나 이것만 보고 그냥 발길을 돌린다면 그는 아직 금오산을 안다고는 말하지 못하리라. 며칠을 두고 묵을 수가 없거든 떠나는 길에 뒷걸음질을 쳐 보거나, 열차 안에서나마 잠깐 고개를 돌려 남녘을 바라볼 일이다.

끝없이 갈마들며 안개와 구름이 산을 온통 휘말아 버린 운해(雲海). ― 망망한 구름 바다 위로 아련히 떠 있는 저 섬이 정녕 산인가, 구름인가? 산과 구름과 하늘땅의 홍몽세계(鴻濛世界)를 한 번쯤 바라보며는, 아침저녁 통근열차에 시달리는 아무개가 어찌하여 늘 미소를 머금고 있는가를 알 만하다 할 게다.

열차가 구미역에 도착할 때는 아침 여덟 시쯤. 아직은 썰렁한 플랫폼을 밟고 서면 나는 이미 선계를 범했다. 아침 햇살을 이고 구름 밖 봉우리는 묵묵히 시정(詩情)을 토하고, 안개가 진을 치는 계곡에는 요기(妖氣)마저 서려 있다.

사무실에 들어서면 우선 거울 앞으로 간다. 머리카락을 채 매만지기도 전에 이상한 웅성거림 대문에 조금은 들뜬 기분이 되어 버린다. 남창을 박차고 우르르 밀어닥치는 또 하나의 얼굴이 거울 속에서 날 보란 듯 활개를 친다. 고개를 돌려 남녘을 내다보면 금오탁목(金烏啄木)이라더니 '금가마귀'가 방금 부리로 나무를 쪼고 있는 듯, 장엄하다 할가 수려하다 할까? — 서산대사(西山大師)는 지리산을 장이불수(壯而不秀), 금강산을 수이부장(秀而不壯), 묘향산을 역장역수(亦壯亦秀)라 했다지만, 어찌 산을 두고 장(壯)이며 수(秀)로 말하랴. 왕보사(王輔嗣)를 좇아 득의망상(得意忘象)이랄까. 물은 불어내리다〔潤下〕, 불은 타오르다〔炎上〕라는 뜻에 의해 크고 작은 그 온갖 형상들이 망라될 수 있듯, 산 또한 어떤 뜻을 얻은 다음에는 그 형상 같은 건 버려서 마땅하지 않을까?

산, 봉우리와 봉우리, 그들은 서로 그쳐 있다. 높고 낮음이 차이가 있지만 그대로 의젓하다. 어떤 봉우리들은 마주보며 섰고 어떤 봉우리들은 등지고 섰는가 하면 또 어떤 봉우리들은……. 그들은 그러나 태초의 모습을 고치지 않을 뿐만 아니라 서로 더 가까워지지도 더 멀어지지도 않는다. 사랑도 미움도 다 넘어선 걸까. 그 시원(始原)일까? 세상이 몰라줘도 세상에 대해 자신을 바꾸려 들지 않으며, 이름을 위해 스스로를 이루려 하지도 않는 사람, 오는 구름 마다 않고 가는 구름 잡지 않아 망연히 세월을 잊었는데, 부질없이 구름만 오고 또 가는가?

남들은 나를 두고 한직이라 좋겠다 한다. 어떤 이는 '금오산 구름'이라고 불러주기도 한다. 빈정거림인지 치켜세움인지 나는 모른다. 한직이라 하지만 한직마저 내게는 힘에 겨웁고, 운객(雲客)이 되기에는 미련이며 회한이며 속기가 너무 많다. 한갓 시배(時輩)라고나 할까. 명주 옷을 입어도 한기를 느낀다는 이 나이에, 때로는 막노동까지 해야 하는 이 자리. 자리라기엔 너무나 초라하건마는 나는 이걸 늘어잡고 안간힘을 쓰며 부침(浮沈), 표박(漂泊) 구름으로 떠돈 지가 얼마만이던가!

구름은 이미 몸이 가벼워 실한 것을 만나도 꺾이지 않지마는 나는 구름처럼 마음을 비우지 못해설까 산처럼 대범치가 못해설까 탁 털어 버리면 될 걸 때로 소외되어 서럽고 가끔은 억울해서 분하고 더러는 까닭없이 슬퍼지던 지난 벼슬아치 생활 20여 년. 인제는 이런 것마저 쓸쓸한 추억거리가 되어 간다.

열차가 뒤뚱거린다, 이 퇴근 열차가. — 문득 고개를 들어 금오산을 살핀다. 연연한 저녁 노을을 머금고 금오산 봉우리가 아물아물 멀어져 갈 때면, 차창에 기댄 채 나는 그만 눈을 감는다.

눈을 감으면 구름처럼 떠도는 내 삶이야 말할 것도 없지만 산봉우리도, 산봉우리와 같은 그러한 삶이라 해도 모두가 표표히 사라지는 한 조각 구름 같다.

　　生也(생야)에 一片浮雲起(일편부운기)요
　　死也(사야)에 一片浮雲滅(일편부운멸)이라.

　이 생명을 두고 이 글귀 위에 어찌 또 다른 말을 더할 건
가? 구름이 일고 스러지는 형상에 매이어 이미 허망한 것
이 목숨일진대, 그 허망한 형상이 떠올리는 의미가 따로 있
다 한들 무엇하리. 이를테면 기(氣)의 순환이라 한들, 윤회
(輪廻)라 한들, 그것이 나 같은 속물로서야 무슨 소용이리.
곡소비환(哭笑悲歡) 뒹굴다가 돌아가면 그만인 것을…….
　금오산! 영원의 하늘로 금까마귀 타고 간 자 누구더뇨?
흰 구름만 만고에 유유하다.(『월간 에세이』 1988. 6월호)

설곡(雪谷)을 밟으며

　눈 덮인 금오산(金烏山) 품안에 들어섰다. 여인의 품안에 안긴들 이리도 황홀할 수 있을까. 구름이 내려앉은 설봉(雪峯)에는 신비한 운치가 어려 있고, 앙상한 나뭇가지엔 눈꽃송이가 금방 향기를 뿜으며 매화로 웃는다. 간밤에 저리도 눈이 내렸으니 아직은 별로 찾는 이가 없으리라싶었는데, 아침부터 웬 사람들일까. 거의가 고만고만한 청춘남녀.

　우선 개울을 건너 채미정(採薇亭)에 들어섰다. 깍, 깍, 까치가 이 나무에서 저 나무로 옮겨 앉는다. 문득 나는 옷매무시를 다독였다. 고독의 무게라고나 할까. 눈의 무게에 휘어져 있는 수죽(脩竹)이 한결 고고하다. 두 왕조를 섬기기를 거부했던 야은(冶隱)의 고혼이 흐느끼는 듯 대수풀은 그래도 매운 바람을 안고 사뭇 서걱이고 있었다.

　금오산에 올 때면 누구나 한 번은 이곳을 찾게 되리라. 지난 봄, 벚꽃이 눈송이처럼 펄펄 흩날리며 떨어지던 애잔한 모습을 바라보며 눈이 내릴 때 꼭 여기를 다시 찾으리라 마음먹었었는데, 지금은 되려 눈을 밟고 서서 눈송이처럼 떨어져 내리던 그날의 낙화를 연연해 하는구나!

　채미정을 돌아 나오니 바람이 더 차가웠다. 눈송이처럼

앳되고 아리따운 소녀 서넛이서 패를 지어 오르고 있었다.
눈을 던지며 장난을 친다. 눈이 오면 아이들과 개들의 세상
이라지만 깔깔거리는 소녀들의 웃음을 듣자니 문득 왁자한
또 다른 웃음이 계곡을 흔드는 듯했다. 요정 같은 설화(雪
花)의 웃음인지도 모른다. 골짜기로 올라갈수록 사위는 한
결 적적해져 가는데 이따금 조잘대는 새소리가 설경의 정
취를 더해 주었다.

쏴아, 하고 바람이 몰아쳤다. 소나무 가지 위에서 무수한
눈가루가 안개처럼 뽀얗게 시야를 가리며 내려앉았다. 목덜
미를 촐싹거리며 눈가루를 털고는 외투 깃을 세우고 잠시
눈을 감아 보았다.

"아아, 바람 소리다."

앞서가던 한 소녀가 탄성을 지른다.

"아니, 물소리야."

다른 하나가 급히 말을 되받는다. 이때다. 쏴아, 하고 또
한 차례 눈가루가 몰아쳤다.

"봐라, 바람 소리지."

"아냐, 바람 소리 아냐."

"그럼, 무슨 소리?"

굳이 바람 소리, 물소리를 가려서 무엇 하리. 이들의 대
화가 곧 바람 소리, 물소린 것을…….

케이블카 타는 곳까지 올라왔지만 그들은 그냥 스쳐갔다.
열 사람쯤 되어야 운행을 하겠단다. 앞서가는 소녀들은 벌
써 저만치 올라가고 있었다. 골짜기가 깊어질수록 바람 소
리는 더 멀리서 웅성거리고 물소리는 점점 가까이서 조잘

거리고 있었다.

 백설 애애(皚皚)한 정상의 약사암(藥師庵) 앞에 우뚝 서 보지는 못할망정 산 중턱에 있는 명금폭포(鳴金瀑布)까지는 올라가야겠다고 마음먹었던 것이다. 그렇지만 더 높이 올라갔다간 내려올 때 미끄러울 것 같아 망설여져서 잠시 걸음을 멈추고 눈 속의 송운(松韻)에 취해 있노라니. 저 위에서 일흔이 넘어 보이는 노인 한 분이 길을 더듬거리며 내려오는 모습이 소나무 사이로 어른거렸다. 한복에 잿빛 두루마기까지 차려 입은 노인. 백설이 자욱한 이 산골짜기에서 수염이 허연 노인을 만나다니, 그림에 나오는 신선의 모습이랄까. 나는 괜히 내 모습을 살피며 스스러워했다. 노인은 몇 발짝 내려오더니 멈추고 걷는가 했더니 이내 또 서고 만다. 길이 미끄러워 저러는구나 싶었는데 자세히 보니 쩔룩거리고 있었다.

 노인이 내 곁을 지날 때, 폭포가 어떻더냐고 가만히 물어보았다. 노인은 나를 멀거니 바라보더니만,

 "당최 올라갈 수가 있어야지……."

 조금은 퉁명스러운 대답이었다. 그러고는 쩔룩거리며 두어 발짝 내려서더니 문득 고개를 돌려 금오산 꼭대기를 하염없이 바라보지 않는가.

 "잘 있거라, 자알 있어어."

 이렇게 신음처럼 내뱉더니 휑한 두 눈을 섬벅거리며 눈가에 눈물을 내비쳤다. 지팡이를 더듬더듬 뒤뚱거리며 내려가는 그 노인의 뒷모습을 나는 망연히 바라보고 있었다.

 이윽고 또 한 패의 젊은이가 오르기도 하고 내려가기도

한다. 나는 또 폭포며 약사암을 물어 보았다. 그들은 탄성을 지르기도 하고, 대답은 않고 싱긋 웃으며 카메라를 들어 보이기도 했다. 무엇이 그리도 즐거운지 연방 깔깔거린다. 그러나 그들은 아무도 '금오산아 잘 있거라.' 이런 말은 하지 않았다.

얼음 속에서 떨어지더라는 폭포가 불현 듯 보고 싶고, 그 노인의 쩔룩거리는 모습이 자꾸만 어른거려 폭포는 물론 정상의 약사암까지도 올라가고 싶어졌다. 그렇지만 얼마를 걸었을까. 잿빛 하늘에 눈발이 서는가 했더니 점점 폭설로 쏟아져 내렸다. 안되겠다 싶어 서둘러 허둥대며 되짚어 내려왔다.

눈보라에 휘말리며 입구까지 내려왔지만 행여나싶던 그 노인의 모습은 보이지 않고, 하행하는 버스가 저만치서 체인이 감긴 바퀴를 조심스레 굴리고 있었다.

눈을 피할 곳이 마뜩치 않아 공중전화 박스로 갔다. 그러나 비어 있지 않았다.

"거긴 안 와? 여긴 펑펑 쏟아진다아."

머리에 허옇게 눈을 인 채 한 소녀가 전화를 걸고 있었다. 뒤따라 나도 수화기를 들고 동전을 꺼내었다. 그러나 순간 굳어 버렸다. 누구에게 눈 소식을 알릴 건가, 얼른 떠오르지 않았기 때문이다.

나는 수화기를 든 채 멍하니 그러고 서 있는데, "잘 있어어"하고 오열처럼 떨리던 그 가녀린 목소리가 수화기 속에서 들려 오고 있었다. 환청이다. 한 세상 태어나서 늙고 병들고 죽게 됨을 회억하고 명상하며 체념하는 듯한 그 노인의 목소리, 그러나 그 소리는, 차라리 깔깔대던 소녀들의 웃음 소릴 수는 없을까. 저 눈 내리는 소리, 바람소리, 물소릴 수는 없을까. 그리고 또 그 소리는, 채미정의 대수풀 떠는 소리, 지난 봄 펄펄 흩날리며 떨어지던 낙화의 흐느낌이라고 한다면 또 어떨까.

이해며 득실이며, 존비며 귀천이며, 시비며 선악이며 그리고 마침내 세월이며 생사까지도 어리석게, 어리석게 잊어버리고 문득, 혼돈(混沌) 속에 머물 수는 없는 걸까. 혼돈! 그것은 새로운 세계의 태동이요, 자유와 평등의 시원일 게다.

펑펑 눈이 쏟아져 내린다. 지금쯤 금오산 꼭대기에서는 약사암 목탁 소리가 한껏 드높아 있을까. 채미정 까치 소리가 요란하구나. (『월간문학』 1988. 9월호)

영일만(迎日灣) 떠돌이

경주를 거쳐 포항으로 들어가자면 이마를 맞대는 두 산 봉우리가 농염한 형산강을 희롱하며 황홀하게 어우러지는 곳이 있다. 여기서 강을 끼고 산모퉁이를 돌아들 때면, 벌써 두 눈은 까치발을 디디고 바다를 기웃거리게 되리라.

포항에 머문 지 4년 동안 숙소를 열네 번이나 옮겼다면 나의 방랑벽은 다한 말이거니와, 장닭이 암탉을 호리며 그 둘레를 한쪽 다리를 치키고 빙그르르 돌 듯 영일만 언저리를 빙빙 돌아다니며 물보라에 흠뻑 젖어 보고 싶었다고나 할까.

송도는 약간 붐비지만 그런대로 좋고, 북부 해변은 조금 고적하지만 그래서 또 좋다. 더 쓸쓸한 곳이 생각날 때면 북부 해변을 끼고 조금만 올라가다가 두호동 앞바다를 찾으면 된다.

나는 지금 두호동 바닷가를 서성거리고 있다. 모래를 핥는 잔잔한 물머리만 하얗게 이빨을 드러낼 뿐 황량하기 그지없는 이 바다. 끼룩거리는 갈매기 소리마저 차라리 비감하고, 미동도 않는 수평선 너머의 큰 배는 어딘가 권태로워 보인다.

저어기, 영일만의 오른쪽 팔이 지도에서 말하는 토끼 꼬리. 토끼 꼬리는 왜놈들이 억지로 붙인 명칭일 뿐, 예부터 여기를 호미등(虎尾燈)이라 했듯이 호랑이 꼬리가 옳다고 한다.

영일만이 좁다고 생각될 때면 이 호미등에 나가 본다. 구룡포는 귀로에 내리기로 하고 곧바로 구만리(九萬里 : 작은 어촌) 앞바다에 나가 본다. 입이 딱 벌어질 뿐 해천일벽(海天一碧)이랄까. 더 할말을 찾지 못한다.

더러는 영일만이 많이 오염되었다고 안타까워한다. 포철(포항제철) 탓을 한다. 그러나 먹장 같은 밤하늘에 핏빛 불을 뿜어대는 영일만 괴물, 용광로의 그 휘황찬란한 야경을 바라보며는 이런 불평은 쑥 들어가고 만다. 뭔가 부정하고 싶을 때 이 고로(高爐)의 장관을 바라보노라면, 포철이야말로 영일만의 긍정이요 상징이며 꿈이란 걸 깨닫게 된다.

송도가 오염되었다고 투덜대다가 조금만 북쪽으로 올라가 칠포, 월포의 거울 같은 물결을 대하고서는 조금 전의 가벼웠던 혀끝이 부끄러워진다.

영일만 언저리는 풍광이 아름답다. 그 중에서 칠포, 월포를 거쳐 영덕 쪽으로 천첩옥산(千疊玉山) 감고 도는 해변도로의 주변 경치는 모르긴 하지만 영남 굴지의 풍광이라 할 만하다. 신운이 감도는 내연산(內延山)의 유벽운림(幽僻雲林), 폭포며 보경사(寶鏡寺)가 자주 보아도 싫지를 않고, 칠포, 월포의 고운 물빛 외에도 화진, 장사의 고적한 바다가 나그네의 마음을 사로잡는다. 산과 바다가 톱날인 양 들락거렸으되 건너뛰면 닿을 만하고, 동으로 내닫는 산

줄기들이 바다에 부딪쳐 멈칫, 안간힘을 쓰다가 남긴 기기묘묘한 바위가 물 속에 들락날락 자맥질한다. 황홀하다 할까 현란하다 할까. 꼬불꼬불 이곳을 달리고 있노라면 여길 오길 잘했구나 하는 느낌이 든다.

여기를 그냥 스치기는 아쉽지 않는가? 영덕 쪽으로 너무 빠지기 전에 화진이나 장사쯤에 차를 세운다. 파닥거리는 돈지 회도 일품이긴 하지만 여기가 아니면 맛보기 어려운 진미가 따로 있다. '전복물회' — 물회가 이미 포항의 명물인데 더하여 전복물회라니, 우선 기부터 죽인다. 값도 비쌀 테지만 호기심이 절로 난다. 여기다가 소주 한 잔 곁들이고 나면, "이곳을 두고 공기 나쁜 도심으로 가야 하다니……." 가벼운 탄식이 흘러나온다.

영일만을 소요하면서 가끔은 부두에 나가 본다. 뿌웅, 뿌웅, 뱃고동 소리에 그리움을 달래다가 뜻밖에 울릉을 다녀오는 서울 친구를 만날 때면, 소매를 끌고 죽도시장으로 들어간다. 온갖 생선이 날 보란 듯 번들거리는데 돈 없다고 돌아서질 못한다.

"아지메, 도다리 얼망교?"

"앗따 그 양반 돈 없으면 그냥 가가이소(가져가시오). 이상(외상)으로 디림시더."

포항의 인심은 이러하다. 뱃사람의 기질이 어떠니 저떠니 떠드는 사람이 있다면 그는 아직 바다를 모르는 탓일 게다. 백곡(百谷)을 모두 담고 청탁을 두루 삼킨 바다. 투박한 사투리며 호탕한 웃음, 일호탁주(一壺濁酒)와 천하를 맞바꾸는 영일만 친구들. 옷 잘 입고 교양 있는 멋장이 여자, 여

자. 아! 나는 포항 물회와 더불어 오래 오래 사랑하리라.

두호동 바닷가엔 황혼이 짙어졌다. 산모퉁이를 돌다드니 포항제철의 불빛마저 보이지 않는다. 주위는 점점 요요해져 가는데 철썩, 철썩, 파도의 목소리는 높아져 간다.

영일만(迎日灣)! 그 이름처럼 찬란한 또 하나의 일출(日出)을 잉태하려고 파도는 암흑 속에서 저리도 밤새워 울부짖는 걸까. 영일만 저 멀리 밤배를 타고 이 밤도 내 마음은 한갓되어 떠도는데…….(『월간문학』 1987. 9월호)

'슈우벨라슈우' 씨

드골 공항에 은빛 날개를 접었을 때 소낙비가 매정하게 퍼붓고 있었지만 불편은 없었다. 빠리의 한국인 가이드는 우산이 되고도 남았다. 큼직한 관광버스를 대기시켜 놓고 우리 일행을 기다리는 그는, 어딘가 우수에 젖은 듯 그러나 다정한 얼굴이었다. 잠긴 듯한 목소리로 세느강처럼 유유히 흘러나오는 유머러스한 안내는 열세 시간의 비행 피로를 풀어 주고도 남았다. 어쩜 학자 같고 어쩜 시인 같고 어쩜 슬픈 과거를 가진 사람 같은 빠리의 가이드가 빠리의 나흘 간을 더 감미롭게 했다. 동성간이지만 연정 같은 걸 느꼈다 할까. 기창 밖으로 전개되는 망망한 운해 속으로 빠리를 두고 떠나갈 때 눈을 감으면 그의 얼굴이 자꾸자꾸 떠오르고 있었다.

로마로 향하는 기내에서 나는 미지의 로마를 동경하기도 했지만, 로마의 가이드는 어떤 사람일까가 더 궁금했다. 실망시키지는 않을까. 그러나 로마의 가이드 또한 그 나름대로 이태리의 정치 경제 사회 문화의 모든 영역을 다 소화하고 있는 것 같아 안심이 되었다. 빠리의 가이드가 문학적이라면 로마의 가이드는 정치적이라 할까. 신화며 역사를 유창하게 설명하는 아테네의 남매 가이드도, 모차르트 베토벤을 들먹이는 비엔나의 가이드도, 음담패설 같은 중국말을 부끄럼없이 가르쳐 주던 대만의 여자 가이드도 모두가 우리 일행을 압도하고 있었다.

그러나 우리를 매료시킨 이들 가이드보다도 더 잊을 수 없는 사람이 내겐 따로 있다.

겉모양부터가 감자나 고구마처럼 숭글숭글하게 성긴 관광버스 운전기사. 나이는 묻지 않았지만 30대 후반이나 40대 초반쯤 되었을까. 이태리에 머문 5일간, 나폴리며 소렌토, 폼베이의 관광도 이 운전기사로 하여 우리 일행은 더 유쾌했었다.

가이드가 이태리에서 꼭 필요한 이태리의 말 몇 가지를 가르쳐 준다. 우선 '차오'라는 말이다. 바른 손을 어깨 높이만큼 치켜들고 자신을 향해 아기가 잼잼할 때처럼 손바닥을 오므렸다 폈다 하면서 '차오'라고 말한다. 이 '차오'를 받는 사람 또한 같은 표정으로 '차오'로 응답한다. 참 좋은 인사법인 것 같다. 낮이나 밤이나 남녀노소 할 것 없이 통용되는 이 '차오'라는 인사말을 우린 몇 번 흉내내고 있었다.

이어 관광버스 기사를 소개하면서 가이드가 시키는 대로 우리는 기사의 이름을 합창해서 부르며 '차오'라고 소리쳤더니, 기다렸다는 듯 싱글벙글 웃으면서 기사도 '차-오'로 답한다. 그러더니만 느닷없이 '슈우벨라 슈우'라고 되치지 않는가. 그러고는 껄껄 웃어댄다. 그의 시선이 꽂히는 차창 밖에는 아리따운 여자가 막 지나가고 있었다. '슈우벨라'는 아름답다는 뜻이고 '슈우'는 빨리라는 뜻이라고 했다. 이태리대사관에 들렀을 때 이 말이 점잖지 못한 말이란 걸 알고 조금 주춤했지만, '슈우' 하고 억양을 높이며 껄껄 호탕하게 웃어대는 이 운전기사를 따라 우리 일행은 차 안에서는 거침없이 '슈벨라 슈우'를 연발하고 있었다. 지칠 줄 모르며 잠시도 쉬지 않고 뭔가를 지껄이고 웃고 떠들며 '슈우벨라 슈우'를 외쳐대던, 어린 아이처럼 순진해 보이던 이 기사로 하여 이태리의 5일간이 참으로 즐거웠다. 그 기사의 이름을 기억하진 못하지만 '슈우벨라 슈우'라고 이름 붙여 본다.

눈 감으면 떠오르는 '슈우벨라 슈우' 씨.

조금 무식해 보이고 조금 못 살아 보이고 잘 생기지도 못한 이 운전기사가, 말 잘하고 아는 것 많고 더 잘 살아 보이는, 연정마저 느꼈던 빠리의 가이드보다도 더 아릿한 그리움을 갖게 하는 까닭은 뭘까? 나는 아무래도 잘못 살아온 것 같다. (『수필문학』 1993. 1월호)

한강사초(漢江史草)

漢江은 흐른다. 서울을 꿰고 漢江은 흐른다. 옛날 평양 사람들은 한양 사람을 보고 십리 밖 강도 강이냐고 빈정거렸다지만 지금의 평양 사람들은 그런 말을 못할 것이다. 남산(南山)에 올라 사방을 내려다보면 남산은 남쪽의 산이 아니요, 서울의 코가 되어 있지 않던가.

옛날 하륜(河崙)은 앞을 내다볼 줄 아는 사람이었던 모양인데 그 하륜마저 漢江이 멀다고 보았던지 벼슬을 지낼 때 漢江의 물을 남대문까지 끌어들이려고 운하를 뚫을 계획을 세운 일도 있었다니, 漢江이 서울을 관류(貫流)하는 도심의 강이 될 줄은 천하의 하륜도 몰랐던 모양기다.

그 십리 강을 멀다 않고 여기에 도읍을 정한 걸 보면 조선왕조 태조 이성계(李成桂)야말로 앞을 내다볼 줄 알았거나 나라를 빼앗은 사람답게 통이 컸다고나 할까. 그때가 서기 1394년이었다고 하니 600년이 넘은 셈이지만 백제 온조왕(溫祚王)이 서울 부근에 나라를 세운 걸로 치자면 참으로 아득한 옛날부터 이 漢江 유역이 눈길을 끌었던 것 같다.

漢江은 흐른다. 풍운을 몰고 漢江은 흐른다. "漢江을 차지하는 자는 반도를 차지하게 된다"라는 말이 있다. 틀린 얘기가 아니란 걸 역사적 사실을 들어 설명하는 사가도 있다. 우선 삼국시대만 해도 맨 먼저 漢江 유역을 점거했던 나라는 백제였는데 이때가 백제로서는 전성기였다고 한다. 뒷날 漢江 유역을 고구려에게 빼앗기고 수도를 한산성(漢山城 : 지금의 南漢山城) 일대에서 웅진(熊津 : 지금의 公州)으로 옮기고부터 백제의 국운은 기울게 되었고 반대로 漢江을 차지한 고구려는 백제를 대신해서 전성기를 맞이할 수가 있었다. 고구려의 팽창에 겁을 먹은 백제와 신라는 손을 잡을 수밖에 없었으니 나제동맹(羅濟同盟)도 따지고 보면 그 연원이 漢江에 있었다고나 하리라.

漢江에서 밀려 내려온 백제가 수도를 웅진에서 다시 사비(泗沘 : 지금의 扶餘)로 옮긴 까닭도 속내는 이 漢江 유역을 되찾겠다는 데 있었다고 한다. 한때 나제 양국은 漢江 유역을 나누어 가짐으로써 백제의 꿈이 어느 정도는 이루어지는가 싶더니, 신라가 배신을 감행하면서까지 마침내 漢江 유역 전역을 독차지하는 바람에 백제의 중흥의 꿈은 꺾어지고 말았다. 이에 전일의 동맹이 오늘의 원수가 되어 다투다가 漢江을 잃은 백제는 끝내 나라마저 잃고 말았다.

이와 같이 삼국 어느 나라이든 漢江 유역을 점거하던 때가 국운의 융성기를 이루었고 이 유역은 용병필쟁(用兵必爭)의 지역이 되어 버렸으니 삼국의 역사야말로 '漢江 쟁탈전의 역사'였다고 봐도 무방할 것이다. 신라의 통일은 물론 고려의 재통일도 이 지역을 장악한 때문이었고, 6·25 때 漢江 유역을 차지하고 못하고가 전세를 좌우하게 되었던

것도 또한 이러한 漢江 유역의 지정학적 원인도 작용했을
것으로 여겨진다. 따라서 삼국의 역사뿐만 아니라 우리의
역사 전체가 '漢江 쟁탈전의 역사'였다고도 말할 수 있을 것
같다. 이토록 漢江 유역이 군사적 요충일 수 있는 까닭은
이 지역이 북위 37도에서 38도 사이를 망라하는 광활한
반도의 중심무대이기 때문이기도 하고, 이 지역의 남북에
자연의 요새인 남한산(南漢山)과 북한산(北漢山)이 방벽
(防壁)을 이루고 있기 때문일 것이니, 결국 무궁한 산하(山
河)의 조화(造化)이다. 절묘하게 어우러진 산하를 바라보
노라면 보이지 않는 어떤 신비스러운 힘을 생각하게 한다.
  漢江은 흐른다. 은한(銀漢)처럼 뻗쳤다고 漢江인가. 유정
(流程) 천삼백 리를 만수(萬水)를 귀납하며 漢江은 흘러내
린다. 백운대(白雲臺) 국망봉(國望峯) 인수봉(仁壽峯)이라
는 삼각산(三角山 : 北漢山의 다른 이름) 세 봉우리가 한
번 꿈틀거려 인왕산(仁王山:仁旺山) 북악산(北岳山) 낙산
(駱山) 남산(南山)이 연역되어 나오고 또 한 번 꿈틀거려
남한산(南漢山) 관악산(冠岳山)이 생겨나와, 대령하듯 호
위하듯 둘러싸는 진용(陳容)을 어르며 희롱하며 漢水는 굽
이돌아 흐른다. 산의 연역과 물의 귀납이 한바탕 격론을 벌
이는 이곳에 홍균(洪鈞)이 시기했는가 늘 풍운이 일었다.
뇌풍(雷風)이 상박(相薄)하는 곳에 언제나 생명이 고무되
듯, 눈 속에서 한 송이 매화(梅花)가 웃듯 한양(漢陽)은 정
녕 한 송이 매화처럼 피어났다.
  그 꽃 한복판에 화심이 된 산이 서울의 남산이다. 옛사람
들은 남산에 올라 「남산팔영(南山八詠)」을 읊었다지만 지

금이야 고작 팔영이겠는가. 남산에 올라 멀리 漢江에 놓인 다리가 몇 개인가를 세어 보는 것도 일영(一詠)을 더하겠고, 칠야(漆夜)의 별빛을 입다물게 하는 서울의 야경을 바라보는 것도 다시 일영이 될 것이다. 하지만 남산백영(南山百詠)을 읊고 남산천영(南山千詠)을 읊는다고 하더라도 마지막 일영은 "서울은 넘쳤다"라고 읊어야 할 것 같다. 서울은 넘쳤다. 흐드러졌다. 흐드러진 한 송이 꽃을 두고 봄은 이미 떠나갔는가! 漢江의 고기가 병이 든 것이 어제 오늘의 일이 아니고 뿌연 하늘에는 옛날의 솔개를 알아보지 못한 지도 오래 되었다. 놓은 지 얼마 안되는 다리가 부러지기도 했다. 혼이 사멸한 육체, 철학이 실명한 과학, 정신이 저당잡힌 물질, 윤리를 능욕한 향락이 도처에서 기염을 토하는 세상이 되어 버렸다. 굳이 치란(治亂)을 나누겠는가.

지금은 없어졌다지만 옛날 낙양(洛陽)의 남쪽에 천진교(天津橋)라는 다리가 있었다고 한다. 어느 날 소강절(邵康節) 선생이 빈객(賓客)과 더불어 이 다리를 거닐다가 두견(杜鵑)새 우는 소리를 듣고 처연(悽然)해져서 즐거워 할 줄 몰랐다고 한다. 객(客)이 그 까닭을 묻자 선생은 "낙양에는 예로부터 두견이가 없었는데 이제 방금 이르러 머물고 있군요."라고 했다. 객이 무슨 뜻이냐고 다시 물으니 "장차 주상(主上)이 남방의 선비로써 정승을 삼고 남방 사람들을 많이 끌어들여서 오직 변경(變更)에만 힘쓸 것인데 천하는 이로부터 일이 많을 겁니다."라고 했다. "두견새 우는 소리를 듣고 어찌 그런 것을 아십니까." 라고 객이 또다시 묻자 선생이 답하기를 "천하가 장차 다스려짐에 땅의 기운이 북

에서부터 남으로 움직이고 천하가 장차 어지러워짐에 땅의
기운이 남에서부터 북으로 움직이는 법인데 지금 남방의
지기(地氣)가 이르렀군요. 새들이 지기를 먼저 얻은 것이지
요."라고 했다. 몇 해 안되어(熙寧初) 그 예언은 과연 적중
했다고 전해진다(邵氏聞見前錄 十九).

율곡(栗谷) 선생의 대과(大科) 장원급제작(壯元及第作)
이라는 「역수책(易數策)」에 의하면 율곡 선생이 과거 보러
과장에 나갔을 때 시험관이, "천진교에서 두견새 우는 소리
를 듣고 소인이 용사함을 알았다(天津鵑叫知小人之用事)"라
는 강절 선생의 이 고사를 두고 물었다고 한다. 율곡의 답
은 간결했다. "하필 천진(교)에서 두견새가 우는 소리를 듣
고 난 다음에서야 국운이 다난할 것임을 알겠습니까(何必
天津鵑叫然後乃知國步多艱耶)"라고 율곡은 되물었다. "그것
이 그러한 것은 기(氣)요, 그렇게 하는 소이는 이(理)이다
(其然者氣也其所以然者理也)"라는 그의 철학이겠다.

한 송이 국화꽃을 피우기 위해서도 봄부터 소쩍새는 그
리도 울어야 한다던데 십리 밖의 강이 도심의 강이 되기까
지야 천진교의 소쩍새인들 좀 많이 울었을라고? 되놈들이
고구려를 쳐들어올 때도 울었을 것이고, 호마(胡馬)가 고려
의 강산을 짓밟을 때도 울었을 것이고, 임진왜란이 터질 때
도 울었을 것이고, 병자호란 때도 경술국치 때도 그 밖에도
많이 울었을 터이지만, 일편잔춘(一片殘春)이 행여나 다칠
세라 정녕 자규(子規)는 서러워했더란 말인가!

漢江은 흐른다. 무심히 漢江은 흐른다. 漢江은 마음이 없
건만 하릴없이 영욕을 남기며 포말처럼 명멸해 간 자는 누

구누구——. 역사가 어디로 가느냐고 묻지를 말라. "올해의 우레는 일어나는 곳에서 일어난다(今歲之雷起處起)"라는 정이(程頤)의 말이 생각난다. 차고 기울고 나고 죽고 그런 일들이 끝없이 되풀이되는 걸 보면 모든 사물은 저절로 이치를 이루고 있지만 다만 해설이 없을 따름인 모양이다. 시작을 미루어 보면 마지막이 드러나고 끝을 돌이키면 처음이 보이는 법이라고나 할까. 율곡의 말처럼 하필 두견이가 우는 소리를 듣고 난 다음이겠는가. 영혼이 부활하고 철학이 눈을 뜨고 정신이 복귀되고, 칸트의 말처럼 도덕률(道德律)이 별이 되어 머리 위에 빛나도 그리고 또, 잉어는 뛰고 솔개는 높이 날아도 두견아! 너는 또 울려나? 지기(地氣)가 북에서 남으로 움직이는 모양인지 북한 사람들이 목숨을 걸고 자꾸 남한 땅으로 내려오지 않더냐. 여기는 차차 치세(治世)로 가는가.

　천진의 두견새야! 혹시 이 봄이 다 간다고 서러워 말아라. "천근(동지) 월굴(하지)이 한가로이 오고 가니 삼십육궁(세계)이 모두가 봄이로다(天根月屈閒來往三十六宮都是春)"[1] 어디선가 소옹(邵雍)의 노랫소리가 들리는 듯하구나.

---

1) 邵雍, 『伊川擊壤集』「觀物吟」 "耳目聰明男者身 洪鈞賦與不爲貧 須探月窟方知物 未躡天根豈識人 乾遇巽時觀月窟 地逢雷處見天根 天根月窟閒來往 三十六宮都是春." 여기서 異說이 있기는 하지만 天根은 冬至를, 月窟은 夏至를 뜻한다는 해석이 통설이고, 三十六宮에 대해서도 학설이 갈리고는 있지만 대체로 六十四卦의 36宮(上下經 各 18宮)을 뜻한다고 보고 있다. 곧 世界를 의미한다고 하겠다. 拙著, 『周易反正』(서울: 瑞文堂, 2002) pp.183-188 참조.

삼십육궁이 어듸메오. 漢江은 흐른다. 굽이굽이 흐른다.
曲水에 술잔을 띄워라. (2003. 2월)

저자 약력

예천중·예천농고 졸업
고려대학교 법과대학 법학과 졸업
국가공무원 1급 역임
영남대학교 대학원 문학박사·철학박사
현재, 대구한의대학교 객원교수
『수필공원』천료
'한강축제(한국문인협회 주관)' 수필 최우수작(大賞)
한국주역학회 회원/국제 PEN클럽 한국본부 회원/한국 문인협회 회원
저서:『周易反正』, 서울: 서문당
    『周易解釋의 네가지 原理』, 경산: (영남대)기계관출판사
    『陰陽五行命理學』, 대구: 도서출판 마당
논문:「丁茶山 易學에 있어서 易理四法에 대한 研究」
    「周易의 卦에 대한 研究」등
수필집:『까치밥』, 서울: 미래문화사
    『매화』, 서울: 서문당
연락처: 019-9225-5788 / peachfield@hanmail.net

매 화

정가 10,000원

초판 인쇄 / 2004년 4월 5일
초판 발행 / 2004년 4월 10일
지은이 / 박 주 병
펴낸이 / 최 석 로
펴낸곳 / 서 문 당
주소 / 서울시 마포구 성산동 54-18호
전화 / 322—4916~8 팩스 / 322—9154
창업일자 / 1968. 12. 24
등록일자 / 2001. 1. 10
등록번호 / 제10-2093
SeoMoonDang Publishing Co. 2001

ISBN 89-7243-193-1   ※ 잘못된 책은 바꾸어 드립니다